T0258506

Contemporánea

Ernest Hemingway, nacido en 1899 en Oak Park, Illinois, forma parte ya de la mitología de este siglo, no solo gracias a su obra literaria, sino también a la leyenda que se formó en torno a su azarosa vida y a su trágica muerte. Hombre aventurero y amante del riesgo, a los diecinueve años, durante la Primera Guerra Mundial, se enroló en la Cruz Roja. Participó también en la guerra civil española y en otros conflictos bélicos en calidad de corresponsal. Estas experiencias, así como sus viajes por África, se reflejan en varias de sus obras. En la década de los años veinte se instaló en París, donde conoció los ambientes literarios de vanguardia. Más tarde vivió también en lugares retirados de Cuba o Estados Unidos, donde pudo no solo escribir, sino también dedicarse a una de sus grandes aficiones: la pesca, un tema recurrente en su producción literaria. En 1954 obtuvo el Premio Nobel. Siete años más tarde, sumido en una profunda depresión, se quitó la vida. Entre sus novelas destacan *Adiós a las armas*, *Por quién doblan las campanas* o *Fiesta*. A raíz de un encargo de la revista *Life* escribió *El viejo y el mar*, por la que recibió el Premio Pulitzer en 1953.

Ernest Hemingway

Al otro lado del río y entre los árboles

Traducción de
Miguel Temprano García

DEBOLS!LLO

Papel certificado por el Forest Stewardship Council®

MIXTO
Papel | Apoyando la
silvicultura responsable
FSC® C117695

Penguin
Random House
Grupo Editorial

Título original: *Across the River and into the Trees*

Primera edición en Debolsillo: marzo de 2017
Séptima reimpresión: marzo de 2024

Printed in Spain – Impreso en España

ISBN: 978-84-663-3793-9
Depósito legal: B-2.193-2017

Compuesto en Anglofort, S. A.

Impreso en QP Print

P 3 3 7 9 3 B

A Mary, con amor

NOTA

En vista de la reciente tendencia a identificar a los personajes de ficción con gente real, creo conveniente aclarar que en este libro no hay personas reales: tanto los personajes como sus nombres son ficticios. Los nombres o designaciones de las unidades militares también lo son. En el presente volumen no aparecen personas vivientes ni de unidades militares existentes.

1

Partieron dos horas antes de despuntar el alba y, al principio, no hizo falta romper el hielo del canal pues les habían precedido otras barcas. En cada barca, en la oscuridad, de forma que no se le veía, sino que solo se le oía, había un hombre a popa con una larga pértiga. El cazador iba en una banqueta atada a la caja que contenía su almuerzo y los cartuchos; las escopetas estaban apoyadas contra los señuelos de madera. En algún sitio, en cada barca, había un saco con dos o tres ánades hembras vivos, o una hembra y un macho, y en todas había un perro que se movía y temblaba inquieto al oír el ruido de las alas de los patos que les sobrevolaban en la oscuridad.

Cuatro de las barcas subieron por el canal principal hacia la gran laguna que había al norte. Una quinta barca se había desviado ya por un canal lateral. Después, la sexta barca se desvió al sur, hacia la laguna menos profunda, y el camino dejó de estar expedito.

Había hielo por todas partes, recién congelado por el frío nocturno y sin viento. Era flexible y se doblaba ante el empuje de la pértiga. Luego se rompía con tanta brusquedad como un cristal, pero la barca apenas avanzaba.

—Deme un remo —dijo el cazador de la sexta barca.

Se levantó y se instaló con cuidado. Oía a los patos que volaban en la oscuridad, y notaba la inquieta agitación del perro. Al norte oyó el ruido del hielo que rompían las otras barcas.

—Con cuidado —dijo a popa el de la pértiga—. No vaya a volcar la barca.

—Yo también soy barquero —respondió el cazador.

Cogió el remo y le dio la vuelta para sujetarlo por la pala. La agarró y clavó la empuñadura en el hielo. Notó el fondo duro de la laguna, descargó el peso en la pala, y sujetándola con las dos manos, tirando y empujando hasta que el mango de la pértiga quedó a popa, empujó la barca hacia delante para romper el hielo. El hielo se quebraba como láminas de cristal a medida que la barca avanzaba, y el barquero los llevaba hacia el paso que había abierto.

Al cabo de un rato, el cazador, que estaba esforzándose mucho y sudaba debajo de la ropa de abrigo, le preguntó al barquero:

—¿Dónde está el tonel?

—Ahí a la izquierda. En mitad de la bahía siguiente.

—¿Viramos ahora hacia allí?

—Como quiera.

—¿A qué viene eso de como quiera? Usted conoce estas aguas. ¿Hay profundidad suficiente para llegar?

—La marea está baja. ¿Quién sabe?

—Si no nos damos prisa será de día antes de que lleguemos.

El barquero no respondió.

«Muy bien, capullo taciturno —pensó el cazador para sus adentros—. Vamos para allá. Hemos recorrido ya dos tercios del camino y, si te preocupa tener que trabajar y romper el hielo para ir a buscar los patos, peor para ti.»

—Manos a la obra, capullo —dijo en inglés.

—¿Qué? —preguntó en italiano el barquero.

—He dicho que más vale darse prisa. Va a amanecer.

El día despuntó antes que llegasen al enorme tonel de roble hundido en el fondo de la laguna. Estaba rodeado de una pendiente de tierra en la que habían plantado hierbas y juncos, el cazador desembarcó con cuidado y notó cómo se rompía la hierba helada al pisarla. El barquero levantó la banqueta de tiro y la caja de cartuchos y se los dio al cazador que los cogió y los dejó en el centro del tonel.

El cazador con las botas de agua que le llegaban a la cintura y una vieja chaqueta militar, con una insignia en el hombro izquierdo que nadie entendía, y unas manchas claras en la pechera de donde habían arrancado las estrellas, se metió en el tonel y el barquero le pasó las dos escopetas.

Las dejó contra la pared del tonel y colgó de unos ganchos la otra bolsa de cartuchos. Luego apoyó las escopetas contra los lados de la bolsa.

—¿Hemos traído agua? —le preguntó al barquero.

—No —respondió.

—¿La de la laguna se puede beber?

—No. No es buena.

El cazador estaba sediento por el esfuerzo de romper el hielo y empujar la barca y notó cómo aumentaba su cólera, luego se contuvo y dijo:

—¿Le ayudo a romper el hielo para colocar los señuelos?

—No —dijo el barquero y empujó brutalmente la embarcación contra la fina lámina de hielo que crujió y se rompió cuando la barca chocó con ella. El barquero empezó a golpear el hielo con la pala del remo y después se dedicó a lanzar señuelos detrás y a un lado.

«Está de un humor de perros —pensó el cazador—. Y es un animal. Yo he tenido que esforzarme como un mulo para llegar aquí. A él le ha bastado con empujar con todo el peso de su cuerpo. ¿Qué mosca le ha picado? ¿Es su oficio o no?»

Colocó la banqueta para tener el mayor ángulo posible a izquierda y a derecha, abrió una caja de cartuchos, se llenó los bolsillos y abrió otra caja de la bolsa para poder sacarlos con facilidad. Delante, donde la laguna reflejaba helada la primera luz del día, vio la barca negra y al alto y corpulento barquero golpeando el hielo con el remo y lanzando señuelos por la borda como si estuviese deshaciéndose de algo obsceno.

Cada vez había más luz y el cazador distinguió la línea de la punta al otro lado de la laguna. Sabía que detrás de esa punta había otros dos apostaderos y que detrás había más marismas y luego el mar abierto. Cargó las dos escopetas y comprobó la posición de la barca que estaba colocando los señuelos.

A su espalda oyó el susurro de unas alas que se acercaban y se agachó, cogió con la mano derecha la escopeta que tenía a ese lado mientras se asomaba por el borde del tonel y luego se puso en pie para dispararle a dos patos que descendían oblicuamente con las alas abiertas, recortándose oscuros contra el cielo gris, hacia donde estaban los señuelos.

Con la cabeza baja, inclinó la escopeta y apuntó muy por delante del segundo pato, luego, sin pararse a comprobar el resultado, alzó con suavidad la escopeta y apuntó a la izquierda del otro pato que estaba remontando el vuelo y al apretar el gatillo vio que se doblaba en dos y caía entre los señuelos sobre el hielo roto. Miró a su derecha y comprobó que el primer pato era una mancha negra sobre el mismo hielo. Sabía que había disparado con cuidado contra el primer pato, muy a la derecha de donde estaba la barca, y arriba y a la izquierda del segundo, dejando que cobrara altura para asegurarse de que la barca no estuviese en la línea de tiro. Había sido un doble magnífico, disparado justo como es debido, y con total consideración y respeto por la posición de la barca, y se sintió muy bien mientras recargaba la escopeta.

—Oiga —gritó el barquero—. No dispare hacia la barca.

«Desgraciado hijo de puta —se dijo el cazador—. Esta sí que es buena.»

—Eche los señuelos al agua —le gritó al barquero—. Pero dese prisa. No dispararé hasta que los haya echado todos. Solo hacia arriba.

El hombre de la barca no dijo nada que fuese audible.

«No lo entiendo —pensó el cazador—. Conoce el oficio. Sabe que me he esforzado tanto como él para llegar aquí. En mi vida le he disparado a un pato con más cuidado ni de forma más segura. ¿Qué le pasa? Me he ofrecido a ayudarle a poner los señuelos. Que se vaya al infierno.»

A la derecha, el barquero seguía golpeando con saña el hielo, y lanzando los señuelos de madera con un odio que se notaba en todos sus movimientos.

«No dejes que lo estropee —se dijo el cazador—. Con este hielo no vas a disparar mucho a no ser que el sol lo funda más tarde. Probablemente cazarás solamente unos pocos pájaros, así que no dejes que te lo estropee. No sabes cuántas veces más vendrás a cazar patos y no debes dejar que nada lo estropee.»

Observó el cielo que se iluminaba más allá de la larga punta en la marisma y, dándose la vuelta en el tonel hundido, contempló la laguna helada y la marisma, vio las montañas cubiertas de nieve a lo lejos. Desde allí abajo no se distinguían sus estribaciones y las montañas parecían alzarse bruscamente desde la llanura. Al mirar hacia las montañas notó la brisa en la cara y entonces supo que el viento vendría de allí, alzándose con el sol, y que algunos patos llegarían volando del mar cuando el viento los molestara.

El barquero había terminado de colocar los señuelos. Estaban en dos grupos, uno justo delante y hacia la izquierda, por donde saldría el sol, y el otro a la derecha del cazador. Entonces soltó el ánade hembra con el cimbel y el cimillo, y el animal metió la cabeza en el agua y chapoteó echándose agua a la espalda.

—¿No cree que sería mejor romper más hielo por los bordes? —le gritó el cazador al barquero—. Hay poca agua para atraerlos.

El barquero no dijo nada, pero empezó a golpear el perímetro astillado del hielo con el remo. Seguir rompiendo el hielo era innecesario y el barquero lo sabía. Pero el cazador lo ignoraba y pensó: «No entiendo a este hombre, pero no pienso dejar que me estropee el día. No debo permitírselo. Cada disparo puede ser el último y ningún imbécil hijo de puta me lo va a echar a perder. Así que no pierdas los nervios, chico».

2

Pero no era ningún chico. Tenía cincuenta años y era coronel de infantería del Ejército de Estados Unidos y, para pasar la revisión médica que tuvo que hacerse el día antes de ir a cazar a Venecia, había tomado suficiente hexanitrato de manitol para…, en fin, no sabía muy bien para qué… para pasar la revisión, se dijo.

El médico se había mostrado bastante escéptico. Pero anotó los resultados después de comprobarlos dos veces.

—¿Sabe, Dick? —dijo—. No está indicado; de hecho, está claramente contraindicado en caso de presión intraocular e intracraneal elevada.

—No sé de qué me habla —dijo el cazador, que en ese momento no era cazador más que en potencia y era coronel de infantería del Ejército de Estados Unidos, y general degradado.

—Hace mucho que lo conozco, coronel. O a lo mejor solo me lo parece —le dijo el médico.

—Hace mucho —respondió el coronel.

—Parecemos letristas de canciones[1] —dijo el médico—. Pero más vale que no choque con nada ni le toque ninguna chispa, porque está usted empapado en nitroglicerina. Tendría que llevar una cadenita arrastrando como los camiones cisterna que transportan gasolina de muchos octanos.

1. El médico alude a la canción *It's Been a Long, Long Time*, muy popular en 1945 y que podría traducirse por «Hace mucho, mucho tiempo». [Todas las notas son del traductor.]

—¿Es que no ha salido bien el electrocardiograma? —preguntó el coronel.

—El electrocardiograma estaba perfecto, coronel. Podría ser el del un hombre de veinticinco años. Podría ser el de un chico de diecinueve.

—Entonces ¿qué me está diciendo? —preguntó el coronel.

Tanto hexanitrato de manitol a veces producía náuseas y estaba deseando terminar. También estaba deseando tumbarse y tomar un seconal. «Debería escribir el manual de tácticas menores para el pelotón con tensión elevada —pensó—. Ojalá pudiera decírselo. ¿Por qué no me pongo a merced del tribunal? Nunca lo haces. Siempre te declaras no culpable.»

—¿Cuántas veces le han golpeado en la cabeza? —le preguntó el médico.

—Ya lo sabe —respondió el coronel—. Figura en mi 201.[2]

—¿Cuántas veces le han golpeado en la cabeza?

—¡Dios! —Luego dijo—: ¿Lo pregunta para el ejército o como mi médico?

—Como su médico. No creerá que quiero que se retire antes de tiempo, ¿verdad?

—No, Wes, lo siento. ¿Qué quería saber?

—Conmociones.

—¿Las de verdad?

—Cualquiera con la que perdiese el sentido o en la que después no recordara lo sucedido.

—Unas diez —dijo el coronel—. Contando el polo, tres arriba o abajo.

—Pobre viejo hijo de puta —dijo el médico—, coronel, señor —añadió.

—¿Puedo irme ya?

—Sí, señor —respondió el médico—. Está en buena forma.

—Gracias —dijo el coronel—. ¿Le apetece ir a cazar patos

---

2. En el ejército, todo el personal tiene un archivo 201, que incluye su información personal y su evaluación médica.

en las marismas de la desembocadura del Tagliamento? Es un coto magnífico. Los dueños son unos chicos italiano muy simpáticos a los que conocí en Cortina.

—¿Es ese sitio donde cazan fochas?

—No. Patos de verdad. Buenos chicos. Buena caza. Patos de verdad. Ánades reales, rabudos y silbones. Algunos gansos. Igual que en casa cuando éramos críos.

—Yo era un crío en el veintinueve y el treinta.

—Es la primera maldad que le oigo.

—No lo decía en ese sentido. Me refería a que no recuerdo cuándo se cazaban buenos patos. Además, soy un chico de ciudad.

—Ese es su único puñetero defecto. Nunca he visto a un chico de ciudad que valiera nada.

—No lo dice en serio, ¿verdad, Coronel?

—Pues claro que no. Lo sabe muy bien.

—Está usted en buena forma, coronel —dijo el cirujano—. Siento no poder ir con usted. Ni siquiera sé disparar.

—Diablos —respondió el coronel—. Eso da igual. Tampoco sabe nadie en este ejército. Me gustaría que viniera.

—Le daré algo para complementar lo que está tomando.

—¿Hay alguna cosa?

—En realidad no. Pero están investigando.

—Que investiguen —dijo el coronel.

—Esa me parece una actitud muy loable, señor.

—Váyase al infierno —dijo el coronel—. ¿Seguro que no quiere venir?

—Yo me tomo el pato en Longchamps, en Madison Avenue —respondió el médico—. Hay aire acondicionado en verano y calefacción en invierno y no tengo que levantarme antes del alba ni que ponerme calzoncillos largos.

—Muy bien, chico de ciudad. Nunca sabrá lo que es bueno.

—Nunca he querido saberlo —replicó el médico—. Está en buena forma, señor.

—Gracias —dijo el coronel y se fue.

3

Eso fue anteayer. Ayer había ido desde Trieste a Venecia por la carretera vieja que iba de Monfalcone a Latisana por el llano. Tenía un buen chófer y se relajó por completo en el asiento delantero del coche y contempló esa región que había conocido de muchacho.

«Parece muy diferente —pensó—. Supongo que es porque las distancias han cambiado. Cuando te haces mayor todo es mucho más pequeño. Y las carreteras también son mejores, y no hay polvo. La única vez que las recorrí fue en un camión de artillería. Las otras íbamos a pie. Supongo que lo que buscaba entonces cuando nos deteníamos eran sombras y los pozos de las granjas. Y también zanjas —pensó—. Seguro que buscaba un montón de zanjas.»

Tomaron una curva y cruzaron el Tagliamento por un puente provisional. Había hierba en las orillas y varios hombres pescando en el margen más alejado donde el agua era más profunda. Estaban reparando el puente volado entre el estrépito de los martillos remachadores y, a unos setecientos metros más allá, se distinguían las ruinas del edificio y las dependencias de una casa de campo construida por Longhena allí donde los bombarderos medianos habían soltado su carga.

—Mire —dijo el chófer—. En esta región encuentra uno un puente o una estación de tren. Luego va un kilómetro en cualquier dirección y la encuentra así.

—Supongo que la moraleja es —dijo el coronel— que no vale la pena construirse una mansión campestre, o edificar una iglesia, o contratar al Giotto para que te pinte unos frescos, si tienes una iglesia a setecientos metros de un puente.

—Ya suponía yo que tenía que haber una moraleja, señor —dijo el chófer. Habían pasado al lado de la villa en ruinas hacia la carretera recta con los sauces que crecían al lado de las zanjas todavía oscuros por el invierno y los campos cubiertos de moreras. Más adelante había un hombre pedaleando en una bicicleta y usando las dos manos para leer el periódico—. Si son bombarderos pesados, la moraleja debería decir a un kilómetro y medio —dijo el chófer—. ¿No cree, señor?

—Si son misiles guiados —dijo el coronel—. Mejor dejarlo en cuatrocientos kilómetros. Más vale que le dé un bocinazo a ese ciclista.

El chófer obedeció, y el hombre se apartó a un lado de la carretera sin levantar la vista ni tocar el manillar. Al adelantarlo, el coronel intentó ver qué periódico estaba leyendo, pero estaba doblado en dos.

—Supongo que lo mejor ahora sería no construirse una casa elegante o una iglesia, o que… ¿quién ha dicho que iba a pintar los frescos?

—El Giotto. Pero podría ser Piero della Francesca, o Mantegna. Podría ser Miguel Ángel.

—¿Sabe mucho de pintores, señor? —preguntó el chófer.

Ahora estaban en un tramo recto de carretera e iban tan deprisa que una granja se fundía, casi borrosa, con la siguiente y solo se veía lo que había por delante y avanzaba hacia ti. La visión lateral era solo una condensación de tierras bajas y llanas en invierno. «No estoy seguro de que me guste la velocidad —pensó el coronel—. Brueghel tendría que haber estado en muy buena forma para observar el campo así.»

—¿Pintores? —le preguntó al chófer—. Algo sé, Burnham.

—Soy Jackson, señor. Burnham está en el centro de reposo en Cortina. Es un buen sitio, señor.

—Cada día me vuelvo más estúpido —dijo el coronel—. Perdone, Jackson. Es un buen sitio. Buena comida. Bien organizado. Nadie te molesta.

—Sí, señor —coincidió Jackson—. En fin, la razón por la que le he preguntado lo de los pintores son esas madonas. Pensé que debía ver algunos cuadros, así que fui a ese sitio tan grande en Florencia.

—¿Los Uffici? ¿El Pitti?

—Como se llame. El más grande. Y estuve viendo esos cuadros hasta que empezaron a salírseme las madonas por las orejas. De verdad, coronel, si no está uno acostumbrado a ver cuadros, solo se pueden ver unas cuantas madonas sin que te afecten. ¿Sabe cuál es mi teoría? Ya sabrá que están locos por los *bambini* y que cuanto menos tienen para comer más *bambini* tienen y conciben. Bueno, pues creo que es probable que a esos pintores les gustasen mucho los *bambini*, como a todos los italianos. No conozco a los que acaba de decir, así que no los incluiré en mi teoría, ya me sacará usted de dudas. Pero a mí me parece que todas esas madonas, y ya le digo que vi muchas, señor, a mí me parece que esos pintores de madonas estaban haciendo una especie, digamos, de manifiesto de todo eso de los *bambini*, no sé si me explico.

—Sin olvidar que estaban limitados a los asuntos religiosos.

—Sí, señor. Entonces ¿cree que mi teoría es correcta, señor?

—Claro. Aunque creo que es un poco más complicado.

—Naturalmente, señor. Es solo una teoría preliminar.

—¿Tiene más teorías sobre el arte, Jackson?

—No, señor. La teoría de los *bambini* es la única que he madurado hasta ahora. Lo que querría, no obstante, es que pintasen algún buen cuadro de las montañas donde está el centro de reposo de Cortina.

—Tiziano era de allí —dijo el coronel—. Al menos eso dicen. Bajé al valle y visité la casa donde se supone que nació.

—¿Era un sitio bonito, señor?

—No mucho.

—Bueno, si pintó cualquier cuadro de esa región, con esas rocas de colores al atardecer y los pinos y la nieve y las agujas…

—Los *campaniles* —dijo el coronel—. Como el de ahí delante, en Ceggia. Significa «campanario».

—Bueno, si pintó algún buen cuadro de esa región me gustaría mucho comprarle alguno.

—Pintó a algunas mujeres maravillosas —dijo el coronel.

—Si tuviese un garito, un bar de carretera o una especie de hotel, me vendrían muy bien —dijo el chófer—. Pero si llevase a casa un cuadro de una mujer, mi esposa me correría de Rawlins a Buffalo. Y tendría suerte de llegar a Buffalo.

—Podría donarlo al museo local.

—Lo único que tienen en el museo local es puntas de flecha, tocados de guerra, cuchillos de cortar caballeras, algunas cabelleras, peces petrificados, pipas de la paz, fotografías de Johnson Comehígados, y la piel de un granuja al que ahorcaron y a quien despellejó algún matasanos. Uno de esos cuadros de mujeres estaría fuera de lugar.

—¿Ve el siguiente *campanile* al otro lado del llano? —dijo el coronel—. Le enseñaré un sitio donde combatimos cuando era un muchacho.

—¿Combatió aquí también, señor?

—Sí —dijo el coronel.

—¿Quién tenía Trieste en esa guerra?

—Los *krauts*. Los austríacos, quiero decir.

—¿Llegamos a conquistarla?

—No hasta el final, cuando terminó.

—¿Quién tenía Roma y Florencia?

—Nosotros.

—Bueno, entonces supongo que no estaba usted tan puñeteramente mal.

—Señor —dijo el coronel con amabilidad.

—Lo siento, señor —se corrigió enseguida el chófer—. Yo estaba en la Trigésimo sexta División, señor.

—He visto la insignia.

—Estaba pensando en el Rapido, señor, no pretendía ser insolente ni faltarle al respeto.

—No lo ha hecho —dijo el coronel—. Estaba pensando usted en el Rapido. Oiga, Jackson, cualquiera que haya sido soldado mucho tiempo ha tenido sus Rapidos, y más de uno.

—A mí me basta con uno, señor.

El coche pasó por la alegre ciudad de San Dona di Piave. Estaba reconstruida, pero no era más fea que una ciudad del medio oeste, y era tan próspera y animada como mísera y triste era Fossalta, río arriba, pensó el coronel. «¿Llegó a recuperarse Fossalta después de la primera guerra? Nunca estuve allí antes de que la redujesen a escombros —pensó—. La bombardearon antes de la gran ofensiva del 15 de junio en el 18. Luego la bombardeamos aún más antes de volver a reconquistarla.» Recordó que el ataque había partido de Monastier y pasado por Fornace y ese día invernal recordó que había sido en verano.

Hacía unas semanas había pasado por Fossalta y había bajado por la carretera en busca del lugar donde lo habían herido en la orilla del río. Fue fácil de encontrar gracias a la curva que describía el río y, en el sitio donde había estado el nido de ametralladoras pesadas, vio el cráter cubierto de hierba mordisqueada por las ovejas o las cabras hasta dejarla como una hondonada en un campo de golf. El río fluía lento con un color azul fangoso, había cañas en ambas orillas y el coronel, al ver que no había nadie cerca, se acuclilló y mirando al otro lado del río desde la orilla donde no se podía asomar la cabeza de día, se alivió exactamente en el mismo sitio donde había determinado por triangulación que lo habían malherido treinta años antes.

—Un pobre esfuerzo —les dijo en voz alta al río y a la orilla que estaban aletargadas con el silencio del otoño y empapadas por la lluvia—, pero es mío.

Se puso en pie y miró a su alrededor. No había nadie a la vista y había dejado el coche en la carretera enfrente de la última y más triste casa reconstruida de Fossalta.

—Ahora completaré el monumento —le dijo a nadie más que a los muertos, y sacó del bolsillo una navaja Solingen como las que llevan los cazadores furtivos alemanes. Al abrirla saltó el seguro y, dando vueltas excavó un agujero en la tierra húmeda. Limpió el cuchillo en su bota de combate derecha y luego insertó un billete pardo de diez mil liras en el agujero, lo tapó y puso la hierba que había recortado encima—. Así son veinte años a quinientas liras por año por la Medaglia d'Argento al Valore Militare. Por la Cruz Victoria, te dan diez guineas, creo. La Cruz por Servicios Distinguidos no está subvencionada. La Estrella de Plata es gratis. Me quedaré con el cambio —dijo.

«Así está bien —pensó—. Hay *merde*, dinero y sangre; mira cómo crece esa hierba; hay hierro en la tierra, además de la pierna de Gino, las dos piernas de Randolfo y mi rótula derecha. Es un monumento maravilloso. Tiene de todo. Fertilidad, dinero, sangre y hierro. Igual que una nación. Donde haya fertilidad, dinero, sangre y hierro ahí está la patria. Aunque hace falta carbón. Tendríamos que traer carbón.»

Luego miró al otro lado del río hacia la casa blanca reconstruida que había sido un montón de escombros y escupió en el río. Estaba lejos del agua, pero llegó.

—Aquella noche no pude escupir y hasta mucho tiempo después tampoco —dijo—. Pero no escupo mal para no mascar tabaco.

Volvió andando despacio a donde estaba aparcado el coche. El chófer se había quedado dormido.

—Despierta, hijo —le había dicho—. Da la vuelta y sigue por esa carretera en dirección a Treviso. En esta región no necesitamos mapa. Yo te diré por dónde ir.

4

Ahora, camino de Venecia, dominándose a sí mismo y sin pensar en su gran necesidad de llegar, el enorme Buick dejó atrás San Dona y llegó al puente sobre el Piave.

Cruzaron el puente, llegaron al lado italiano del río y volvió a ver la vieja carretera. Ahora era tan lisa e indistinguible como a lo largo del río. Aunque reconoció las antiguas posiciones. Y ahora, a ambos lados de la carretera llana, recta y rodeada de acequias por la que estaban circulando, crecían los sauces de los dos canales donde habían echado a los muertos. Al final de la ofensiva se había producido una carnicería y alguien, para despejar las posiciones de la orilla del río y la carretera con aquel tiempo tan caluroso, había ordenado que arrojasen a los muertos a los canales. Por desgracia, las esclusas del canal seguían en manos de los austríacos río abajo, y estaban cerradas.

Así que el agua apenas circulaba, y los muertos estuvieron allí mucho tiempo, flotando e hinchándose boca abajo o boca arriba, fuese cual fuese su nacionalidad, hasta alcanzar proporciones colosales. Por fin, cuando se organizaron las cosas, los soldados los sacaron una noche y los enterraron cerca de la carretera. El coronel buscó alguna zona más verde cerca de la carretera pero no distinguió ninguna. No obstante, había muchos patos y gansos en los canales, y los hombres pescaban en ellos a lo largo de la carretera.

«Los desenterraron —pensó el coronel— y los volvieron a enterrar en ese enorme osario de Nervesa.»

—Combatimos aquí cuando era un muchacho —le dijo el coronel al chófer.

—Es una región puñeteramente llana para combatir —dijo el chófer—. ¿Defendieron ese río?

—Sí —dijo el coronel—. Lo defendimos, lo perdimos, y luego volvimos a tomarlo.

—Aquí no hay una elevación hasta donde alcanza la vista.

—Eso era lo malo —dijo el coronel—. Había que utilizar elevaciones tan pequeñas que no se veían, zanjas, casas, orillas de canales y setos. Era como Normandía, pero más llano. Supongo que debió de ser como combatir en Holanda.

—Ese río no se parece en nada al Rapido.

—Era un buen río —respondió el coronel—. En aquel entonces llevaba mucha agua, antes de que pusieran en marcha todos esos proyectos hidroeléctricos. Y tenía regatos muy profundos entre los guijarros y la arena donde se remansaba. Había un sitio llamado las Grave di Papadopoli donde era especialmente peligroso.

Sabía lo aburrida que es la guerra de uno para los demás, y dejó de hablar de eso. «Siempre se lo toman por lo personal —pensó—. A nadie le interesa, en sentido abstracto, solo a los soldados, y no hay muchos. Los fabrican y a los buenos los matan, y además siempre aspiran a algo tan difícil que no miran ni escuchan. Siempre piensan en lo que han visto y mientras hablas están pensando en lo que dirán y en qué ventajas o privilegios les proporcionará.» No tenía sentido aburrir a aquel muchacho, que a pesar de su insignia de infantería, su Corazón Púrpura y las demás cosas que llevaba, no era ni mucho menos un soldado, sino solo un hombre al que habían vestido de uniforme contra su voluntad, y que había elegido quedarse en el ejército por sus propios fines.

—¿Qué hacía en la vida civil, Jackson?

—Tenía un garaje a medias con mi hermano en Rawlins, en Wyoming, señor.

—¿Va a volver?

—A mi hermano lo mataron en el Pacífico y el tipo al que dejamos al cuidado del garaje no era trigo limpio —respondió el chófer—. Perdimos lo que habíamos invertido.

—Eso es malo —dijo el coronel.

—Tiene mucha puñetera razón al decir que es malo —dijo el chófer y luego añadió—: señor.

El coronel miró hacia la carretera.

Sabía que, si seguían por esa carretera, llegarían muy pronto al desvío que estaba esperando; pero estaba impaciente.

—Tenga los ojos abiertos y doble por el primer desvío a la izquierda —le dijo al chófer.

—¿Cree que esos caminos son seguros para un coche tan grande, señor?

—Veremos —dijo el coronel—. ¡Qué diablos, hace tres semanas que no llueve!

—No me fío de esos caminos en una zona tan baja.

—Si nos atascamos, le sacaré con unos bueyes.

—Solo lo decía por el coche, señor.

—Bueno, recuerde lo que le he dicho y gire a la izquierda por el primer camino si le parece practicable.

—Parece que hay un desvío entre los setos —dijo el chófer.

—No viene nadie detrás. Pare justo delante e iré a echar un vistazo. —Se apeó del coche, cruzó la carretera ancha y dura y se asomó al estrecho camino de tierra con el canal a un lado y el grueso seto más allá. Pasado el seto vio una granja roja y baja con un enorme granero. El camino estaba seco. Ni siquiera había roderas de carro. Volvió a subir al coche—. Es una avenida —dijo—. Deje de preocuparse.

—Sí, señor. El coche es suyo, señor.

—Lo sé —dijo el coronel—. Todavía lo estoy pagando. Dígame una cosa, Jackson, ¿siempre sufre tanto cuando se desvía de una carretera a un camino?

—No, señor. Pero hay mucha diferencia entre un jeep y un coche tan bajo como este. ¿Sabe a qué altura están el diferencial y el bastidor?

—Tengo una pala en el maletero y llevamos cadenas. Espere a ver adónde iremos al salir de Venecia.

—¿Vamos a hacer todo el camino en este coche?

—No lo sé. Ya lo pensaré.

—Piense en los guardabarros, señor.

—Los arrancaremos como hacen los indios en Oklahoma. Ahora mismo tiene demasiados guardabarros. Le sobra todo menos el motor. Tiene un motor excelente, Jackson. Ciento cincuenta caballitos.

—Cierto, señor. Da gusto conducir ese motor por buenas carreteras. Por eso no quiero que le pase nada.

—Muy amable por su parte, Jackson. Y ahora deje de sufrir.

—No sufro, señor.

—Bien —dijo el coronel.

Él tampoco sufría, porque justo entonces vio avanzar una vela detrás de la línea de árboles parduzcos que tenía delante. Era una vela grande y roja que pendía de la punta del mástil y se desplazaba despacio detrás de los árboles.

«¿Por qué siempre me conmueve ver una vela moviéndose por el campo? —pensó el coronel—. ¿Por qué me conmueve ver a los grandes bueyes lentos y pálidos? Debe de ser por su forma de andar, o por su aspecto, y el tamaño y el color.

»Pero una buena mula, o una reata de mulas de carga bien cuidadas también me conmueven. Igual que un coyote, cada vez que veo uno, y un lobo, con esos andares tan distintos de los de cualquier otro animal, gris, seguro de sí mismo, con esa cabezota y los ojos hostiles.»

—¿Alguna vez ha visto lobos cerca de Rawlins, Jackson?

—No, señor. Los lobos desaparecieron antes de que yo naciese; los envenenaron. Pero hay muchos coyotes.

—¿Le gustan los coyotes?

—Me gusta oírlos por las noches.

—A mí también. Más que ninguna otra cosa, excepto ver un barco navegando por el campo.

—Ahí tiene uno, señor.

—En el canal Sile —le explicó el coronel—. Es una barcaza rumbo a Venecia. Ahora el viento sopla de las montañas y va bastante deprisa. Si el viento continúa, hará mucho frío esta noche y eso tendría que traer muchos patos. Gire a la izquierda y seguiremos a lo largo del canal. Por ahí la carretera es buena.

—Donde yo nací no se cazan muchos patos. Pero en Nebraska se cazan muchos a lo largo del Platte.

—¿Piensa ir a cazar cuando lleguemos?

—No lo creo, señor. No tengo muy buena puntería, y prefiero quedarme en el catre. Es un domingo por la mañana.

—Lo sé —dijo el coronel—. Puede quedarse en el catre hasta mediodía si quiere.

—He traído el repelente. Debería dormir bien.

—No creo que lo necesite. —dijo el coronel—. ¿Ha traído Raciones K o Diez en Uno?[3] Lo más probable es que haya comida italiana.

—He traído unas latas y un poco de comida para darles.

—Bien hecho —dijo el coronel.

Estaba mirando hacia delante para ver dónde el camino del canal volvía a juntarse con la carretera principal. Sabía que desde allí lo verían en un día despejado como ese. Al otro lado de las marismas, pardas como las de Pilot Town en la desembocadura del Mississippi en invierno, y con las cañas combadas por el fuerte viento del norte, distinguió la torre cuadrada de la iglesia de Torcello y el alto *campanile* de Burano al fondo. El mar era de color azul pizarra y distinguió las velas de doce barcazas que navegaban empujadas por el viento hacia Venecia.

«Tendré que esperar a que crucemos el río Dese al norte de Noghera para verla bien —pensó—. Es raro recordar cómo resistimos a lo largo del canal aquel invierno para defenderlo y no llegamos a verlo. Luego una vez, yo estaba en Noghera y hacía

---

3. Las Raciones K se introdujeron en 1942 e incluían tres platos. La ración Diez en Uno se llamaba así por el número de soldados a los que se podía alimentar con ella.

un día tan frío y despejado como hoy, y la vi al otro lado del agua. Pero nunca entré. Pero es mi ciudad porque combatí por ella cuando era un muchacho, y ahora que tengo medio centenar de años, saben que luché por ella y que soy en parte su propietario y me tratan bien.

»¿Crees que es esa la razón de que te traten bien? —se preguntó.

»Tal vez —pensó—. Tal vez me traten bien porque soy un coronel del bando vencedor. Aunque no lo creo. O al menos eso espero. No es Francia —pensó.

»Allí combates para entrar en una ciudad a la que amas y vas con mucho cuidado de no romper nada y luego, si tienes sentido común, te cuidas mucho de volver para no encontrar a ciertos personajes militares que te tendrán rencor por haber combatido para entrar. *Vive la France et les pommes de terre frites. Liberté, Venalité et Stupidité*. La gran *clarté* del pensamiento militar francés. No han tenido un pensador militar desde Du Picq. Y era un pobre puñetero coronel. Mangin, Maginot y Gamelin. Elijan ustedes, caballeros. Tres escuelas de pensamiento. Una, les atizo un puñetazo en la nariz. Dos, me escondo detrás de esta cosa que no protege mi flanco izquierdo. Tres, escondo la cabeza en la arena como un avestruz, confiado en la grandeza de Francia como potencia militar y luego me largo.

»Lo de me largo es plantearlo en términos muy simples. Por supuesto —pensó—, siempre que se simplifica demasiado se es injusto. Recuerda a los buenos de la Resistencia, recuerda que Foch luchó y organizó y lo buena que era la gente. Recuerda a tus amigos y a tus muertos. Recuerda tantas cosas y otra vez a tus mejores amigos y la gente tan buena que conoces. No seas estúpido ni amargado. ¿Qué tiene eso que ver con el oficio de soldado? Ya es suficiente —se dijo—. Has venido a pasarlo bien.»

—¿Está contento, Jackson? —preguntó.

—Sí, señor.

—Estupendo. Estamos a punto de llegar a una vista que

quiero que vea. Basta con que le eche un vistazo. La operación será totalmente indolora. —«Vete a saber por qué me estará pinchando —pensó el chófer—. Solo porque antes fuese general de brigada se cree que lo sabe todo. Si era tan buen general de brigada, ¿por qué lo degradaron? Ha recibido tantos golpes que está medio sonado»—. Ahí está la vista, Jackson —dijo el coronel—. Pare al lado de la carretera y echaremos un vistazo. —El coronel y el chófer fueron al lado de la carretera que daba a Venecia y contemplaron la laguna batida por el fuerte y frío viento de las montañas que aguzaba los perfiles de los edificios de modo que estaban geométricamente claros—. Eso de ahí enfrente es Torcello —señaló el coronel—. Ahí es donde vivía la gente a la que expulsaron los visigodos. Construyeron esa iglesia con la torre cuadrada que ve allí. Ahí vivieron treinta mil personas y construyeron esa iglesia para honrar y adorar a su Dios. Luego, después de construirla, la desembocadura del río Sile se cegó o una inundación la cambió, y todas las tierras por donde hemos venido se anegaron, se convirtieron en un criadero de mosquitos y las azotó la malaria. La gente empezó a morir, así que los ancianos se reunieron y decidieron marcharse a un lugar saludable que pudiera defenderse con barcos, y donde los visigodos, los lombardos y los demás bandidos no pudieran atacarles, porque no tenían barcos. Los habitantes de Torcello eran buenos marineros. Así que se llevaron las piedras de sus casas en barcazas, como la que acabamos de ver y construyeron Venecia. —Se interrumpió—. ¿Le aburro, Jackson?

—No, señor. No tenía ni idea de quiénes habían sido los pioneros de Venecia.

—Fueron los habitantes de Torcello. Eran duros de pelar y tenían muy buen gusto para los edificios. Procedían de una pequeña ciudad en la costa llamada Caorle. Pero se llevaron consigo a toda la gente de los pueblos y las granjas cuando les invadieron los visigodos. Un joven de Torcello que vendía armas de contrabando en Alejandría encontró el cadáver de san Marcos y lo sacó de la ciudad debajo de un cargamento de carne de cerdo para que los aduaneros infieles no lo comprobaran. Trajo los restos a Venecia, y es su santo patrón y tienen una catedral en su nombre. Pero para entonces estaban comerciando tan al este que la arquitectura es demasiado bizantina para mi gusto. Nunca construyeron mejor que al principio en Torcello. Eso de ahí es Torcello.

Lo era.

—La Piazza de San Marco es donde están las palomas y hay esa catedral tan grande que parece una especie de cine ambulante, ¿no?

—Exacto, Jackson. Ha acertado. Si quiere verlo así. Si mira más allá de Torcello, verá el encantador *campanile* de Burano que está casi tan puñeteramente torcido como la torre inclinada de Pisa. Burano es una islita muy poblada donde las mujeres bordan un encaje precioso, y los hombres hacen *bambini* y trabajan de día en las fábricas de vidrio de la isla que se ve al lado, que se llama Murano. Fabrican un cristal maravilloso durante el día para los ricos del mundo entero, y luego vuelven a casa en el *vaporetto* y hacen *bambini*. Aunque no todos pasan la noche con su mujer. También van a cazar patos, con enormes escopetas de batea, en el borde de las marismas de esta laguna que está mirando. Las noches de luna llena se oyen los disparos toda la noche. —Hizo una pausa—. Y, si mira más allá de Murano, verá Venecia. Mi ciudad. Podría enseñarle muchas más cosas, pero creo que deberíamos seguir. Pero mire usted bien. Aquí es donde se ve cómo ocurrió. Pero nadie la mira nunca desde aquí.

—Es una vista preciosa. Gracias, señor.

—O.K. —dijo el coronel—. En marcha.

5

Sin embargo siguió mirando y todo le pareció tan maravilloso y le conmovió tanto como cuando la vio por primera vez a los dieciocho años, sin entender nada y sabiendo solo que era muy bella. El invierno ese año había sido muy frío y todas las montañas estaban blancas más allá del llano. Los austríacos tuvieron que intentar abrirse paso por el ángulo donde el río Sile y el antiguo lecho del Piave eran las únicas líneas de defensa.

Si dominabas el antiguo lecho del Piave, tenías el Sile para retirarte si cedía la primera línea. Más allá del Sile no había nada, solo una llanura pelada y una buena red de carreteras que se adentraba en la llanura del Véneto y las llanuras de Lombardía, y los austríacos atacaron una vez y otra y otra todo el invierno para intentar llegar a esa carretera por la que circulaban ahora y que llevaba directo a Venecia. Ese invierno el coronel, que en aquel entonces era teniente, y en un ejército extranjero, lo cual siempre le había acarreado sospechas en su propio ejército y no había beneficiado en nada su carrera, tuvo molestias de garganta todo el tiempo. Las molestias de garganta fueron por pasar tanto tiempo en el agua. Era imposible secarse y más valía mojarse cuanto antes y estar empapado.

Los ataques austríacos estuvieron mal coordinados, pero fueron constantes y exasperados: primero tenías el bombardeo pensado para borrarte del mapa y luego, cuando cesaba, comprobabas tus posiciones y contabas a la gente. Pero no había tiempo para ocuparse de los heridos, pues sabías que el ataque era inminente, y luego matabas a los hombres que llegaban vadeando las marismas con los fusiles por encima del agua tan despacio como andan los hombres cuando vadean con el agua a la cintura.

«Si no cesasen los bombardeos —pensaba a menudo el coronel, que en aquel entonces era teniente— no sé qué podríamos hacer.» Pero siempre cesaban y se interrumpían antes de atacar. Seguían las reglas.

«Si hubiésemos perdido el Piave y nos hubiéramos retirado al Sile, habríamos retrocedido a la segunda y tercera línea, aunque esas líneas eran indefendibles, entonces habrían concentrado toda la artillería y nos habrían machacado cada vez que atacasen hasta abrir una brecha. Gracias a Dios siempre hay un estúpido al mando —pensó el coronel— y fueron poco a poco.»

Todo ese invierno, con molestias de garganta, había matado a hombres que llegaban con las bombas de mano enganchadas a un arnés debajo del hombro con los pesados macutos de piel de ternero y los cascos que parecían cubos. Eran el enemigo.

Sin embargo, nunca los odió, ni pudo sentir nada por ellos. Daba órdenes con un calcetín viejo empapado en trementina y enrollado en la garganta, y rechazaban los ataques con fuego de fusilería y con las ametralladoras que les quedaban, o eran utilizables, después de cada bombardeo. Enseñaba a los suyos a disparar de verdad, lo cual es raro en las tropas continentales, y a mirar al enemigo cuando se acercaba, y, como siempre había un momento de calma en mitad del tiroteo, llegaron a hacerlo muy bien.

Pero siempre tenías que contar, y contar deprisa, después de los bombardeos para saber con cuántos tiradores contabas. Ese invierno le hirieron tres veces, pero fueron heridas sin importancia; heridas en la carne, sin romper el hueso, y había llegado a convencerse de su inmortalidad pues sabía que debería haber muerto en los bombardeos masivos que siempre precedían a los ataques. Por fin lo hirieron de verdad. Ninguna de las otras heridas le había hecho lo que le hizo la primera herida de verdad. «Supongo que es solo la pérdida de la inmortalidad», pensó. Bueno, en cierto sentido, es mucho.

Ese país significaba mucho para él, mucho más de lo que podría o querría contarle a nadie, y se quedó en el coche feliz de que en media hora más fuesen a estar en Venecia. Tomó dos tabletas de hexanitrato de manitol, como desde 1918 siempre había podido escupir pudo tomárselas sin agua, y preguntó:

—¿Qué tal, Jackson?

—Bien, señor.

—Desvíese a la izquierda cuando lleguemos al cruce de Mestre, y veremos los barcos a lo largo del canal y podremos esquivar el tráfico.

—Sí, señor —respondió el chófer—. ¿Me avisará cuando lleguemos al cruce?

—Claro —dijo el coronel.

Estaban llegando a Mestre, y ya era como ir a Nueva York la primera vez en los viejos tiempos cuando brillaba blanca y hermosa. «Lo robé —pensó—. Pero eso fue antes del humo. Estamos llegando a mi ciudad. ¡Dios, qué ciudad tan bella!»

Se desviaron a la izquierda y siguieron bordeando el canal donde estaban amarrados los barcos de pesca, el coronel los miró y se le alegró el corazón al ver las redes pardas, las nasas de mimbre y las líneas límpidas y hermosas de los barcos. «No es que sean pintorescas. Al diablo con lo pintoresco. Son puñeteramente hermosas.»

Pasaron la larga hilera de barcos en el lento canal que llevaba el agua del Brenta, y pensó en la larga extensión del Brenta, donde estaban las grandes mansiones, con sus céspedes, sus jardines, sus plátanos de sombra y sus cipreses. «Me gustaría que me enterraran allí —se dijo—. Conozco muy bien el lugar. Pero no creo que pueda hacerse. No lo sé. Conozco gente que permitiría que me enterraran en su casa. Le preguntaré a Alberto. Aunque a lo mejor le parece morboso.»

Hacía mucho tiempo que pensaba en los sitios bonitos donde le gustaría que lo enterraran y de qué lugares de la tierra le gustaría formar parte. «En realidad, la parte maloliente y putrefacta no dura mucho —pensó— y en cualquier caso te conviertes solo en una especie de mantillo, y hasta los huesos sirven de algo al final. Me gustaría que me enterraran casi en la linde de la finca, pero a la vista de la mansión elegante y de los grandes y altos árboles. No creo que les molestase mucho. Sería parte de la tierra donde juegan los niños por la tarde, y por la mañana tal vez estarían aprendiendo a saltar con los caballos y los cascos resonarían en la hierba, y las truchas saltarían en el estanque donde hubiese alguna larva de mosca.»

Iban por la carretera de Mestre a Venecia, con las feas fábricas Breda que podrían haber estado en Hammond, Indiana.

—¿Qué fabrican aquí, señor? —preguntó Jackson.

—La empresa fabrica locomotoras en Milán —respondió el coronel—. Aquí hacen un poco de todo lo que tenga que ver con la metalurgia. —Era una triste vista de Venecia, y siempre le había disgustado esta carretera excepto porque se ganaba mucho tiempo y se veían las boyas y los canales—. Esta ciudad se gana la vida por su cuenta —le comentó a Jackson—. Antes era la reina de los mares y la gente es dura y todo les trae sin cuidado. Cuando se la conoce bien, es una ciudad más dura que Cheyenne, y todo el mundo es muy correcto.

—Yo no habría dicho que Cheyenne era una ciudad dura, señor.

—Bueno, es más dura que Casper.

—¿Le parece una ciudad dura, señor?

—Es una ciudad petrolera. Una ciudad muy agradable.

—Pero no creo que sea dura, señor. Ni que lo haya sido nunca.

—O.K., Jackson. A lo mejor es que frecuentamos círculos diferentes. O tal vez nuestra definición de la palabra sea distinta. Pero esta ciudad de Venecia, en la que todo el mundo es muy educado y tiene muy buenos modales, es tan dura como Cooke City, en Montana, el día que celebran la fritada de pescado de los veteranos.

—Mi idea de una ciudad dura es Memphis.

—No tanto como Chicago, Jackson. Memphis solo es dura si eres negro. Chicago es dura al norte y al sur, no hay este ni oeste. Pero nadie tiene buenos modales. En cambio en este país, si quiere conocer una ciudad verdaderamente dura donde además se come de maravilla, vaya a Bolonia.

—No he estado nunca.

—Bueno, ahí está el garaje Fiat donde dejaremos el coche —dijo el coronel—. Puede dejar la llave en la oficina. Aquí no roban. Iré al bar mientras usted aparca arriba. Tienen gente que bajará las bolsas.

—¿Quiere que deje su escopeta y el equipo de caza en el maletero, señor?

—Sí. Aquí no roban. Ya se lo he dicho.

—Quería tomar precauciones con sus cosas, señor.

—Es usted tan puñeteramente noble que a veces resulta cargante —dijo el coronel—. Quítese la cera de los oídos y escuche lo que le he dicho la primera vez.

—Le he oído, señor —dijo Jackson.

El coronel le miró con gesto contemplativo y venenoso.

«Desde luego es un hijo de puta y un mal bicho —pensó Jackson—, y sabe ser muy amable.»

—Saque mi bolsa y la suya, aparque ahí arriba y compruebe el nivel del aceite, el agua y los neumáticos —dijo el coronel y anduvo por el cemento sucio de aceite y goma hacia la entrada del bar.

6

En el bar, en la primera mesa al entrar, había un tipo de Milán que se había hecho rico en la posguerra, gordo e implacable como solo pueden serlo los milaneses, con su amante muy deseable y de apariencia cara. Estaban bebiendo *negronis*, una combinación de dos vermús dulces con agua de seltz, y el coronel se preguntó cuántos impuestos habría evadido ese hombre para comprar esa joven esbelta con su largo abrigo de visón y el descapotable que un chófer había subido por la rampa para aparcarlo. Los dos lo miraron con la mala educación propia de los de su clase y él los saludó y dijo en italiano: «Siento ir de uniforme. Pero es un uniforme. No un disfraz».

Luego les dio la espalda sin esperar a ver el efecto de sus palabras y se dirigió al bar. Desde el bar podías vigilar el equipaje, igual que los dos *pescecani* estaban vigilando el suyo.

«Probablemente sea un Commendatore —pensó—. Ella es guapa, un bombón. La verdad es que es puñeteramente guapa. Vete a saber qué habría pasado si yo hubiese tenido dinero para comprarme una así y embutirla en un visón. Me contentaré con lo que tengo —pensó— y ellos como si se ahorcan.»

El camarero le estrechó la mano. Este camarero era anarquista, pero no le importaba lo más mínimo que el coronel fuese coronel. Le gustaba, le enorgullecía y le encantaba como si los anarquistas también tuviesen coroneles, y, en cierto sentido, en los meses que hacía que se conocían, parecía convencido de haber inventado, o al menos, erigido al coronel igual que cualquiera se habría enorgullecido de participar en la erección de un *campanile*, o incluso de la vieja iglesia de Torcello.

El camarero había oído la conversación, o, más bien, su seca observación al pasar por la mesa y se alegró.

Había encargado ya por el montaplatos una ginebra Gordon's con Campari y dijo:

—Ahora sube en ese artilugio. ¿Qué tal va todo por Trieste?

—Ya te puedes imaginar.

—No podría imaginarlo.

—Pues no te esfuerces —dijo el coronel—, y así no tendrás hemorroides.

—No me importaría, si fuese coronel.

—Nunca me ha importado.

—Los invadirían en un segundo —dijo el camarero.

—No se lo digas al Honorable Pacciardi —se burló el coronel. El camarero y él bromeaban con eso porque el Honorable Pacciardi era ministro de Defensa de la República Italiana. Tenía más o menos la misma edad que el coronel y había combatido muy bien en la Primera Guerra Mundial y también, como jefe de batallón, en España, donde lo había conocido el coronel cuando fue de observador. La seriedad con que el Honorable Pacciardi se tomaba el puesto de ministro de Defensa de un país indefendible era un vínculo entre el coronel y el camarero. Los dos eran hombres muy prácticos y ver al Honorable Pacciardi defendiendo la República Italiana estimulaba su imaginación—. Todo es un poco raro allí —añadió el coronel—, y no me importa.

—Tenemos que mecanizar al Honorable Pacciardi —respondió el camarero—. Y darle la bomba atómica.

—Llevo tres en el maletero —dijo el coronel—. El nuevo modelo, con asas y todo. Pero no podemos dejarle sin armas. Tenemos que proporcionarle ántrax y botulismo.

—No podemos fallarle al Honorable Pacciardi —dijo el camarero—. Mejor vivir un día como un león que cien años como un cordero.

—Mejor morir de pie que vivir de rodillas —coincidió el coronel—. Aunque hay muchos sitios donde vale más echarse cuerpo a tierra si quieres seguir con vida.

—Coronel, no diga nada subversivo.

—Los estrangularemos con nuestras propias manos —dijo el coronel—. Un millón de hombres se levantarán en armas de la noche a la mañana.

—¿Con qué armas? —preguntó el camarero.

—Ya nos ocuparemos de eso —dijo el coronel—. Es solo una fase en el Cuadro General.

En ese momento entró el chófer. El coronel reparó en que mientras hablaban había dejado de vigilar la puerta y se irritó, como le ocurría siempre con cualquier fallo en la vigilancia o la seguridad.

—¿Por qué diablos ha tardado tanto, Jackson? Venga a tomar una copa.

—No, gracias, señor.

«Imbécil remilgado —pensó el coronel—. Aunque debería dejar de pincharle», se corrigió.

—Nos iremos dentro de un minuto —dijo el coronel—. He estado intentando aprender italiano con mi amigo aquí presente. —Se volvió para mirar a los estraperlistas milaneses, pero se habían ido.

«Me estoy volviendo muy lento —pensó—. El día menos pensado alguien me va a pillar desprevenido. A lo mejor hasta es el Honorable Pacciardi.»

—¿Cuánto es? —le preguntó lacónico al camarero.

El camarero se lo dijo y lo miró con sus astutos ojos italianos, que ahora no estaban alegres, aunque las arrugas de expresión estaban claramente marcadas y salían del rabillo del ojo. «Espero que no le pase nada —pensó el camarero—. Dios, o quien sea, quiera que no sea nada muy malo.»

—Adiós, mi coronel —dijo.

—*Ciao* —respondió el coronel—. Jackson, bajaremos por la rampa e iremos hacia el norte por la salida donde están amarradas las barcas. Las barnizadas. Hay un mozo de cuerda con las bolsas. Hay que dejar que las lleven ellos porque tienen una concesión.

—Sí, señor —dijo Jackson.

Los dos salieron por la puerta y nadie miró atrás.

En el *imbarcadero*, el coronel le dio una propina al hombre que les había llevado las dos bolsas y luego miró en busca de un barquero conocido.

No reconoció al hombre de la primera barca, que era el primero de la fila, pero el barquero le dijo:

—Buenos días, coronel. Soy el primero.

—¿Cuánto es de aquí al Gritti?

—Lo sabe tan bien como yo, mi coronel. No regateamos. Tenemos una tarifa fija.

—¿Cuánto es la tarifa?

—Tres mil quinientas.

—Por sesenta podemos ir en el *vaporetto*.

—Y nadie se lo impide —dijo el barquero, que era un anciano de rostro colorado pero no colérico—. No les llevará al Gritti, pero tiene una parada en el *imbarcadero* justo después de Harry's, puede telefonear a alguien del Gritti para que vaya a buscar su equipaje. —«¿Y qué me compraría con las puñeteras tres mil quinientas liras?; además, este es un buen tipo»—. ¿Quiere que mande llamar a ese hombre? —Señaló a un anciano decrépito que hacía recados por los muelles y estaba siempre dispuesto a ayudar, aunque nadie se lo pidiese, a bajar o a subir a los pasajeros sujetándolos del codo, siempre dispuesto a ayudar cuando no hacía falta su ayuda y a tender el viejo sombrero de fieltro con una reverencia después de prestar su ayuda innecesaria—. Él les llevará al *vaporetto*. Hay uno en veinte minutos.

—Al diablo con él —dijo el coronel—. Llévenos al Gritti.

—*Con piacere* —respondió el barquero.

El coronel y Jackson subieron a la barca que parecía una lancha rápida. Estaba recién barnizada, muy bien cuidada y propulsada por una conversión marina de un minúsculo motor Fiat que había prestado servicio en el coche de un médico de provincias y luego había sido comprado en un cementerio de automóviles, uno de esos cementerios de elefantes mecánicos que en nuestro mundo siempre se encuentran cerca de una población de importancia, y había sido reacondicionado y reconvertido para empezar una nueva vida en los canales de esta ciudad.

—¿Qué tal va el motor? —preguntó el coronel. Le recordó a un tanque averiado o a un vehículo anticarro, excepto que los ruidos eran en miniatura por la falta de potencia.

—Así, así —dijo el barquero. Movió la mano de lado a lado.

—Debería comprar el modelo más pequeño de Universal. Es el motor marino más pequeño y ligero que conozco.

—Sí —dijo el barquero—. Hay muchas cosas que debería comprar.

—A lo mejor tiene usted un buen año.

—Siempre es posible. Muchos *pescecani* de Milán vienen a jugar al Lido. Pero nadie subiría dos veces a esto adrede. No es una mala barca. Está bien construida. No es bonita como una góndola, claro. Pero necesita un motor.

—Yo podría conseguirle uno de jeep. Uno roto que usted pudiera arreglar.

—No diga eso —dijo el barquero—. Esas cosas no pasan. No quiero ni pensarlo.

—Puede pensarlo —dijo el coronel—. Hablo en serio.

—¿De verdad?

—Claro. No le garantizo nada. Veré qué puedo hacer. ¿Cuántos hijos tiene?

—Seis. Dos chicos y cuatro chicas.

—Demonios, no debía usted creer en el Régimen. Solo seis.

—No creía en el Régimen.

—No me venga con esas —dijo el coronel—. Habría sido muy natural que creyese. ¿Piensa que se lo voy a reprochar ahora que hemos vencido?

Estaban pasando la parte más insípida del canal que va del Piazzale Roma a Ca'Foscari, «aunque ninguna parte es insípida

—pensó el coronel—. No tiene por qué haber palacios o iglesias en todas partes. Desde luego feo no es». Miró a la derecha, a estribor —pensó—. Estoy en el agua. —Era un edificio largo y bajo, y al lado había una *trattoria*—. Debería vivir aquí. Con la pensión podría permitírmelo. No en el palacio Gritti. En una habitación de una casa como esa y con las barcas y las mareas a mis pies. Podría leer por las mañanas y pasear por la ciudad antes de comer e ir todos los días a ver los Tintorettos de la Accademia y a la Scuola di San Rocco y comer en sitios buenos y baratos detrás del mercado, o, a lo mejor la patrona de la casa cocinaría por las noches.

»Creo que sería mejor comer fuera y andar para hacer un poco de ejercicio. Es una buena ciudad para pasear. Probablemente la mejor. Nunca he dado un paseo por ella que no haya sido agradable. Podría llegar a conocerla muy bien —pensó— y luego tendría eso.

»Es una ciudad rara y engañosa e ir andando de un sitio a otro es mejor que hacer crucigramas. Nos honra no haberla bombardeado, y a ellos que la respetaran.

»Dios, cuánto me gusta —se dijo—, y qué feliz me siento de haber ayudado a defenderla cuando era un mocoso que apenas farfullaba el idioma y que ni siquiera la había visto hasta ese día claro de invierno cuando volvía a que me hiciesen las curas de una herida sin importancia y la vi alzándose en el mar. *Merde* —pensó—, ese invierno nos fue muy bien, dada la coyuntura.

»Ojalá pudiera volver a luchar por ella —pensó—. Sabiendo lo que sé ahora y teniendo lo que tenemos ahora. Pero ellos también lo tendrían y el problema esencial sigue siendo el mismo, Aparte de quién tenga el dominio aéreo.»

Todo ese rato había estado mirando la proa de la barca desvencijada y recién barnizada con sus delicados adornos de latón perfectamente bruñido cortando el agua parda y observando los pequeños problemas de tráfico.

Pasaron por debajo del puente blanco y del puente de madera inacabado. Luego dejaron el puente rojo a la derecha y pasaron por debajo del primer puente alto blanco. Después llegaron al puente negro calado de hierro del canal que lleva al río Nuovo y pasaron las dos estacas encadenadas pero separadas: «igual que nosotros», pensó el coronel. Vio cómo las azotaba la marea y que las cadenas se habían comido la madera desde la primera vez que las vio. «Somos nosotros —pensó—. Ese es nuestro monumento. ¡Cuántos monumentos dedicados a nosotros no habrá en los canales de esta ciudad!»

Luego siguieron avanzando muy despacio hasta el enorme faro que había a la derecha a la entrada del Gran Canal donde el motor inició su agonía metálica que se tradujo en un ligero aumento de la velocidad. Pasaron entre los pilotes por debajo de la Accademia y adelantaron casi rozándolo a un bote negro diesel cargado hasta los topes de madera, cortada a tacos, para las chimeneas de las húmedas casas de la Ciudad del Mar.

—Es haya, ¿no? —le preguntó el coronel al barquero.

—Haya y otra madera más barata cuyo nombre no recuerdo ahora.

—El haya es para el fuego como la antracita para la estufa. ¿De dónde la sacan?

—No soy montañés. Pero creo que la traen de más allá de Bassano, al otro lado del monte Grappa. Fui al Grappa a ver dónde está enterrado mi hermano. Era una excursión desde Bassano, y fuimos al gran osario. Pero volvimos por Feltre. Mientras descendíamos de las montañas hacia el valle vi que el otro lado era una buena región maderera. Bajamos por la carretera militar y estaban cargando mucha leña.

—¿En qué año mataron a su hermano en Grappa?

—En 1918. Era un patriota que se encendía al oír a hablar a D'Annunzio y se presentó voluntario antes de que llamaran a los de su quinta. Nunca lo conocimos muy bien por lo pronto que nos dejó.

—¿Cuántos eran de familia?

—Seis. Perdimos a dos al otro lado del río Isonzo, a uno en la Bainsizza y a uno en el Carso. Luego perdimos a este hermano del que le hablo en el monte Grappa y quedé yo.

—Le conseguiré ese puñetero motor de jeep con asas y todo —dijo el coronel—. Bueno, no seamos morbosos y busquemos las casas donde viven mis amigos. —Estaban subiendo por el Gran Canal y era fácil ver dónde vivían sus amigos—. Esa es la casa de la contessa Dandolo —dijo el coronel.

Aunque lo pensó, no dijo: «Tiene más de ochenta años y es tan alegre como una jovencita y no tiene ningún miedo a morir. Se tiñe el pelo de rojo y le queda muy bien. Es una buena amiga y una mujer admirable».

Su *palazzo* era muy bello, estaba un poco apartado del canal por el jardín delantero y tenía un embarcadero propio al que habían arribado muchas góndolas, en épocas diversas, con gente cordial, alegre, triste y desilusionada. Aunque casi todos se habían alegrado de ir a ver a la contessa Dandolo.

Ahora mientras subían por el canal, contra el frío viento de las montañas, y con las casas claramente recortadas como en un día de invierno, que, por supuesto, es lo que era, contemplaron la antigua magia de la ciudad y su belleza. Aunque para el coronel estaba condicionada porque conocía a muchos de los habitantes de los *palazzi*; o si ya no vivía nadie en ellos, sabía a qué uso los habían dedicado.

«Ahí está la casa de la madre de Alvarito —pensó, aunque no lo dijo—. No pasa mucho tiempo en ella, se queda en la casa de campo cerca de Treviso donde hay árboles. Está harta de que no haya árboles en Venecia. Perdió a un buen hombre y en realidad ya no le interesa nada más que la eficiencia.

»Aunque en otro tiempo la familia le alquiló la casa a George Gordon, Lord Byron, y ya nadie duerme en la cama de Byron ni en la otra cama, dos pisos más abajo, donde se acostaba con la mujer del gondolero. No son sagradas, ni reliquias. Solo camas de más que no se usaron después por diversas razones, o tal vez por respeto a Lord Byron que era muy querido en esta ciudad, a pesar de los errores que cometió. En esta ciudad hay que ser un tipo duro para que te quieran —pensó el coronel—. Nunca les importaron gran cosa Robert Browning, ni la señora de Robert Browning, ni su perro. No los consideraban venecianos por muy bien que escribiera de la ciudad. ¿Y qué es un tipo duro? —se preguntó—. Utilizas el término tan a menudo que deberías poder definirlo. Supongo que es alguien que interpreta su papel y no se vuelve atrás. O solo alguien que interpreta su papel. Y no estoy pensando en el teatro —pensó—. Por bonito que pueda ser el teatro.

»Y aun así —pensó al ver la pequeña villa cerca del agua, tan fea como cualquier edificio de los que se ven desde el tren que enlaza con el barco de Havre o Cherburgo, al llegar a la *banlieue* antes de París. Estaba cubierta de árboles mal cuidados, y no era un sitio donde uno viviría si pudiera evitarlo—. Ahí vivió él.

»Lo apreciaban por su talento, y porque era malo y valiente. Un chico judío sin un céntimo que asaltó el país con su talento y su retórica. Era más desdichado que nadie, y también más malo. Pero a la hora de la verdad el único hombre con quien se me ocurre compararlo no fue a la guerra —pensó el coronel— y Gabriele d'Annunzio (siempre he querido saber cuál era su verdadero nombre —pensó— porque en un país práctico nadie se llama D'Annunzio y tal vez no fuese judío, y qué más daba si lo era o no) había pasado por muchos cuerpos del ejército igual que abrazó los cuerpos de muchas mujeres.

»Todos los cuerpos en los que sirvió D'Annunzio eran agradables y las misiones eran rápidas y se realizaban con rapidez, excepto en la infantería. Recordó que D'Anunnzio había perdido un ojo en un accidente de aviación, volando como observador, de Trieste a Pola, y que, después, siempre había llevado un parche y la gente que no lo sabía, y en aquel entonces nadie lo sabía, pensaba que lo había perdido en el Veliki o en San Michele o en cualquier otro sitio peligroso más allá del Carso, donde tantos habían muerto o habían sido malheridos. Pero en realidad D'Annunzio solo estaba haciendo gestos heroicos con lo demás. Los soldados de infantería tienen un oficio muy extraño, tal vez el más extraño de todos. Él, Gabriele, volaba, pero no era aviador. Estaba en la infantería, pero no era un soldado de infantería y siempre era igual en todo.»

Y el coronel recordó una vez en que había estado al mando de un pelotón de tropas de asalto, mientras llovía uno de los inviernos interminables, en que no paraba de llover; o al menos llovía siempre que había desfiles o arengas a las tropas, y D'Annunzio, con su ojo tuerto tapado por el parche y el rostro lívido, tan blanco como la panza de un lenguado recién llegado al mercado y muerto treinta horas antes, gritaba «*Morire no è basta*» y el coronel, que entonces era teniente, había pensado: «¿Qué diablos más quieren de nosotros?».

Pero había continuado su discurso y, al final, cuando el teniente coronel D'Annunzio, escritor y héroe nacional, certificado y auténtico donde los haya —y el coronel no creía en los héroes—, pidió un momento de silencio para nuestros muertos gloriosos, se puso en posición de firmes. Pero los soldados, que no habían oído el discurso, porque en aquel entonces no había altavoces, y estaban un poco lejos, respondieron, como un solo hombre, en aquel momento de silencio para nuestros muertos gloriosos, con un unánime y sonoro: «*Evviva D'Annunzio*».

D'Annunzio los había arengado en otras ocasiones, tanto después de una victoria como antes de una derrota, y sabían lo que tenían que gritar cuando el orador hacía una pausa.

El coronel, que entonces era teniente y amaba a su pelotón, había gritado con ellos en tono imperioso «*Evviva D'Annunzio*» absolviendo así a todos los que no habían escuchado el discurso, alocución o arenga, e intentando, del modo en que solo un teniente puede intentar algo que no sea conservar una posición indefendible o dirigir a sus tropas con inteligencia en un ataque, compartir su culpa.

Pero ahora estaba pasando por la casa donde aquel pobre hombre tan maltratado por la vida había vivido con su grande, triste y nunca bien amada actriz, y pensó en sus maravillosas manos y en su rostro tan mudable, que no era bello, pero transmitía amor, gloria, placer y tristeza; y en el modo en que la curva de su antebrazo podía romperte el corazón, y pensó: «Dios, los dos están muertos y ni siquiera sé dónde está enterrado ninguno de ellos. Pero espero de todo corazón que se divirtiesen en esa casa».

—Jackson —dijo—, esa pequeña villa de la izquierda perteneció a Gabriele d'Annunzio, un gran escritor.

—Sí, señor —dijo Jackson—. Me alegro de saberlo. Nunca había oído hablar de él.

—Si quiere leerlo, le diré lo que escribió —dijo el coronel—. Hay algunas traducciones al inglés bastante buenas.

—Gracias, señor —dijo Jackson—. Me gustaría leerlo cuando tenga tiempo. Tiene una casa que parece muy práctica. ¿Cómo ha dicho que se llamaba?

—D'Annunzio —dijo el coronel—. Escritor. —Como no quería confundir a Jackson, ni ser difícil como había sido varias veces ese día, añadió para sus adentros: «escritor, poeta, héroe nacional, redactor de la dialéctica del fascismo, egotista macabro, aviador, capitán o tripulante de la primera torpedera, teniente coronel de infantería sin la menor idea de cómo mandar una compañía o siquiera un pelotón como es debido, el gran y delicioso escritor de *Notturno* a quien respetamos, y también un imbécil». Delante de ellos había un cruce de góndolas en Santa Maria del Giglio y, más allá, el embarcadero de madera del Gritti—. Ahí está el hotel donde vamos a alojarnos, Jackson.

El coronel señaló hacia el bello y pequeño palacio de tres pisos y color rosa que daba al canal. Había sido una dependencia del Gran Hotel, pero ahora era un hotel autónomo y muy bueno. Probablemente el mejor, si no querías que te adularan, incomodaran o atosigaran los camareros en una ciudad de grandes hoteles, y al coronel le encantaba.

—Me gusta, señor —dijo Jackson.

—Está muy bien —respondió el coronel.

La barca llegó valientemente a los pilotes del embarcadero. «Todos sus movimientos —pensó el coronel— son un triunfo de la valentía del motor viejo. Ya no tenemos caballos de guerra como el viejo Traveller o Marbot's Lysette que combatieron, personalmente, en Eylau. Nos queda la valentía de los pistones desgastados que se niegan a romperse, del cilindro que no revienta pese a estar en todo su derecho y demás.»

—Estamos en el embarcadero, señor —dijo Jackson.

—¿Dónde diablos quieres que estemos, hombre? Sal de la barca mientras arreglo cuentas con este señor. —Se volvió hacia el barquero y dijo—: Tres mil quinientas, ¿no?

—Sí, mi coronel.

—No olvidaré lo del motor de jeep viejo. Venda este y cómprele avena a su caballo.

El mozo, que estaba cogiéndole las bolsas a Jackson, lo oyó y se rió.

—No hay veterinario capaz de enderezar a ese caballo.

—Todavía corre —objetó el barquero.

—Pero no gana carreras —dijo el mozo—. ¿Cómo está, mi coronel?

—Mejor que nunca —respondió el coronel—. Entraré a ver al Gran Maestre.

—Le está esperando, mi coronel.

—No le hagamos esperar, Jackson —dijo el coronel—. Puede ir al vestíbulo con este caballero y decirle que me apunte en el registro. Asegúrese de que le dan una habitación al sargento —le dijo al mozo—. Solo nos quedaremos una noche.

—El barón Alvarito ha pasado a buscarle.

—Ya lo veré en Harry's.

—Muy bien, mi coronel.

—¿Dónde está el Gran Maestre?

—Iré a buscarlo.

—Dígale que estaré en el bar.

7

El bar estaba justo enfrente del vestíbulo del Gritti, aunque vestíbulo, pensó el coronel, no era el término más exacto para describir esa entrada tan elegante. «¿No describió el Giotto un círculo? —pensó—. No, eso fue un matemático.» La anécdota de ese pintor que más le gustaba y que recordaba muy bien era cuando dijo: «Ha sido fácil», justo después de dibujar un círculo perfecto. ¿Quién diablos lo había contado y dónde?

—Buenos días, Consejero Privado —le dijo al camarero, que no era un miembro de pleno derecho de la Orden, pero a quien no quería ofender—. ¿Qué puedo hacer por usted?

—Beba, mi coronel.

El coronel se asomó a las ventanas y a la puerta del bar y contempló las aguas del Gran Canal. Vio el poste negro donde amarraban las góndolas y la luz invernal y vespertina sobre el agua barrida por el viento. Al otro lado se hallaban el antiguo palacio y una barcaza de madera, negra y ancha, que subía por el canal, con las olas rompiendo contra la proa a pesar de que tenía el viento de popa.

—Que sea un martini muy seco —dijo el coronel—. Y doble.

Justo entonces entró en la sala el Gran Maestre. Llevaba su atuendo formal de camarero jefe. Era apuesto como deberían serlo los hombres, de dentro afuera, de modo que su sonrisa nazca en el corazón, o dondequiera que esté el centro del cuerpo, y salga bella y con franqueza a la superficie, que es el rostro.

Tenía un rostro elegante con la nariz larga y recta de esa parte del Véneto; los ojos alegres amables y sinceros y el cabello blanco y honorable de sus años, que eran dos más que los del coronel.

Se adelantó sonriente, seductor, y al mismo tiempo cómplice, pues ambos compartían muchos secretos, y extendió la mano que era una mano grande, alargada y fuerte con los dedos como espátulas, y bien cuidada como correspondía, y era obligatorio, en su posición, y el coronel extendió la suya que estaba un poco deforme porque se la habían herido dos veces. Así establecieron contacto los dos antiguos habitantes del Véneto, hombres los dos, y hermanos en la comunidad de la raza humana, el único club del que pagaban cuotas, y hermanos también en su amor por un país antiguo, en el que se había luchado mucho, que siempre había salido triunfante en la derrota y al que ambos habían defendido en la juventud.

Su apretón de manos duró solo lo justo para sentir con firmeza el contacto y el placer de volver a verse y después el *Mâitre d'Hôtel* dijo:

—Mi coronel.

El coronel dijo:

—*Gran Maestro*. —Luego el coronel pidió al *Gran Maestro* que bebiera alguna cosa con él, pero el *Mâitre d'Hôtel* respondió que estaba trabajando. Era imposible y además estaba prohibido—. Que forniquen a las prohibiciones —exclamó el coronel.

—Por supuesto —coincidió el *Gran Maestro*—. Pero todo el mundo tiene que cumplir con su deber, aquí las normas son razonables y todos deberíamos cumplir con ellas; sobre todo yo, por una cuestión de principios.

—No en vano eres el *Gran Maestro* —dijo el coronel.

—Ponme un *Carpano punto e mezzo* pequeño —le pidió el *Gran Maestro* al camarero, que seguía fuera de la Orden por alguna pequeña razón no aclarada ni definida—. Para beber, por la *ordine*.

Y así, violando las órdenes y el principio del precepto y ejemplo en el mando, el coronel y el *Gran Maestro* apuraron rápidamente una copa. No se precipitaron y el *Gran Maestro* no se impacientó. Solo la tomaron deprisa.

—Bueno, discutamos los asuntos de la Orden —dijo el coronel—. ¿Estamos en la cámara secreta?

—Sí —dijo el *Gran Maestro*—. O así lo declaro.

—Continúa —dijo el coronel.

La Orden, que era una organización puramente ficticia, se había fundado en una serie de conversaciones entre el *Gran Maestro* y el coronel. Se llamaba *El Ordine Militar, Nobile y Espirituoso de los Caballeros de Brusadelli.* Tanto el coronel como el camarero jefe hablaban español, y como no hay lengua mejor para fundar una orden, la habían utilizado para bautizar a esta, que se inspiraba en un estraperlista multimillonario y particularmente famoso que, en el curso de una disputa sobre sus propiedades, había acusado a su joven esposa, pública y legalmente, mediante una demanda judicial, de haberlo privado de la razón con sus extraordinarias exigencias sexuales.

—*Gran Maestro* —dijo el coronel—. ¿Ha tenido noticias de nuestro líder, *El Reverenciado*?

—Ni una palabra. Últimamente guarda silencio.

—Debe de estar pensando.

—Sí.

—Tal vez esté planeando actos vergonzosos nuevos y más distinguidos.

—Tal vez. No me ha dicho ni una palabra.

—Pero podemos confiar en él.

—Hasta que muera —dijo el *Gran Maestro*—. Después puede arder en el infierno y seguiremos reverenciando su recuerdo.

—Giorgio —dijo el coronel—. Sírvele al *Gran Maestro* otro Carpano corto.

—Si es una orden —dijo el *Gran Maestro*—. No puedo sino obedecer.

Entrechocaron las copas.

—Jackson —dijo el coronel—. Vaya a ver la ciudad. Puede venir aquí a comer. No quiero verle hasta mañana en el vestíbulo a las once cero cero, a no ser que se meta usted en algún lío. ¿Tiene dinero?

—Sí, señor —dijo Jackson y pensó: «El viejo hijo de puta está tan loco como dicen. Pero no hacía falta que me llamara a voces».

—No quiero verlo —dijo el coronel—. Jackson había entrado en la sala y estaba delante de él, más o menos en posición de firmes—. Estoy harto de verlo, porque no hace más que preocuparse y no sabe divertirse. Por Dios, diviértase un poco.

—Sí, señor.

—¿Ha entendido lo que le he dicho?

—Sí, señor.

—Repítalo.

—Ronald Jackson, T5 Número de Serie 100678, se presentará en el vestíbulo del hotel Gritti a las once cero cero mañana por la mañana, desconozco la fecha señor, y se quitará de la vista del coronel y se divertirá o —añadió— hará intentos razonables para conseguir ese objetivo.

—Lo siento, Jackson —dijo el coronel—. Soy un mierda.

—Quisiera disentir, mi coronel —dijo Jackson.

—Gracias, Jackson —le dijo el coronel—. Tal vez no lo sea. Espero que tenga razón. Y ahora a tomar por saco. Tiene una habitación, o debería tenerla, y puede venir a comer. Intente divertirse un poco.

—Sí, señor —dijo Jackson.

Cuando se fue, el *Gran Maestro* preguntó al coronel:

—¿Quién es ese chico? ¿Uno de esos norteamericanos tristes?

—Sí —dijo el coronel—. Y Dios sabe que estamos sobrados de ellos. Tristes, santurrones, gordos y mal entrenados. Si están mal entrenados, la culpa es mía. Aunque también tengo algunos buenos.

—¿Cree que habrían combatido en Grappa, Pasubio y el Basso Piave como nosotros?

—Los buenos, sí. Tal vez incluso mejor. Pero en nuestro ejército ni siquiera disparan para hacerse una herida autoinfligida.

—¡Dios! —dijo el *Gran Maestro*—. Tanto él como el coronel recordaban a los hombres que decidían que no querían morir, sin pensar que quien muere el jueves no tiene que morir el viernes, y como un soldado envolvía la pierna con polainas de otro en un saco arenero para que no hubiese quemaduras de pólvora y le disparaba desde lo bastante lejos para atravesar la carne sin romper el hueso, y luego disparaba dos veces contra el parapeto para tener una coartada. Los dos lo sabían y era por esa razón y por su odio sincero a quienes se habían enriquecido con la guerra por lo que habían fundado la Orden.

Los dos se querían y respetaban mutuamente, y sabían que los pobres chicos que no querían morir compartían el contenido de una caja de cerillas, llena de pus de gonorrea, para causar la infección que los libraría del mortífero ataque frontal.

Sabían lo de los otros chicos que se metían las grandes monedas de diez céntimos en las axilas para causarse ictericia. Y también lo de los más ricos que, en varias ciudades, se hacían inyectar parafina debajo de la rótula para no poder ir a la guerra.

Sabían que el ajo podía usarse para producir ciertos efectos que podían ausentar a un hombre de un ataque, y sabían todos, o casi todos, los demás trucos, pues uno había sido sargento y el otro teniente de infantería, y habían luchado en los tres puntos clave, Pasubio, Grappa y el Piave, donde todo cobró sentido.

También habían combatido en la estúpida carnicería anterior en el Isonzo y el Carso, pero los dos sentían vergüenza de quienes habían dado las órdenes, y lo recordaban como algo estúpido y vergonzoso que era mejor olvidar y el coronel lo recordaba desde el punto de vista técnico, como una lección. Así que ahora habían fundado la Orden de Brusadelli, noble, militar y religiosa, integrada solo por cinco miembros.

—¿Qué novedades hay de la Orden? —le preguntó el coronel al *Gran Maestro*.

—Hemos ascendido al cocinero del Magnificent al rango de

Commendatore. Se portó tres veces como un hombre en su quincuagésimo cumpleaños. Acepté su informe sin corroborarlo. Jamás ha mentido.

—No. Nunca ha mentido. Pero es un asunto en el que no hay que ser demasiado crédulo.

—Le creí. Parecía exhausto.

—Lo recuerdo cuando era un chico duro y lo llamábamos «desfloravírgenes».

—*Anch'io*.

—¿Hay algún plan concreto para la Orden en invierno?

—No, Comandante Supremo.

—¿No deberíamos hacerle un homenaje al Honorable Pacciardi?

—Como guste.

—Dejémoslo para más adelante —dijo el coronel. Se quedó pensando un momento, e hizo un gesto para pedir otro martini seco.

—¿No podríamos organizar un homenaje y una manifestación en algún lugar histórico como San Marco o la vieja iglesia de Torcello en honor a nuestro Gran Patrón, Brusadelli, *El Reverenciado*?

—Dudo que las autoridades religiosas lo permitieran en este momento.

—En ese caso abandonemos todas las manifestaciones públicas este invierno, y concentrémonos en nuestros *cadres*, por el bien de la Orden.

—Me parece lo más sensato —dijo el *Gran Maestro*—. Nos reagruparemos.

—¿Y tú cómo estás?

—Fatal —respondió el *Gran Maestro*—. Tengo la tensión baja, úlceras y debo dinero.

—¿Eres feliz?

—Siempre —dijo el *Gran Maestro*—. Me gusta mucho mi trabajo, y conozco a personajes extraordinarios e interesantes, también a muchos belgas. Son lo que tenemos en lugar de las langostas este año. Antes tuvimos a los alemanes. ¿Qué fue lo que dijo César? «Y los más valientes de todos son los belgas.» Pero no los mejor vestidos. ¿No cree?

—Los he visto bastante bien vestidos en Bruselas —dijo el coronel—. Una capital alegre y bien alimentada. Gane, pierda o empate. Nunca los he visto luchar, aunque todo el mundo dice que saben combatir.

—Deberíamos haber combatido En Flandes en los viejos tiempos.

—En los viejos tiempos no habíamos nacido —respondió el coronel—. De lo que se deduce automáticamente que no podríamos haber combatido.

—Ojalá hubiésemos combatido con los Condottieri cuando lo único que había que hacer para que cedieran era ser más listo que ellos. Usted podría haber pensado y yo habría llevado a cabo sus órdenes.

—Habríamos tenido que conquistar unas cuantas ciudades para que respetasen nuestras ideas.

—Si las hubiesen defendido las habríamos saqueado —apuntó el *Gran Maestro*—. ¿Qué ciudades habría tomado?

—Esta no —dijo el coronel—. Habría tomado Vicenza, Bérgamo y Verona. No necesariamente por ese orden.

—Tendría que tomar otras dos.

—Lo sé —dijo el coronel. Ahora volvía a ser general, y se alegró—. Creo que habría esquivado Brescia. Podría caer por su propio peso.

—¿Y qué tal está el Comandante Supremo? —preguntó el *Gran Maestro*, pues lo de conquistar ciudades le superaba.

Su hogar era su casita de Treviso, cerca del río que fluía al pie de las antiguas murallas. Las algas se movían con la corriente y los peces se ocultaban a la sombra y saltaban cuando los insectos rozaban el agua al atardecer. También se sentía en casa en cualquier operación que no requiriese más de una compañía, y las entendía con tanta claridad como entendía el modo correcto de atender las mesas en un salón pequeño, o en uno grande.

Pero cuando el coronel volvía a ser general, como había sido antaño, y pensaba en términos que lo superaban igual que el cálculo supera a alguien que tenga solo conocimientos de aritmética, no se sentía cómodo, y su relación se tensaba, y deseaba que el coronel volviese a hablar de las cosas que ambos conocieron cuando eran un teniente y un sargento.

—¿Y que harías tú con Mantua? —preguntó el coronel.

—No lo sé, mi coronel. No sé contra quiénes está luchando, ni qué fuerzas tienen, ni de qué fuerzas dispone usted.

—Pensaba que habías dicho que éramos Condottieri. De aquí o de Padua.

—Mi coronel —dijo el *Gran Maestro*, sin amilanarse lo más mínimo—. La verdad es que no sé nada de los Condottieri. Ignoro cómo combatían. Solo he dicho que me habría gustado combatir a sus órdenes en esa época.

—Esa época ya pasó —dijo el coronel, y se rompió el hechizo. «Qué diablos, tal vez no hubiese ningún hechizo», pensó el coronel. «Al demonio contigo», se dijo a sí mismo. «Déjate de tonterías y sé una persona, que tienes ya medio siglo»—. Tómate otro Carpano —le dijo al *Gran Maestro*.

—Mi coronel, ¿me permite declinar por las úlceras?

—Sí. Sí. Claro. Chico, ¿cómo te llamas, Giorgio? Otro martini seco. *Secco, molto secco e doppio.* —«Romper hechizos no es mi oficio», se dijo. «Mi oficio es matar a hombres armados. Para que rompiese un hechizo tendría que estar armado. Aunque he matado muchas cosas que no iban armadas. Está bien, retráctate, rompedor de hechizos»—. *Gran Maestro* —dijo—. Sigue siendo *Gran Maestro* y que forniquen a los Condottieri.

—Hace muchos años que les fornicaron, Comandante Supremo.

—Exacto —dijo el coronel.

Pero el hechizo se había roto.

—Te veré en la cena —dijo el coronel—. ¿Qué hay de cenar?

—Tendremos lo que quiera, y lo que no haya lo mandaré a buscar.

—¿Tenéis espárragos blancos?

—Sabe que es imposible en esta época del año. En abril los traemos de Bassano.

—Entonces mearé con el olor de siempre —dijo el coronel—. Piensa en cualquier otra cosa y me lo comeré.

—¿Cuántos serán? —preguntó el *Maître d'Hôtel*.

—Dos —dijo el coronel—. ¿A qué hora cierran el *bistró*?

—Serviremos la cena cuando usted quiera, mi coronel.

—Intentaré volver a una hora sensata —dijo el coronel—. Adiós, *Gran Maestro* —dijo y sonrió y le tendió al *Gran Maestro* la mano deforme.

—Adiós, Comandante Supremo —dijo el *Gran Maestro* y el hechizo volvió a existir de forma casi completa.

Pero no estaba completo del todo, y el coronel se dio cuenta y pensó: «¿Por qué soy siempre tan cabrón y por qué no puedo dejar este oficio de las armas, y ser un hombre bueno y amable como me habría gustado ser?

»Siempre intento ser justo, pero soy brusco y brutal y no es para no tener que chuparle el culo a mis superiores y al mundo. Debería ser un hombre mejor, con menos sangre de jabalí en el poco tiempo que me queda. Esta noche lo intentaremos —pensó—. Con quién —pensó— y dónde, y que Dios me ayude a no ser malo.»

—Adiós, Giorgio —le dijo al camarero que tenía el rostro lívido como un leproso, pero sin bultos y sin el brillo plateado.

Salió, andando como siempre había andado, con una confianza ligeramente exagerada, incluso cuando no era necesaria, con sus siempre renovadas intenciones de ser amable, bueno y honrado, saludó al recepcionista, que era un amigo, al ayudante del director, que hablaba suajili y había sido prisionero de guerra en Kenia, y era un hombre agradabilísimo, joven, muy animoso, apuesto, tal vez aún no miembro de la Orden y muy experimentado.

—¿Y el *cavaliere ufficiale* que dirige este sitio? —le preguntó—. ¿Mi amigo?

—No está —dijo el ayudante del director—. De momento, claro —añadió.

—Dele recuerdos de mi parte —dijo el coronel—. Y dígale a alguien que me lleve a mi habitación.

—Es la misma de siempre. ¿Todavía la quiere?

—Sí. ¿Se ha encargado usted del sargento?

—Está bien atendido.

—Bien —dijo el coronel.

El coronel fue a su habitación acompañado del botones que llevaba su bolsa.

—Por aquí, mi coronel —dijo el chico cuando el ascensor se detuvo con una leve inexactitud hidráulica en el piso de arriba.

—¿Es que no sabes manejar un ascensor como es debido? —preguntó el coronel.

—No, mi coronel —dijo el muchacho—. La corriente no es estable.

8

El coronel no dijo nada y precedió al muchacho por el pasillo. Era largo, ancho y de techo alto, y había un espacio grande y distinguido entre las puertas de las habitaciones que daban al Gran Canal. Como es natural, pues había sido un palacio, no había habitaciones que no tuviesen vistas excelentes, excepto las de los criados.

Al coronel el trayecto le pareció largo, aunque era muy corto, y cuando apareció el camarero que atendía la habitación, bajo, moreno y con el ojo de cristal brillando en la cuenca izquierda, incapaz de sonreír con sinceridad mientras hacía girar la enorme llave en la cerradura, el coronel deseó que la puerta se abriese más deprisa.

—Abre —dijo.

—Voy, mi coronel —respondió el camarero—. Ya sabe cómo son estas cerraduras.

«Sí —pensó el coronel—. Lo sé, pero ojalá la abrieras de una vez.»

—¿Qué tal la familia? —le preguntó al camarero, que había abierto la puerta por lo que el coronel entró en la habitación con el armario alto y oscuro y con dos espejos, las dos cómodas camas, la araña de cristal y la vista, aunque las ventanas estaban aún cerradas, al agua barrida por el viento del Gran Canal. El canal estaba gris como el acero bajo la declinante y fugaz luz invernal y el coronel dijo—: Arnaldo, abre la ventana.

—Hace mucho viento, mi coronel, y la habitación está poco caldeada por la falta de electricidad.

—Por la falta de lluvia —dijo el coronel—. Abre las ventanas. Todas.

—Como usted diga, mi coronel.

El camarero abrió las ventanas y el viento del norte se coló en la habitación.

—Por favor, llama a recepción y pide que te pongan con este número.

El camarero hizo la llamada mientras el coronel iba al cuarto de baño.

—La contessa no está en casa, mi coronel —dijo—. Dicen que es posible que la encuentre usted en Harry's.

—En Harry's se encuentra de todo.

—Sí, mi coronel. Excepto, posiblemente, la felicidad.

—Yo también encontraré la puñetera felicidad —le aseguró el coronel—. Ya sabrás que la felicidad es una fiesta movible.

—Lo sé —dijo el camarero—. Le he traído aperitivos Campari y una botella de ginebra Gordon. ¿Le preparo un Campari con soda y ginebra?

—Eres un buen chico —dijo el coronel—. ¿De dónde los has sacado? ¿Del bar?

—No. Los compré cuando estaba usted fuera, para que no tuviese que gastar usted dinero en el bar. El bar es muy caro.

—Cierto —coincidió el general—. Pero no deberías gastar tu dinero en estas cosas.

—Probé suerte. Los dos lo hemos hecho muchas veces. La ginebra me costó tres mil doscientas liras y es auténtica. El Campari me costó ochocientas.

—Eres muy buen chico —repitió el coronel—. ¿Qué tal estaban los patos?

—Mi mujer todavía habla de ellos. Nunca habíamos probado el pato silvestre, porque es muy caro y está por encima de nuestras posibilidades. Pero una de las vecinas le dijo cómo prepararlos y esos mismos vecinos se los comieron con nosotros.

No sabía que hubiese cosas tan exquisitas. Cuando los dientes se cierran sobre la rodajita de carne es un placer casi increíble.

—Yo también lo pienso. No hay nada mejor que esos patos gordos del otro lado del Telón de Acero. No sé si sabe que tienen que atravesar los grandes campos de cereal del Danubio. Para llegar aquí usan un desvío, pero llevan viniendo por ese camino desde antes de que hubiese escopetas.

—No sé nada de disparar por deporte —dijo el camarero—. Éramos demasiado pobres.

—Pero en el Véneto caza mucha gente sin dinero.

—Sí. Claro. Se les oye disparar toda la noche. Pero éramos aún más pobres. Éramos más pobres de lo que puede imaginar, mi coronel.

—Creo que sí puedo.

—Tal vez —dijo el camarero—. Mi mujer también guardó las plumas y me pidió que le diera las gracias.

—Si tenemos suerte pasado mañana, tendremos muchos más. Patos gordos con la cabeza verde. Dile a tu mujer que, con suerte, podremos comer patos, gordos como cerdos con todo lo que le han robado a los rusos, y con unas plumas preciosas.

—¿Qué opina usted de los rusos, si no le parece indiscreta la pregunta, mi coronel?

—Son nuestro enemigo potencial. Así que, como soldado, estoy dispuesto a combatirlos. Pero me caen bien y nunca he conocido gente mejor ni más parecida a nosotros.

—Nunca he tenido la fortuna de conocerlos.

—Los conocerás, muchacho. Ya lo verás. A no ser que el Honorable Pacciardi consiga detenerlos en la línea del Piave que es un río por el que ya no fluye el agua. Lo han secado con varios proyectos hidroeléctricos. Tal vez el Honorable Pacciardi combata allí. Pero no creo que resista mucho tiempo.

—No conozco al Honorable Pacciardi.

—Yo sí. —dijo el coronel—. Diles que telefoneen a Harry's y pregunten si está la contessa. Si no, pídeles que vuelvan a llamar a la casa. —El coronel se bebió la copa que le había preparado

Arnaldo, el camarero del ojo de cristal. No le apetecía. Y sabía que no le convenía. Pero se la bebió con su vieja truculencia de jabalí, igual que se había tomado todo a lo largo de su vida, y se acercó, todavía como un gato, aunque fuese ya un gato viejo, a la ventana y se asomó al Gran Canal que estaba poniéndose tan gris como si lo hubiese pintado Degas en uno de sus días más grises—. Muchas gracias por la copa —dijo el coronel, y Arnaldo, que estaba al teléfono, con su ojo de cristal, asintió y sonrió.

«Ojalá no tuviese ese ojo de cristal», pensó el coronel. Y se dijo que solo apreciaba a los que habían combatido o habían sido mutilados.

La otra gente estaba bien y le caía bien y eran buenos amigos; pero solo sentía verdadera ternura y afecto por los que habían estado allí y habían sufrido el castigo que sufre cualquiera que pase allí el tiempo suficiente.

«Así que se me cae la baba con los lisiados —pensó, mientras apuraba la copa indeseada—. Y aprecio a cualquier hijo de puta al que hayan herido de verdad, como le ocurre a cualquiera si se queda.»

Sí —dijo su lado bueno—. Les aprecias.

«Más me valdría no querer a nadie —pensó el coronel—. Preferiría divertirme.»

¿Divertirte? —le dijo su lado bueno—, si no quieres a nadie no puedes divertirte.

«Muy bien. Quiero más que ningún hijo de la gran puta», dijo el coronel, pero no en voz alta.

En voz alta dijo:

—¿Cómo va la llamada, Arnaldo?

—Cipriani no ha llegado —respondió el camarero—. Está a punto de llegar y he dejado la línea abierta por si llega.

—Un método costoso —dijo el coronel—. Dime quién está para no perder el tiempo. Quiero saber exactamente quién hay.

Arnaldo habló con discreción.

Tapó el micrófono con la mano y dijo:

—Tengo a Ettore al aparato. Dice que el barone Alvarito no

está. El conde Andrea sí, aunque Ettore dice que está bastante borracho, pero no tanto como para que ustedes dos no puedan divertirse. También hay un grupo de señoras que van todas las tardes y una princesa griega a la que usted conoce y varias personas a quienes no conoce. Chusma del consulado norteamericano que llevan ahí desde mediodía.

—Dígale que telefonee cuando se vaya la chusma y que me pasaré por allí.

Arnaldo dijo algo al teléfono y luego se volvió hacia el coronel que estaba mirando por la ventana hacia la cúpula de la Dogana.

—Dice Ettore que intentará echarlos, pero que se teme que a Cipriani no le gustará.

—Dile que no los eche. Esta tarde no tienen que trabajar y no hay razón para que no se emborrachen como cualquier hijo de vecino. Lo único que pasa es que no quiero verlos.

—Ettore dice que llamará. Me ha dicho que cree que la posición caerá por su propio peso.

—Dale las gracias —respondió el coronel. Contempló una góndola que subía por el canal contra el viento y pensó: «nada de norteamericanos bebiendo. Sé que se aburren. También en esta ciudad. Se aburren en esta ciudad. Sé que hace frío y que su salario es bajo y lo que cuesta la gasolina. Admiro a sus mujeres por los valientes esfuerzos que hacen por trasladar Keokuk a Venecia, y sus niños ya hablan italiano como pequeños venecianos. Pero nada de fotos hoy, Jack. Hoy vamos a prescindir de las fotos, las confidencias de barra, las bebidas y la camaradería indeseadas y los tediosos problemas del servicio consular»—. Hoy nada de segundos, terceros o cuartos vicecónsules, Arnaldo.

—En el consulado hay algunas personas muy agradables.

—Sí —dijo el coronel—. En 1918 había un cónsul muy amable. Todo el mundo lo quería. Intentaré recordar cómo se llamaba.

—Se remonta usted muy lejos, mi coronel.

—Tanto que no tiene gracia.

—¿Recuerda todo de los viejos tiempos?

—Todo —dijo el coronel—. Se llamaba Carroll.

—He oído hablar de él.

—Tú no habías nacido.

—¿Cree que hace falta haber nacido entonces para saber qué ha ocurrido en esta ciudad, mi coronel?

—Tienes toda la razón. Dime, ¿sabe siempre todo el mundo lo que pasa en esta ciudad?

—No todo el mundo. Pero casi —dijo el camarero—. Después de todo, las sábanas son sábanas y alguien tiene que cambiarlas y alguien tiene que lavarlas. Como es lógico no me refiero a las sábanas de un hotel como este.

—He pasado momentos condenadamente buenos sin sábanas.

—Claro. Pero los gondoleros, aunque son muy serviciales y, en mi opinión, de lo mejorcito que tenemos, hablan entre ellos.

—Claro.

—Y los curas. Aunque nunca violarían el secreto del confesonario, hablan entre ellos.

—Es de suponer.

—Sus amas de llaves hablan entre ellas.

—Están en su derecho.

—Y los camareros —dijo Arnaldo—. Cuando está sentada a la mesa la gente habla como si el camarero fuese sordo. El camarero, de acuerdo con su ética, intenta no cotillear, pero a veces no puede evitar oír cosas. Naturalmente, también tenemos nuestras conversaciones. Nunca en este hotel, por supuesto. Y podría seguir.

—Creo que lo entiendo.

—Por no hablar de los barberos y las peluqueras.

—¿Y qué noticias hay del Rialto?

—Ya se enterará en Harry's, excepto de las que haya sobre usted.

—¿También las hay sobre mí?

—Todo el mundo sabe todo.

—Bueno, es una historia preciosa.

—Hay quien no entiende la parte de Torcello.

—Que me cuelguen si a veces la entiendo yo.

—¿Qué edad tiene, mi coronel, si no es demasiada indiscreción?

—Cincuenta más uno. ¿Por qué no se lo has preguntado al recepcionista? He rellenado el impreso para la Questura.

—Quería oírselo a usted y felicitarle.

—No sé de qué me hablas.

—Deje que lo felicite de todos modos.

—No puedo aceptarlo.

—En esta ciudad le tenemos mucho aprecio.

—Gracias. Es un gran cumplido.

Justo en ese momento zumbó el teléfono.

—Yo lo cogeré —dijo el coronel y oyó la voz de Ettore que decía: «¿Quién habla?».

—El coronel Cantwell.

—La posición ha caído, mi coronel.

—¿En qué dirección se han ido?

—Hacia la Piazza.

—Bien. Ahora mismo voy.

—¿Quiere una mesa?

—En el rincón —dijo el coronel y colgó—. Me voy a Harry's.

—Buena caza.

—Pasado mañana voy a cazar patos en un *botte* en las marismas antes de que amanezca.

—Hará frío.

—Seguro —dijo el coronel y se puso el abrigo y se miró en el cristal del largo espejo mientras se ponía la gorra.

—Una cara fea —le dijo al espejo—. ¿Has visto alguna vez una cara más fea?

—Sí —respondió Arnaldo—. La mía. Todas las mañanas, cuando me afeito.

—Los dos deberíamos afeitarnos a oscuras —observó el coronel y se marchó.

9

Cuando el coronel Cantwell cruzó el umbral del hotel Gritti Palace se topó con el último rayo de sol de ese día. El sol todavía iluminaba el otro lado de la plaza, pero los gondoleros preferían protegerse del viento frío haraganeando a resguardo del Gritti, que aprovechar el calor del sol en aquel extremo de la plaza azotado por el viento.

Después de reparar en eso, el coronel giró a la derecha y anduvo por la plaza hasta la calle empavesada que se desviaba a la derecha. Al doblar la esquina, se detuvo un instante y contempló la iglesia de Santa Maria del Giglio.

«Qué edificio tan hermoso, sólido y al mismo tiempo capaz de ser aerotransportado —pensó—. Nunca me había dado cuenta de que una iglesia pequeña podría parecer un P47. Tengo que averiguar cuándo se construyó y quién la construyó. Demonios, ojalá pudiera pasear por esta ciudad toda la vida. Toda la vida —pensó—. Menuda broma. Una broma para morirse de risa. Una cuerda con la que ahorcarte. Vamos chico —se dijo—. Ningún caballo llamado "Morboso" ganó nunca una carrera.

»Además —pensó mientras contemplaba en los escaparates de las diversas tiendas por las que pasaba, la charcutería con los quesos parmesanos y los jamones de San Daniele, y las salchichas *alla cacciatora*, y las botellas de buen whisky escocés y de auténtica ginebra Gordon, la cuchillería, un anticuario que tenía algunas piezas interesantes y varios mapas y grabados antiguos, un restaurante de segunda categoría disfrazado de uno de primera, y luego llegó al primer puente con escalones que atravesaba un canal subsidiario— no me encuentro tan mal. Solo es este zumbido. Recuerdo cuándo empezó y que pensé que a lo mejor eran las chicharras en los árboles y que no quería preguntárselo al joven Lowry, pero lo hice. Y que respondió: "No, general, no oigo ningún grillo ni chicharras. La noche es muy silenciosa, excepto por los ruidos de costumbre".»

Luego, mientras subía, notó un cosquilleo y al bajar por el otro lado vio a dos jóvenes encantadoras. Eran muy guapas, iban sin sombrero y vestidas pobremente pero con elegancia, hablaban muy deprisa y el viento les alborotaba los cabellos mientras subían con las largas piernas venecianas y el coronel se dijo: «Será mejor que deje de fisgonear en esta calle y vaya hasta el puente siguiente, y dos plazas después gire a la derecha y siga recto hasta llegar a Harry's».

Fue lo que hizo, con aquel cosquilleo del puente, pero andando al paso de siempre y fijándose solo en la gente a la que adelantaba. «Este aire tiene mucho oxígeno», pensó mientras andaba contra el viento, y respiró profundamente.

Luego abrió la puerta de Harry's y volvió a conseguirlo: estaba en casa.

En el bar un hombre muy, muy alto con el rostro hastiado que da una educación esmerada, alegres ojos azules y el cuerpo desgarbado de un lobo dijo:

—Mi anciano y depravado coronel.

—Mi perverso Andrea. —Se dieron un abrazo y el coronel notó la textura áspera del bonito abrigo de tweed de Andrea que debía de haber cumplido ya, al menos, su vigésimo año—. Tienes buen aspecto, Andrea —dijo el coronel.

Era mentira y los dos lo sabían.

—Sí —respondió Andrea devolviéndole la mentira—. He de decir que nunca he estado mejor. Tú tienes un aspecto extraordinario.

—Gracias, Andrea. Los cabrones saludables como nosotros heredarán la tierra.

—Muy buena idea. Debo decir que no me importaría heredar alguna cosa.

—No tengas prisa, ya heredarás un metro ochenta de tierra.

—Un metro noventa —dijo Andrea—. Viejo perverso. ¿Aún te esfuerzas como un esclavo en la *vie militaire*?

—No me esfuerzo mucho —replicó el coronel—. He venido a cazar a San Relajo.

—Lo sé. Pero no hagas chistes en español a estas horas. Te estaba buscando Alvarito. Me ha dicho que te dijera que volvería.

—De acuerdo. ¿Están bien tus hijos y tu encantadora esposa?

—Desde luego, y me han pedido que te diera recuerdos de su parte si te veía. Están en Roma. Ahí viene tu chica. O una de tus chicas. —Era tan alto que veía la calle casi oscura, aunque esta era una chica a la que cualquiera reconocería aunque estuviese mucho más oscuro—. Pídele que se tome una copa con nosotros antes de llevártela a esa mesa del rincón. ¿No es encantadora?

—Sí.

Luego entró en la sala, deslumbrante con su juventud y su espigada belleza, y el cabello despeinado por el viento. Tenía la piel pálida, casi olivácea, un perfil capaz de partirte el corazón a ti o a cualquiera, y el cabello oscuro, de una textura que parecía tener vida propia, le caía sobre los hombros.

—Hola, bellezón —dijo el coronel.

—Oh, oh, hola —respondió ella—. Pensaba que no te encontraría. Siento llegar tarde. —Su voz era grave y delicada y hablaba inglés como con precaución—. *Ciao*, Andrea —dijo—. ¿Qué tal están Emily y los niños?

—Probablemente igual que cuando te respondí a esa misma pregunta este mediodía.

—Lo siento —dijo y se ruborizó—. Estoy nerviosa y siempre digo cosas improcedentes. ¿Qué debería decir? ¿Lo has pasado bien aquí esta tarde?

—Sí —replicó Andrea—. Con mi viejo amigo y mi crítico más severo.

—¿Quién?

—El whisky escocés con agua.

—Supongo que si quiere burlarse de mí no puedo hacer nada —le dijo ella al coronel—. Pero tú no te burlarás, ¿verdad?

—Llévatelo a esa mesita del rincón. Estoy harto de los dos.

—Yo no estoy harto de ti —le dijo el coronel—. Pero me parece una buena idea. ¿Nos sentamos a tomar una copa, Renata?

—Me encantaría, si Andrea no se enfada.

—Nunca me enfado.

—¿Querrías tomar una copa con nosotros, Andrea?

—No —respondió Andrea—. Id a vuestra mesa. Estoy harto de verla vacía.

—Adiós, *caro*. Gracias por la copa que no hemos tomado.

—*Ciao*, Ricardo —dijo Andrea sin más. Les dio la espalda alta, alargada y elegante y miró el espejo que hay detrás de la barra para que uno sepa cuando ha bebido demasiado, y decidió que no le gustaba lo que veía—. Ettore —dijo—. Por favor, pon esta tontería en mi cuenta.

Salió después de esperar con cuidado a que le llevasen el abrigo, ponérselo y darle exactamente al hombre que se lo llevó la propina que debía darle más un veinte por ciento.

En la mesa del rincón, Renata dijo:

—¿Crees que hemos herido sus sentimientos?

—No. Está enamorado de ti y yo le caigo bien.

—Andrea es muy amable. Y tú también.

—Camarero —llamó el coronel; luego preguntó—: ¿Tú también quieres un martini seco?

—Sí —respondió ella—, me encantaría.

—Dos martinis muy secos —dijo el coronel—. Montgomerys. Quince contra uno.

El camarero, que había estado en el desierto, sonrió y se marchó, y el coronel se volvió hacia Renata.

—Tú eres amable —dijo—. Y también muy guapa y encantadora y te quiero.

—Siempre dices eso y no sé lo que significa, pero me gusta oírlo.

—¿Qué edad tienes?

—Casi diecinueve. ¿Por qué?

—¿Y no sabes lo que significa?

—No. ¿Por qué iba a saberlo? Los norteamericanos siempre lo dicen antes de marcharse. Es como si fuese obligatorio. Pero yo también te quiero mucho, signifique lo que signifique.

—Pasémoslo bien —dijo el coronel—. No pensemos en ninguna otra cosa.

—Me gustaría. De todos modos, a esta hora del día no puedo pensar con mucha claridad.

—Aquí están las copas —dijo el coronel—. Acuérdate de no decir chinchín.

—Lo recuerdo de antes. Nunca digo chinchín, ni «a tu salud», ni «hasta el fondo».

—Alzaremos las copas y, si quieres, podemos rozar un poco los bordes.

—Quiero —dijo ella.

Los martinis estaban helados y eran auténticos Montgomerys, y después de rozar los bordes de las copas, notaron cómo brillaban felizmente a través de la parte superior de su cuerpo.

—¿Y qué has estado haciendo?

—Nada. Aún espero para irme a estudiar fuera.

—¿Adónde ahora?

—Dios sabe. Dondequiera que tenga que ir para aprender inglés.

—Gira la cabeza y levanta la barbilla.

—¿No te burlas?

—No. No me burlo. —Ella giró la cabeza y levantó la barbilla, sin vanidad, ni coquetería, y el coronel sintió que el corazón le daba un vuelco, como si algún animal durmiente se hubiese dado la vuelta en su madriguera y hubiera asustado,

deliciosamente, al otro animal que dormía cerca a su lado—.
¡Ay! —dijo—. ¿Cuándo piensas presentarte a reina del cielo?

—Eso sería sacrilegio.

—Sí —respondió él—. Supongo que sí, así que retiro la propuesta.

—Richard… —dijo ella—. No, no puedo decirlo.

—Dilo.

—No. —El coronel pensó: «Te ordeno que lo digas». Y ella dijo—: Por favor no me mires nunca así.

—Lo siento —respondió el coronel—. Me había dejado llevar inconscientemente por el oficio.

—Y si estuviésemos casados, ¿ejercerías tu oficio en casa?

—No. Lo juro. Nunca lo he hecho. No en mi corazón.

—¿Con nadie?

—Con nadie de tu sexo.

—No me gusta eso de «tu sexo». Suena como si estuvieses ejerciendo tu oficio.

—Echaré mi oficio por esa puñetera ventana al Gran Canal.

—Ya está —dijo ella—. ¿Ves lo poco que tardas en ejercerlo?

—Muy bien —respondió él—. Te quiero y mi oficio puede irse tranquilamente.

—Deja que te toque la mano —le pidió ella—. No pasa nada. Puedes ponerla sobre la mesa.

—Gracias —dijo el coronel.

—Por favor, no —respondió ella—. Quería tocarla porque la semana pasada, todas las noches, o casi todas las noches, soñaba con ella y era un sueño muy raro y creía que era la mano de Nuestro Señor.

—Eso está mal. No deberías hacer eso.

—Lo sé. Es lo que soñé.

—No estarías colocada, ¿verdad?

—No sé qué quieres decir, y, por favor, no te burles cuando te cuento algo que es cierto. Lo soñé tal como te lo cuento.

—¿Qué hacía la mano?

—Nada. O a lo mejor no es cierto. Era solo una mano.

—¿Como esta? —preguntó el coronel, mirando con disgusto la mano deforme y recordando las dos ocasiones que se la habían dejado así.

—No como esta. Era esta. ¿Puedo tocarla con cuidado con los dedos, si no te duele?

—No me duele. Lo que duele es la cabeza, las piernas y los pies. No creo que la mano tenga sensibilidad.

—Te equivocas —le contradijo ella—, Richard. Esa mano tiene mucha sensibilidad.

—No me gusta mucho mirarla. ¿No crees que podemos hablar de otra cosa?

—Claro. Pero tú no tienes que soñar con ella.

—No. Tengo otros sueños.

—Sí. Ya me lo imagino. En cambio yo sueño últimamente con esta mano. Ahora que la he acariciado con cuidado podemos hablar de cosas divertidas, si quieres. ¿De qué cosas divertidas deberíamos hablar?

—Miremos a la gente y hablemos de ella.

—Muy bien —dijo ella—. No lo hagamos con maldad. Solo con mucho ingenio. El tuyo y el mío.

—Bien —dijo el coronel—. Camarero, *ancora due martini*.

No quiso pedir Montgomerys en voz alta porque era evidente que la pareja de al lado eran británicos.

«El hombre podría haberse ofendido —pensó el coronel— aunque, por su aspecto, parece improbable. Pero que Dios me ayude a no ser brutal. Y mira los ojos de Renata —pensó—. Probablemente sean lo más bonito de todas las cosas bonitas que tiene, con las pestañas más largas y sinceras que he visto y nunca los usa para nada que no sea mirarte de frente y con sinceridad. Qué chica tan puñeteramente maravillosa y, además, ¿qué hago yo aquí? Es horrible. Es tu último, verdadero y único amor —se dijo—; eso no es malo. Es solo una puñetera suerte y tú eres puñeteramente afortunado.»

Estaban en una mesita en un rincón de la habitación y a su derecha había cuatro mujeres en una mesa más grande. Una de las mujeres iba de luto; un luto tan teatral que al coronel le recordó el de lady Diana Manners interpretando a la monja en *El milagro*, de Max Reinhardt. La mujer tenía un rostro atractivo, rollizo y alegre por naturaleza y el luto era una incongruencia.

En la mesa había otra mujer que tenía el cabello tres veces más blanco de lo normal, pensó el coronel. También ella tenía una cara agradable. Había otras dos cuyo semblante no le dijo nada al coronel.

—¿Son lesbianas? —le preguntó a la chica.

—No lo sé —respondió ella—. Son todas muy simpáticas.

—Yo diría que son lesbianas. Pero a lo mejor son solo buenas amigas. A lo mejor son las dos cosas. A mí me da igual, no era una crítica.

—Cuando eres dulce eres muy amable.

—¿Crees que eso es ser un caballero?

—No lo sé —respondió la chica y le pasó los dedos con cuidado por la mano cubierta de cicatrices—. Pero te quiero cuando eres amable.

—Me esforzaré mucho por serlo —dijo el coronel—. ¿Quién crees que es ese hijo de puta de la mesa de detrás?

—No te dura mucho la amabilidad —dijo la chica—. Preguntemos a Ettore.

Miraron al hombre de la tercera mesa. Tenía un rostro extraño como el de un hurón o una enorme comadreja. Estaba tan manchado y picado de viruela como las montañas de la luna cuando se miran por un telescopio barato y, pensó el coronel, parecía el rostro de Goebbels, si Herr Goebbels hubiese estado alguna vez en un avión incendiado y no hubiese podido saltar antes de que lo alcanzara el fuego.

Por encima de esa cara, que escudriñaba sin cesar, como si pudiera encontrarse la respuesta con miradas inquisitivas bien dirigidas, había una mata de pelo negro que parecía no tener relación con la raza humana. Era como si le hubiesen arrancado la cabellera y hubieran vuelto a injertarle el cabello. «Muy interesante —pensó el coronel—. ¿Será un compatriota? Sí, tiene que serlo.»

Un poco de saliva le caía por la comisura de la boca mientras hablaba, escudriñando, con la mujer de aspecto anciano y saludable que estaba a su lado. «Parece la madre de alguien en una ilustración de *The Ladies' Home Journal* —pensó el coronel. *The Ladies' Home Journal* era una de las revistas que se recibían con regularidad en el club de oficiales de Trieste y el coronel siempre la hojeaba cuando llegaba—. Es una revista maravillosa —pensó— porque combina la sexología con excelentes comidas. Me despierta el apetito en ambos sentidos.

»Pero ¿quién crees que es ese personaje? Parece una caricatura de un norteamericano al que han pasado a medias por una trituradora de carne y luego han hervido un poco en aceite. No estoy siendo tan amable», pensó.

Ettore, con su cara delgada, su afición a las bromas y su falta de respeto constante y fundamental, se acercó y el coronel preguntó:

—¿Quién es ese personaje espiritual? —Ettore movió la cabeza. El hombre era bajo y moreno con cabello negro y brillante que encajaba con su extraño rostro. Parecía, pensó el coronel, que hubiese olvidado cambiarse de peluca al envejecer. «Pero tiene un rostro maravilloso —pensó el coronel—. Recuerda a algunas de las colinas de los alrededores de Verdún. No creo que pueda ser Goebbels y que se haya picado la cara en los últimos días cuando jugaban todos al *Götterdammerung*. *Komm' Süsser Tod* —pensó—. En fin, al final todos consiguieron un buen pedazo de *Süsser Tod*»—. Tú no querrás un bocadillo de *Süsser Tod*, ¿verdad, señorita Renata?

—No lo creo —dijo la chica—. Aunque me encanta Bach y creo que Cipriani podría prepararme uno.

—No estaba criticando a Bach —dijo el coronel.

—Lo sé.

—Diablos —dijo el coronel—. Bach era casi un cobeligerante. Como tú —añadió.

—No creo que tengamos que hablar mal de mí.

—Hija —dijo el coronel—. ¿Cuándo aprenderás que puedo hacer bromas sobre ti porque te quiero?

—Ya —respondió ella—. Ya lo he aprendido. Pero es más divertido si las bromas no son demasiado desagradables.

—Bueno. Ya lo he aprendido.

—¿Cuántas veces piensas en mí a la semana?

—Todo el tiempo.

—No. Dime la verdad.

—Todo el tiempo. De verdad.

—¿Crees que a los demás les pasa igual?

—No lo sé —dijo el coronel—. Es una de las cosas que ignoro.

—Espero que no sea así para todo el mundo. No sabía que podía ser así.

—Pues ahora ya lo sabes.

—Sí —respondió la chica—. Ahora lo sé. Ahora lo sé para siempre jamás. ¿Se dice así?

—Basta con «ahora lo sé» —dijo el coronel—. Ettore, ese individuo con el rostro inspirador y esa mujer de aspecto tan agradable no se hospedan en el Gritti, ¿verdad?

—No —dijo Ettore—. Viven pared por medio, pero a veces van al Gritti a comer.

—Bien —dijo el coronel—. Será estupendo verlo si me siento desanimado. ¿Quién es la mujer que está con él? ¿Su esposa? ¿Su madre? ¿Su hija?

—Ahí me ha pillado —respondió Ettore—. No le hemos seguido la pista en Venecia. No ha inspirado ni amor, ni odio, ni disgusto, ni miedo, ni sospechas. ¿De verdad quiere saberlo todo sobre él? Podría preguntarle a Cipriani.

—Dejémoslo en paz —dijo la chica—. ¿Se dice así?

—Dejémoslo en paz —dijo el coronel.

—Con el poco tiempo que tenemos, Richard. Es una pérdida de tiempo.

—Lo estaba mirando como a un dibujo de Goya. Los rostros también son cuadros.

—Mira el mío y yo miraré el tuyo. Por favor, déjalo en paz. No ha venido a hacerle daño a nadie.

—Deja que yo te mire a la cara y tú no mires la mía.

—No —dijo ella—. No es justo. Tengo que recordar la tuya toda la semana.

—¿Y yo que hago? —le preguntó el coronel.

Ettore se acercó, incapaz de evitar los cotilleos y, después de recabar información con rapidez y como debe hacerlo un veneciano, dijo:

—Mi colega que trabaja en su hotel dice que se bebe tres o cuatro whiskys con soda y luego escribe largo y fluido hasta las tantas de la madrugada.

—Seguro que da gusto leerlo.

—Seguro —dijo Ettore—. Pero no se parece mucho al método de Dante.

—Dante era otro *vieux con* —dijo el coronel—. Digo como hombre. No como escritor.

—Estoy de acuerdo —dijo Ettore—. Creo que, fuera de Florencia, no encontrará a nadie que haya estudiado su vida y que no esté de acuerdo.

—A Florencia que le den —exclamó el coronel.

—Una maniobra complicada —respondió Ettore—. Muchos lo han intentado, pero muy pocos lo han conseguido. ¿Por qué no le gusta, mi coronel?

—Es demasiado difícil de explicar. Pero era el almacén —dijo *deposito*— de mi antiguo regimiento cuando yo era un crío.

—Así se entiende. Yo también tengo mis motivos para que no me guste. ¿Conoce una buena ciudad?

—Sí —respondió el coronel—. Esta. Una parte de Milán. Y Bolonia. Y Bérgamo.

—Cipriani tiene grandes reservas de vodka por si vienen los rusos —dijo Ettore, a quien le gustaban las bromas pesadas.

—Traerán su propio vodka, libre de impuestos.

—Aun así creo que Cipriani está preparado.

—Pues debe de ser el único —dijo el coronel—. Dile que no acepte ningún cheque del banco de Odesa a los suboficiales, y gracias por la información sobre mi compatriota. No te robaré más tiempo.

Ettore se marchó y la chica se volvió hacia él y lo miró a los ojos viejos y acerados y puso las manos sobre su mano mala y dijo:

—Has sido muy amable.

—Y tú eres guapísima y te quiero.

—Es agradable oírlo.

—¿Qué vamos a hacer con la cena?

—Llamaré a casa y averiguaré si puedo salir.

—¿Por qué pareces tan triste?

—¿Lo parezco?

—Sí.

—En realidad no lo estoy. Soy más feliz que nunca. De verdad. Por favor, créeme, Richard. Pero ¿cómo te sentirías si fueses una chica de diecinueve años enamorada de un hombre de más de cincuenta y supieras que va a morir?

—Es una forma un poco brusca de plantearlo —objetó el coronel—. Pero estás muy guapa cuando lo dices.

—Nunca lloro —dijo la chica—. Nunca. Lo he tomado como norma. Pero ahora lloraría.

—No llores —le pidió el coronel—. Estoy siendo amable y al diablo lo demás.

—Dime otra vez que me quieres.

—Te quiero y te quiero y te quiero.

—¿Harás cuanto esté en tu mano para no morir?

—Sí.

—¿Qué ha dicho el médico?

—Que estoy regular.

—¿Peor no?

—No —mintió.

—Pues tomemos otro martini —dijo la chica—. Sabes que hasta que nos conocimos no había probado el martini.

—Lo sé. Pero los bebes muy bien.

—¿No deberías tomarte la medicina?

—Sí —dijo el coronel—. Debería tomarme la medicina.

—¿Puedo dártela yo?

—Sí —respondió el coronel—. Puedes dármela tú. —Se

quedaron en la mesa del rincón mientras unos salían y otros entraban. El coronel se sintió un poco mareado por la medicina y se dejó llevar. «Siempre es así —pensó—. Qué más da.» Vio que la chica lo estaba mirando y le sonrió. Era una sonrisa vieja que llevaba usando cincuenta años, desde que sonrió por primera vez, y que seguía siendo tan fiable como la escopeta del abuelo Purdey. «Supongo que debió de quedársela mi hermano mayor —pensó—. En fin, siempre disparó mejor que yo y se la merece»—. Oye, hija —dijo—. No me tengas lástima.

—No te la tengo. Qué va. Solo te quiero.

—No es un buen oficio, ¿verdad? —dijo oficio en español, porque también hablaban en español, cuando no usaban el francés, y no querían hablar en inglés delante de otros. «El español es una lengua áspera —pensó el coronel—, a veces más áspera que una mazorca. Pero puede uno decir lo que piensa y dejarlo bien claro.»— Es un oficio bastante malo —repitió—, digo lo de quererme.

—Sí. Pero es el único que tengo.

—¿Ya no escribes poesías?

—Eran poesías de niña. Igual que los dibujos de niña. A cierta edad todo el mundo tiene talento.

«¿A qué edad se vuelve uno viejo en este país? —pensó el coronel—. En Venecia nadie es viejo nunca, pero crecen muy deprisa. Yo mismo crecí muy deprisa en el Véneto, y nunca fui tan viejo como a los veintiuno.»

—¿Qué tal está tu madre? —preguntó, cariñoso.

—Está muy bien. No recibe y apenas ve a nadie por el luto.

—¿Crees que le importaría si tuviésemos un bebé?

—No lo sé. Ya sabes que es muy inteligente. Pero supongo que tendría que casarme con alguien. En realidad no me apetece.

—Podríamos casarnos.

—No —dijo—. Lo he pensado, y he pensado que no deberíamos. Es una decisión, como lo de llorar.

—A lo mejor tomas las decisiones equivocadas. Dios sabe que yo he tomado unas cuantas y que demasiados murieron por mis equivocaciones.

—Creo que tal vez exageras. No creo que tomases muchas decisiones equivocadas.

—No muchas —dijo el coronel—. Pero suficientes. En mi oficio tres son muchas y yo tomé las tres.

—Me gustaría que me hablaras de ellas.

—Te aburrirían —le dijo el coronel—. Para mí recordarlas es un tostón. ¿Qué crees que pensaría un extraño?

—¿Soy una extraña?

—No. Eres mi verdadero amor. Mi último, único y verdadero amor.

—¿Las tomaste pronto o tarde? Las decisiones.

—Las tomé pronto. A mitad. Y tarde.

—¿No querrías contármelo? Me gustaría ser parte de tu triste oficio.

—Al diablo con ellas —dijo el coronel—. Las tomé y pagué el precio. Solo tú no puedes pagarlas.

—¿No puedes contármelo y por qué?

—No —dijo el coronel. Y eso zanjó la cuestión.

—Entonces divirtámonos.

—Sí —dijo el coronel—. Con nuestra única vida.

—A lo mejor hay otras. Otras vidas.

—No lo creo —dijo el coronel—. Pon la cabeza de lado, preciosa.

—¿Así?

—Así —respondió el coronel—. Justo así. «Bueno —pensó el coronel—, llegamos al último *round* y ni siquiera sé qué *round* es, solo he querido a tres mujeres y las he perdido tres veces.

»Las pierdes igual que pierdes un batallón, por errores de juicio, órdenes imposibles de cumplir y condiciones imposibles. Y por brutalidad.

»He perdido tres batallones en mi vida y tres mujeres y ahora tengo una cuarta y es la más encantadora ¿y dónde diablos acaba esto?

»Dígamelo usted, general, y, a propósito, ya que estamos hablando de esto, y es una discusión sincera de la situación y no es ni mucho menos un Consejo de Guerra, como me ha dicho tantas veces, general: GENERAL, ¿DÓNDE ESTÁ SU CABALLERÍA?

»Lo he pensado —se dijo—. El oficial al mando no sabe dónde está su caballería, y su caballería desconoce con exactitud su posición y cuál es su misión, y van a pifiarla, o al menos algunos, los suficientes, igual que la ha pifiado siempre en todas las guerras la caballería.»

—Preciosa —dijo él—, *Ma très chère et bien aimée*. Soy muy aburrido y lo siento.

—Para mí nunca eres aburrido, y te quiero y solo me gustaría que pudiésemos estar alegres esta noche.

—Y lo estaremos —dijo el coronel—. ¿Se te ocurre algo en particular de lo que podamos alegrarnos?

—Podríamos alegrarnos de nosotros mismos, y de la ciudad. Muchas veces te has alegrado mucho.

—Sí —reconoció el coronel—. Es cierto.

—¿No crees que podríamos alegrarnos una vez más?

—Claro. Por supuesto. ¿Por qué no?

—¿Ves a ese chico con el mechón de pelo, que es natural, y se lo peina un poco hacia atrás para estar más guapo?

—Sí —dijo el coronel.

—Es muy buen pintor, pero los dientes de delante son postizos porque una vez fue un poquito *pédéraste* y otros *pédérastes* le atacaron por la noche en el Lido cuando había luna llena.

—¿Qué edad tienes?

—Voy a cumplir diecinueve.

—¿Cómo sabes estas cosas?

—Por los *gondolieri*. El chico es muy buen pintor. Ahora no hay buenos pintores de verdad. Pero llevar dientes postizos, a los veinticinco años, vaya cosa.

—Te quiero de verdad —dijo el coronel.

—Yo también te quiero de verdad. Signifique lo que signifique en inglés norteamericano. También te quiero en italiano, contra todo mi juicio y mis deseos.

—No deberíamos desear demasiado —dijo el coronel—. Porque siempre cabe la puñetera posibilidad de que lo consigamos.

—Estoy de acuerdo —dijo ella—. Pero ahora me gustaría conseguir lo que deseo. —Ninguno de los dos dijo nada y luego la chica añadió—: Ese chico, ahora es un hombre, claro, y sale con muchísimas mujeres para ocultar lo que es, una vez me pintó un retrato. Puedes quedártelo si quieres.

—Gracias —dijo el coronel—. Me encantaría.

—Es muy romántico. Mi pelo es dos veces más largo de lo que ha sido nunca y parece como si estuviese surgiendo del mar con el pelo mojado. En realidad del mar se sale con el pelo pegado y en punta. Casi con la pinta de una rata medio muerta. Pero papá le pagó bien por el retrato, y, aunque no soy yo de verdad, es como quiero que pienses en mí.

—También pienso en ti cuando sales del mar.

—Por supuesto. Muy fea. Pero tal vez te gustaría tener este retrato como recuerdo.

—¿A tu encantadora madre no le importará?

—A mamá no le importará. Creo que se alegrará de librarse de él. Tenemos cuadros mejores en casa.

—Os quiero mucho a ti y a tu madre.

—Tengo que decírselo —dijo la chica.

—¿Crees que ese capullo picado de viruela es de verdad escritor?

—Sí. Si lo dice Ettore. Le encanta bromear, pero no miente. Richard, ¿qué es un capullo? Dímelo de verdad.

—Es un poco brusco. Pero creo que es un hombre que nunca ha trabajado de verdad en su oficio, y que es presuntuoso de algún modo irritante.

—Tengo que aprender a utilizar bien la palabra.

—No la utilices —dijo el coronel. Luego preguntó—: ¿Cuándo me darás el retrato?

—Esta noche, si quieres. Diré que lo envuelvan y te lo envíen. ¿Dónde vas a colgarlo?

—En el cuartel.

—¿Y nadie entrará y hará comentarios o hablará mal de mí?

—No. No lo harán. Además les diré que es un puñetero retrato de mi hija.

—¿Tienes alguna hija?

—No. Siempre quise una.

—Puedo ser tu hija y cualquier otra cosa.

—Eso sería incesto.

—No creo que fuese tan terrible en una ciudad tan vieja como esta y que ha visto lo que ha visto esta ciudad.

—Oye, hija.

—Bien —dijo ella—. Muy bien. Me ha gustado.

—Muy bien —dijo el coronel, su voz se había atragantado un poco—. A mí también me ha gustado.

—¿Ves ahora por qué te quiero a pesar de que sé que no debería?

—Mira, hija. ¿Dónde podríamos cenar?

—Donde quieras.

—¿Te apetecería cenar en el Gritti?

—Por supuesto.

—Pues llama a casa y pide permiso.

—No. He decidido no pedir permiso y decirles solo dónde voy a ir a cenar. Para que no se preocupen.

—Pero ¿de verdad prefieres el Gritti?

—Sí. Porque es un restaurante precioso y es donde tú vives y cualquiera puede mirarnos si quiere.

—¿Cuándo te volviste así?

—Siempre he sido así. Nunca jamás me ha importado lo que piense nadie. Ni tampoco he hecho nada que me avergonzase, excepto decir mentiras de niña y ser desagradable con la gente.

—Ojalá pudiéramos casarnos y tener cinco hijos —dijo el coronel.

—Sí —dijo la chica—. Y enviarlos a los cinco rincones del mundo.

—¿Tiene cinco rincones el mundo?

—No lo sé —dijo ella—. Cuando lo he dicho sonaba como si los hubiera. Y ahora nos estamos divirtiendo otra vez, ¿a que sí?

—Sí, hija —respondió el coronel.

—Dilo otra vez. Igual que acabas de decirlo.

—Sí, hija.

—¡Ay! —dijo ella—. La gente debe de ser muy difícil. Por favor, ¿puedo cogerte de la mano?

—Es puñeteramente fea y no me gusta mirarla.

—No conoces tu mano.

—Es una cuestión de opiniones —objetó él—. Yo diría que te equivocas, hija.

—Es posible. Pero nos estamos divirtiendo otra vez y fuese lo que fuese lo malo ha desaparecido.

—Ha desaparecido igual que se disipa la niebla en los huecos del terreno cuando sale el sol —dijo el coronel—. Y tú eres el sol.

—También quiero ser la luna.

—Lo eres —le dijo el coronel—. Y también cualquier planeta que quieras ser y te daré la posición exacta del planeta. Dios, hija, puedes ser una puñetera constelación si quieres. Aunque eso es un avión.[4]

—Seré la luna. Ella también tiene muchos problemas.

—Sí. Sus penas vuelven con regularidad. Pero siempre se llena antes de menguar.

—A veces me parece tan triste al otro lado del canal que no lo soporto.

—Lleva mucho tiempo por ahí —dijo el coronel.

—¿Crees que deberíamos tomar otro Montgomery? —preguntó la chica y el coronel reparó en que los británicos se habían ido.

Se había estado fijando solo en su precioso rostro. «Si sigo así, algún día me van a matar —pensó—. Por otro lado, supongo que es una forma de concentración. Pero puñeteramente descuidada.»

---

4. Cantwell se refiere a un modelo de avión utilizado en la Segunda Guerra Mundial, el Lockheed-049 Constellation.

—Sí —dijo—. ¿Por qué no?

—Hacen que me sienta muy bien —dijo la chica.

—En mí también causan cierto efecto, tal y como los prepara Cipriani.

—Cipriani es muy inteligente.

—Es más que eso. Es un hombre capaz.

—Algún día será el dueño de toda Venecia.

—De toda no —objetó el coronel—. Nunca será tu dueño.

—No —dijo ella—. Ni él ni nadie, a no ser que tú me quieras.

—Te quiero, hija. Pero no quiero ser tu dueño.

—Lo sé —dijo la chica—. Y esa es otra de las razones por las que te quiero.

—Llamemos a Ettore y que llame él a tu casa. Puedes decirle lo del retrato.

—Tienes razón. Si lo quieres esta noche, tengo que hablar con el mayordomo para que lo envuelva y lo envíe. También hablaré con mamá y le diré dónde vamos a cenar y, si quieres, le pediré permiso.

—No —dijo el coronel—. Ettore, dos Montgomerys, súper Montgomerys con aceitunas con ajo, no de las gordas, y, por favor, llama a casa de esta señora y avísale cuando te pasen la llamada. Y lo más rápido posible.

—Sí, mi coronel.

—Bueno, hija, sigamos divirtiéndonos.

—Empezamos cuando te pusiste a hablar —dijo ella.

10

Iban andando por la acera derecha de la calle que llevaba al Gritti. El viento les daba en la espalda y echaba el pelo de la chica hacia delante. El viento separaba su pelo en la nuca y lo echaba hacia delante. Miraban los escaparates y la chica se detuvo delante del cristal iluminado de una joyería.

Había muchas joyas antiguas muy bellas en el escaparate y se pararon a verlas y se soltaron de la mano para señalar las que más les gustaban.

—¿Hay alguna que quieras de verdad? Podría comprártela por la mañana. Cipriani me prestaría el dinero.

—No —dijo ella—. No quiero nada, pero me he dado cuenta de que nunca me haces regalos.

—Eres mucho más rica que yo. Te traigo cosas del economato y te invito a comer y a beber.

—Y me llevas en góndola a sitios preciosos en el campo.

—Nunca pensé que quisieras que te regalase piedras.

—Y no quiero. Es solo la idea de regalarlas y cuando las ves piensas en cómo quedan al llevarlas.

—Entiendo —dijo el coronel—. Pero ¿qué podría comprarte que pudiera compararse con tus esmeraldas cuadradas?

—No lo entiendes. Son heredadas. Eran de mi abuela, y ella las heredó de su madre que las había heredado de la suya. ¿Crees que es lo mismo llevar piedras heredadas de gente muerta?

—Nunca me había parado a pensarlo.

—Puedes quedártelas, si quieres, si te gustan las piedras. Para mí son solo algo que ponerme, como un vestido de París. A ti no te gusta llevar el uniforme de gala, ¿verdad?

—No.

—No te gusta llevar sable, ¿o sí?

—No, repito, no.

—No eres de esos soldados y yo no soy de esas chicas. Pero alguna vez regálame algo duradero que pueda llevar y que me alegre cada vez que me lo ponga.

—Entiendo —dijo el coronel—. Y lo haré.

—Aprendes deprisa lo que no sabes —dijo la chica—. Y tomas las decisiones muy deprisa. Me gustaría que te quedases las esmeraldas, podrías llevarlas en el bolsillo como un amuleto, y tocarlas cuando te sientas solo.

—Cuando trabajo nunca me meto las manos en los bolsillos. Normalmente retuerzo un palo o alguna otra cosa, o señalo cosas con un lápiz.

—Pero podrías meterte la mano en el bolsillo muy de vez en cuando y tocarlas.

—Cuando trabajo no me siento solo. Estoy demasiado concentrado para sentirme solo.

—Pero ahora no estás trabajando.

—No. Solo preparando la mejor manera de que nos invadan.

—De todos modos te las voy a dar. Estoy segura de que mamá lo entenderá. Además no hace falta que se lo diga hasta dentro de mucho tiempo. No controla mis cosas. Estoy segura de que mi doncella no se lo dirá.

—No creo que deba aceptarlas.

—Sí, por favor, para hacerme feliz.

—No estoy seguro de que sea honorable.

—Eso es como no estar seguro de si eres virgen. Lo que uno hace por hacer feliz a alguien a quien ama siempre es honorable.

—Muy bien —dijo el coronel—. Las aceptaré en lo bueno y en lo malo.

—Ahora da las gracias —dijo la chica y se las deslizó en el

bolsillo con la misma rapidez y habilidad que un carterista—. Las he traído conmigo porque llevo toda la semana pensándolo.

—Creía que habías estado pensando en mi mano.

—No seas gruñón, Richard. Y nunca deberías ser estúpido. ¿No se te había ocurrido pensar que vas a tocarlas con la mano?

—No. Y ha sido una estupidez. ¿Qué querrías del escaparate?

—Me gustaría ese negrito con el rostro de ébano y el turbante hecho con diamantes y un pequeño rubí en lo alto del turbante. Lo usaría como broche. Antes todo el mundo los llevaba en esta ciudad y la cara era la de sus criados de confianza. Hace mucho que me apetece tenerlo, pero quería que me lo regalaras tú.

—Te lo enviaré por la mañana.

—No. Dámelo cuando comamos antes de marcharte.

—Muy bien —dijo el coronel.

—Ahora debemos seguir andando o llegaremos tarde a cenar.

Empezaron a andar, cogidos del brazo, y al llegar al primer puente el viento les azotó.

Cuando notó la punzada, el coronel se dijo: «Al diablo».

—Richard —dijo la chica—. Mete la mano en el bolsillo y tócalas.

El coronel la obedeció.

—Tienen un tacto maravilloso —dijo.

11

Salieron del viento y el frío y entraron en la luz y el calor del vestíbulo por la entrada principal del hotel Gritti Palace.

—Buenas noches, contessa —dijo el conserje—. Buenas noches, mi coronel. Debe de hacer frío afuera.

—Sí —dijo el coronel, y no añadió ninguna de las frases groseras u obscenas sobre la intensidad del frío o la fuerza del viento, que podría haber utilizado normalmente para su mutuo placer cuando hablaba a solas con el conserje.

Cuando llegaron al largo pasillo que conducía a las escaleras y al ascensor, dejando a la derecha la entrada al bar, la puerta al Gran Canal y la entrada al comedor, el *Gran Maestro* salió del bar.

Llevaba una chaqueta formal blanca larga, sonrió y les dijo:

—Buenas noches mi condesa. Buenas noches, mi coronel.

—*Gran Maestro* —dijo el coronel.

El *Gran Maestro* sonrió y, todavía haciendo una reverencia, dijo:

—Cenarán al fondo del bar. En invierno no hay nadie a estas horas y el comedor es demasiado grande. Les he reservado su mesa. Si quieren, para empezar tenemos una langosta muy buena.

—¿Está fresca de verdad?

—La he visto esta mañana cuando llegó del mercado en una cesta. Estaba viva, era de color verde oscuro y parecía muy poco amistosa.

—¿Te apetece langosta, hija, para empezar la cena?

El coronel fue consciente de la palabra que había usado y también el *Gran Maestro*, y también la chica. Pero para cada uno significó una cosa diferente.

—Se la he reservado por si venían *pescecani*. Ahora están jugando en el Lido. No es que quiera venderla.

—Me encantaría cenar un poco de langosta —dijo la chica—. Fría y con mayonesa. La mayonesa bien firme. —Eso lo dijo en italiano—. ¿No será demasiado cara? —le dijo muy seria al coronel.

—¡Ay, hija mía! —respondió el coronel en español.

—Mira en tu bolsillo derecho —dijo ella.

—Me aseguraré de que no sea muy cara —dijo el *Gran Maestro*—. O la compraré yo mismo. Podría pagarla fácilmente con el salario de una semana.

—Vendida a TRUST —dijo el coronel, utilizando el código del destacamento especial que estaba ocupando Trieste—. Solo me costará el salario de un día.

—Mete la mano en el bolsillo derecho y siéntete riquísimo —dijo la chica.

El *Gran Maestro* había comprendido que era una broma privada y se había marchado sin hacer ruido. Se alegraba por la chica, a quien respetaba y admiraba, y se alegraba por su coronel.

—Soy rico —dijo el coronel—. Pero si me tomas el pelo con ellas, te las devolveré, y sobre el mantel, y en público.

Se estaba burlando a su vez, lanzando un contraataque casi sin pensarlo.

—No lo harás —dijo ella—. Porque ya les has cogido cariño.

—Cogería cualquier cosa a la que le tuviese cariño y la lanzaría desde el acantilado más alto y no esperaría a oír el ruido que hiciese al caer.

—No —dijo la chica—. A mí no me tirarías por un acantilado.

—No —admitió el coronel—. Y perdona que te haya hablado mal.

—Tampoco me has hablado tan mal y además no te he creído —dijo la chica—. Y ahora ¿voy al baño de señoras a peinarme y ponerme presentable, o subo a tu habitación?

—¿Qué prefieres?

—Subir a tu habitación, claro, y ver cómo vives y cómo son las cosas.

—¿Y el hotel?

—En Venecia todo se sabe. Y también se sabe quién es mi familia y que soy una buena chica. También saben qué eres tú y qué soy yo. Tenemos un poco de crédito para gastar.

—Bien —dijo el coronel—. ¿Por las escaleras o en ascensor?

—En ascensor —dijo ella, y él notó el cambio de su voz—. Puedes llamar a un chico o podemos manejarlo nosotros.

—Lo manejaremos nosotros —dijo el coronel—. Hace mucho que aprendí a manejar ascensores.

Fue un ascenso rápido, con una leve sacudida y una rectificación al final, y el coronel pensó:

«Así que hace mucho, ¿eh? Más valdría que volvieras a aprender.»

El pasillo ya no era solo precioso, sino excitante, e introducir la llave en la cerradura no fue un simple proceso sino un ritual.

—Aquí está —dijo el coronel al abrir la puerta—. Esto es lo que hay.

—Es precioso —dijo la chica—. Pero hace mucho frío con las ventanas abiertas.

—Las cerraré.

—No, por favor. Déjalas abiertas si lo prefieres.

El coronel la besó y notó su cuerpo maravilloso, joven, esbelto y bien proporcionado contra su propio cuerpo, que era firme y fuerte, pero estaba muy machacado, y al besarla no pensó en nada.

Se estuvieron besando mucho rato, de pie, y besándose de verdad con el frío de las ventanas abiertas que daban al Gran Canal.

—¡Oh! —dijo ella. Luego—: ¡Oh!

—No debemos nada a nadie —dijo el coronel—. Nada.

—¿Te casarás conmigo y tendremos los cinco hijos?

—¡Sí, sí!

—La clave es ¿lo harás?

—Claro.

—Bésame otra vez y procura que se me claven los botones de tu uniforme, pero sin hacerme mucho daño. —Se quedaron allí y se besaron de verdad—. Tengo una decepción para ti, Richard —dijo ella—. Una decepción acerca de todo.

Lo dijo sin emoción y el coronel lo oyó como un mensaje de uno de los tres batallones, cuando el jefe del batallón dice la pura verdad y te comunica lo peor.

—¿Estás segura?

—Sí.

—Mi pobre hija —dijo él. Esta vez no hubo nada turbio en la palabra, y fue su hija de verdad, y la quiso y compadeció—. Da igual —dijo—. Péinate, vuelve a pintarte los labios y demás, y tomaremos una buena cena.

—Primero dime otra vez que me quieres y apriétame mucho contra los botones.

—Te quiero —dijo el coronel con mucha formalidad. Luego le susurró en el oído como él sabía, como susurras cuando los tienes a cuatro o cinco metros de distancia y eres un joven teniente de patrulla—. Te quiero solo a ti, mi mejor, mi último, mi único y verdadero amor.

—Bien —dijo ella, y lo besó con tanta fuerza que él notó la dulce sal de la sangre de sus labios. «Y eso también me gusta», pensó el coronel—. Y ahora me peinaré y volveré a pintarme los labios y tú puedes mirarme.

—¿Quieres que cierre las ventanas?

—No —dijo ella—. Lo haremos todo con frío.

—¿A quién quieres?

—A ti —dijo ella—. Y no tenemos mucha suerte, ¿verdad?

—No lo sé —dijo el coronel—. Vamos, péinate.

El coronel fue al cuarto de baño a adecentarse para cenar. El baño era la única parte decepcionante de la habitación. El Gritti había sido un palacio y, cuando se construyó, no dejaron sitio para los baños, luego, cuando quisieron introducirlos, tuvieron que construirlos al fondo del pasillo y quienes querían usarlos tenían que avisar con antelación para que les calentaran agua y les subieran toallas.

Este cuarto de baño había sido arrancado arbitrariamente de un rincón de la habitación, era un cuarto de baño más defensivo que ofensivo, pensó el coronel. Al lavarse, obligado a mirarse en el espejo en busca de restos de lápiz de labios, se miró la cara.

«Es como si la hubiese tallado en madera un artesano mediocre», pensó.

Miró los costurones de antes de la cirugía plástica, y las finas, solo evidentes para los iniciados, líneas de las excelentes operaciones plásticas que le habían hecho después de sufrir heridas en la cabeza.

«En fin, es lo único que puedo ofrecer como *gueule* o *façade* —pensó—. Es puñeteramente poco. Lo único bueno es que está curtida y eso lo disimula un poco. Pero, Dios, qué hombre tan feo.»

No reparó en el viejo acero usado de sus ojos, ni en las pequeñas y alargadas líneas de expresión en el rabillo del ojo, ni en que su nariz rota era como la de los gladiadores de las estatuas antiguas. Ni tampoco en la boca fundamentalmente amable que podía ser sincera y despiadada.

—Al diablo contigo —le dijo al espejo—. Viejo miserable. ¿Volvemos con las damas?

Salió del cuarto de baño a la habitación, y volvió a ser tan joven como el día que participó por primera vez en un ataque. Todas las cosas inútiles las había dejado en el cuarto de baño. «Como siempre —pensó—. Ese es su sitio.»

Où sont les neiges d'antan? Où sont les neiges d'autrefois? Dans le pissoir toute la chose comme ça.

La chica, que se llamaba Renata, había abierto las puertas del armario. Tenían espejos por dentro y estaba peinándose el pelo.

No se lo peinaba por vanidad, ni para causar en el coronel el efecto que sabía que podía causarle y que le causaría. Se lo peinaba con dificultad y sin respeto, y, como era un pelo muy grueso y tan vivo como el pelo de los campesinos o de las bellezas de la alta nobleza, se resistía al peine.

—El viento me lo ha enredado mucho —dijo—. ¿Todavía me quieres?

—Sí —dijo el coronel—. ¿Te ayudo?

—No. Llevo toda la vida peinándome sola.

—Podrías ponerte de lado.

—No. La silueta es para nuestros cinco hijos y para que apoyes la cabeza.

—Pensaba solo en la cara —dijo el coronel—. Pero gracias por llamarme al orden. He vuelto a despistarme.

—Soy demasiado descarada.

—No —dijo el coronel—. En Estados Unidos hacen esas cosas de alambre y goma, como la que se usa en los asientos de los tanques. Allí nunca sabes si va en serio, a no ser que seas un chico malo como yo.

—Aquí no es igual —dijo ella y, ayudándose con el peine, empujó el pelo peinado con raya hacia delante de modo que le cayó por debajo de la línea de la mejilla y hacia atrás, por encima del hombro.

—¿Te gusta bien peinado?

—No está demasiado bien peinado, pero es puñeteramente precioso.

—Podría recogérmelo y esas cosas si lo prefieres mejor peinado. Pero no me aclaro con las horquillas y queda un poco tonto.

Su voz era tan preciosa y le recordaba siempre tanto a Pablo Casals tocando el violoncelo que era como una herida que crees que no vas a poder soportar. «Pero eres capaz de soportar cualquier cosa», pensó.

—Te quiero mucho tal como eres —dijo el coronel—. Y eres la mujer más bella que he conocido o visto jamás, incluso en los cuadros de los buenos pintores.

—No sé por qué no ha llegado el retrato.

—Me encanta tenerlo —dijo el coronel, y volvió a ser general sin pensarlo—. Pero es como despellejar a un caballo muerto.

—Por favor, no seas tan brusco —dijo la chica—. No me apetece nada que seas brusco esta noche.

—Me he dejado llevar por la jerga de mi *sale métier*.

—No —dijo ella—. Por favor, rodéame con tus brazos. Bien y con cuidado. Por favor. No es un oficio sucio. Es el más antiguo y el mejor, aunque la mayor parte de quienes lo ejercen no sean dignos de él. —La abrazó tan fuerte como pudo sin hacerle daño y ella dijo—: No querría que fueses abogado o sacerdote. Ni que vendieras cosas. Ni que fueses un hombre de éxito. Me gusta que te dediques a tu oficio y te quiero. Por favor susúrrame si quieres.

El coronel susurró, abrazándola con fuerza y con su corazón sincera y honradamente roto, en un susurro apenas audible como cuando soplas un silbato silencioso para perros cerca del oído.

—Te quiero, demonio. Y además eres mi hija. Y no me importan nuestras pérdidas porque la luna es nuestra madre y nuestro padre. Y ahora vayamos a cenar.

Esto último lo susurró en voz tan baja que era inaudible para cualquiera que no te quisiera.

—Sí —dijo la chica—. Sí. Pero antes bésame otra vez.

12

Estaban en su mesa en el extremo más alejado del bar, donde el coronel tenía ambos flancos cubiertos, y se apoyaba firmemente contra el rincón. El *Gran Maestro* lo sabía, pues había sido un excelente sargento en una buena compañía de infantería, en un regimiento de primera, y no habría sentado a su coronel en el centro de la sala igual que no habría tomado una estúpida posición defensiva.

—La langosta —dijo el *Gran Maestro*.

La langosta era imponente. Era el doble de grande de lo que debería ser una langosta, y su hostilidad había desaparecido al cocerla, de modo que ahora parecía un monumento a su antiguo ser, con los ojos saltones y las delicadas antenas extendidas que servían para saber lo que unos ojos más bien estúpidos no podían decirle.

«Recuerda un poco a Georgie Patton —pensó el coronel—. Aunque es probable que él no llorase nunca cuando se conmovía.»

—¿Crees que estará dura? —le preguntó a la chica en italiano.

—No —les aseguró el *Gran Maestro*, todavía inclinado sobre la langosta—. No está dura. Solo es grande. Ya las conoce.

—Muy bien —dijo el coronel—. Sírvenosla.

—¿Y qué van a beber?

—¿Qué quieres, hija?

—Lo que tú quieras.

—Capri Bianco —dijo el coronel—. *Secco* y frío de verdad.

—Lo tengo preparado —dijo el *Gran Maestro*.

—Nos estamos divirtiendo —dijo la chica—. Otra vez nos estamos divirtiendo y sin remordimientos. ¿No te parece una langosta imponente?

—Lo es —respondió el coronel—. Y más le vale estar puñeteramente tierna.

—Lo estará —le dijo la chica—. El *Gran Maestro* no miente. ¿No es maravilloso conocer a gente que no miente?

—Maravilloso y muy raro —dijo el coronel—. Estaba pensando en un hombre llamado Georgie Patton que es posible que no dijese la verdad en toda su vida.

—¿Tú mientes alguna vez?

—He mentido cuatro veces. Pero las cuatro estaba muy cansado. No es una excusa —añadió.

—Yo mentía mucho de pequeña. Pero sobre todo me inventaba historias. O eso creo. Pero nunca he mentido en mi propio provecho.

—Yo sí —dijo el coronel—. Cuatro veces.

—¿Habrías llegado a general sin mentir?

—Si hubiese mentido tanto como otros, habría llegado a general de tres estrellas.

—¿Te habría hecho más feliz ser general de tres estrellas?

—No —dijo el coronel—. No.

—Mete la mano derecha, tu verdadera mano, en el bolsillo una vez y dime cómo te sientes.

El coronel la obedeció.

—Maravillosamente —dijo—. Pero sabes que tengo que devolvértelas.

—No. Por favor, no.

—No lo discutiremos ahora.

Justo entonces les sirvieron la langosta.

Estaba tierna, con esa resbaladiza elegancia peculiar del músculo de la cola, y las pinzas eran excelentes, ni muy delgadas ni muy gruesas.

—Las langostas se llenan con la luna —le dijo el coronel a la chica—. Cuando hay luna nueva no vale la pena comerlas.

—No lo sabía.

—Tal vez sea porque con luna llena come toda la noche. O a lo mejor es que la luna llena atrae la comida.

—Son de la costa dálmata, ¿no?

—Sí —dijo el coronel—. Es vuestra costa más rica en pescado. O quizá debería decir nuestra costa.

—Dilo —dijo la chica—. No sabes lo importante que es lo que se dice.

—Son puñeteramente más importantes cuando se ponen en un papel.

—No —dijo la chica—. No estoy de acuerdo. El papel no significa nada hasta que las dices de corazón.

—¿Y qué pasa si no tienes corazón o tu corazón es indigno?

—Tú tienes corazón y no es indigno.

«El diablo sabe lo mucho que me gustaría cambiarlo por uno nuevo —pensó el coronel—. No entiendo por qué tiene que fallarme ese entre todos los músculos.» Pero no dijo nada y se metió la mano en el bolsillo.

—Tienen un tacto maravilloso —dijo—. Y tú también estás maravillosa.

—Gracias —dijo ella—. Lo recordaré toda la semana.

—Basta con que te mires al espejo.

—El espejo me aburre —dijo ella—. Ponerte lápiz de labios, mover la boca para extenderlo bien y cepillarte un pelo demasiado espeso no es una vida para una mujer, ni siquiera para una chica que está enamorada. Cuando quieres ser la luna y varias estrellas y vivir con tu marido y tener cinco hijos, mirarte al espejo y utilizar los artificios femeninos no es muy emocionante.

—Pues casémonos cuanto antes.

—No —dijo ella—. He tenido que tomar una decisión al respecto, igual que sobre las demás cosas. Me paso la semana tomando decisiones.

—Yo también las tomo —le dijo el coronel—. Pero en esto soy muy vulnerable.

—No hablemos de eso. Es un dolor agradable, pero creo que haríamos mejor averiguando qué carnes tiene hoy el *Gran Maestro*. Por favor, bébete el vino. No lo has tocado.

—Lo tocaré ahora —dijo el coronel. Lo probó y era pálido y frío como los vinos de Grecia, pero sin sabor a resina, y con un cuerpo tan pleno y encantador como el de Renata—. Se parece a ti.

—Sí. Lo sé. Por eso quería que lo probaras.

—Lo estoy probando —dijo el coronel—. Ahora me beberé una copa entera.

—Eres un buen hombre.

—Gracias —dijo el coronel—. Lo recordaré toda la semana y me esforzaré en serlo. —Luego dijo—: *Gran Maestro*.

Cuando el *Gran Maestro* llegó feliz, cómplice y sin hacer caso de las úlceras, el coronel le preguntó:

—¿Qué carnes tenéis que valga la pena que comamos?

—No estoy seguro de saberlo —dijo el *Gran Maestro*—. Pero lo preguntaré. Su compatriota está ahí y puede oírles. No ha dejado que lo sentara en el rincón.

—Bueno —dijo el coronel—. Le daremos algo sobre lo que escribir.

—Escribe todas las noches. Se lo he oído decir a uno de mis colegas de su hotel.

—Estupendo —dijo el coronel—. Eso demuestra que es industrioso, aunque haya agotado su talento.

—Todos los somos —dijo el *Gran Maestro*.

—De forma distinta.

—Iré a ver qué carnes hay.

—Compruébalo con cuidado.

—Soy industrioso.

—Y también condenadamente sagaz.

El *Gran Maestro* se fue y la chica dijo:

—Es un hombre encantador y me gusta el aprecio que te tiene.

—Somos buenos amigos —dijo el coronel—. Espero que tenga un buen filete para ti.

—Hay un filete muy bueno —anunció el *Gran Maestro* al reaparecer.

—Tómatelo tú, hija. Yo los como a diario en la cantina. ¿Lo quieres crudo?

—Bastante crudo, por favor.

—*Al sangue* —repitió el coronel—, como dijo John cuando le habló al camarero en francés. *Crudo*, *bleu*, o muy crudo.

—Crudo —dijo el *Gran Maestro*—. ¿Y usted, mi coronel?

—Los *scaloppine* con Marsala, y la colifor con mantequilla. Y también una vinagreta con alcachofas, si las hay. ¿Qué quieres tú, hija?

—Puré de patata y ensalada.

—Estás creciendo.

—Sí. Pero no debería crecer demasiado, al menos en la dirección equivocada.

—Creo que ya está —dijo el coronel—. ¿Qué tal un *fiasco* de valpolicella?

—No tenemos *fiaschi*. Este es un buen hotel. Nos lo traen embotellado.

—Lo había olvidado —dijo el coronel—. ¿Recuerdas cuando costaba treinta *centesimi* el litro?

—¿Y cuando lanzábamos los *fiaschi* vacíos a los guardias de las garitas desde los trenes de transporte de tropas?

—¿Y cuando lanzábamos las granadas que caían rebotando por la pendiente al volver de Grappa?

—¿Y cuando pensaban que era un ataque al ver las explosiones y uno nunca se afeitaba, y llevábamos las *fiamme nere* en las guerreras sin abotonar con los suéteres grises?

—¿Y yo bebía grapa y ni siquiera notaba el sabor?

—Debíamos de ser muy duros en aquel entonces —dijo el coronel.

—Lo éramos —dijo el *Gran Maestro*—. Éramos chicos malos y usted era el peor de todos.

—Sí —admitió el coronel—. Creo que éramos bastante malos. Olvida esto, ¿eh, hija?

—No tendrás una foto de esa época, ¿verdad?

—No. Solo había fotos del señor D'Annunzio. Y casi todo el mundo acabó mal.

—Menos nosotros —dijo el *Gran Maestro*—. Ahora tengo que ir a ver cómo marcha el bistec.

El coronel, que volvía a ser subteniente, a bordo de un camión, con la cara tan polvorienta que solo se le veían los ojos metálicos, enrojecidos e irritados, se quedó pensativo.

«Los tres puntos clave —pensó—. El macizo de Grappa, con Assalone y Pertica y la montaña cuyo nombre he olvidado a la derecha. Ahí fue donde crecí —pensó—, y todas las noches me despertaba sudando y soñaba que no podría bajarlos de los camiones. Y no deberían haber bajado, claro. Menudo oficio.»

—¿Sabes? En nuestro oficio casi ningún general ha combatido nunca —le dijo a la chica—. Es muy raro y a los que están arriba no les gustan los que sí han combatido.

—¿Combaten de verdad los generales?

—¡Oh, sí! Cuando son capitanes y tenientes. Después, excepto en las retiradas, es bastante estúpido.

—¿Combatiste mucho? Ya sé que sí. Pero cuéntamelo.

—Lo bastante para que los grandes pensadores me tildaran de idiota.

—Cuéntame.

—Cuando era un muchacho combatí contra Erwin Rommel entre Cortina y el Grappa, donde nos atrincheramos. Él era capitán y yo capitán en funciones, en realidad subteniente.

—¿Lo conociste?

—No. No hasta después de la guerra cuando pudimos hablar. Era muy amable y me caía bien. Íbamos a esquiar juntos.

—¿Te caían bien muchos alemanes?

—Muchos. Mi favorito era Ernst Udet.

—Pero estaban equivocados.

—Claro. Pero ¿quién no lo ha estado?

—Nunca he conseguido que me caigan bien o ser tan tolerante con ellos como tú, porque mataron a mi padre y quemaron nuestra villa del Brenta y un día vi a un oficial alemán cazando palomas con una escopeta en la Piazza de San Marco.

—Lo entiendo —dijo el coronel—. Pero, por favor, hija, intenta entenderme tú a mí. Después de matar a tantos, podemos permitirnos ser amables.

—¿A cuántos mataste?

—A ciento veintidós seguro. Más los muertos sin confirmar.

—¿No tuviste remordimientos?

—Nunca.

—¿Ni pesadillas?

—Ni pesadillas. Pero a menudo tuve sueños muy raros. Sueños de combate, siempre, durante un tiempo después de los enfrentamientos. Pero también sueños raros sobre sitios. Vivimos gracias a los accidentes del terreno. Y el terreno es lo que queda en la parte del cerebro que sueña.

—¿Nunca sueñas conmigo?

—Lo intento. Pero no puedo.

—A lo mejor el retrato te ayuda.

—Eso espero —dijo el coronel—. Por favor, no olvides recordarme que te devuelva las piedras.

—Por favor, no seas cruel.

—Tengo mis pequeñas necesidades de honor en la misma proporción en que tenemos nuestro amor que todo lo envuelve. No se puede tener una cosa sin la otra.

—Pero podrías concederme algunos privilegios.

—Los tienes —dijo el coronel—. Las piedras están en mi bolsillo.

El *Gran Maestro* llegó con el bistec, los *scaloppine* y las verduras. Los llevaba un muchacho de cabello engominado que no creía en nada, pero se esforzaba por llegar a ser un buen segundo camarero. Era miembro de la Orden. El *Gran Maestro* sirvió los platos con destreza y con respeto tanto por la comida como por los comensales.

—Y ahora coman —dijo—. Descorcha ese valpolicella —le dijo al muchacho, que tenía los ojos de un spaniel incrédulo.

—¿Qué sabes de ese individuo? —preguntó el coronel, refiriéndose a su compatriota con la cara picada de viruelas que mascaba su comida, mientras la mujer entrada en años que le acompañaba comía con elegancia de barrio residencial.

—Debería decírmelo usted a mí, no yo a usted.

—No lo había visto hasta hoy —dijo el coronel—. Es difícil de tragar a la hora de la comida.

—Me trata con condescendencia. Habla mal italiano con frecuencia. Va a todos los sitios que recomienda la guía Baedeker, y no tiene gusto ni para la comida ni para el vino. La mujer es agradable. Creo que es su tía. Pero no tengo información fiable.

—Me parece que podríamos pasarnos sin él.

—Creo que podremos. En un momento.

—¿Habla de nosotros?

—Me ha preguntado quién era usted. Le sonaba el nombre de la condesa y había leído en su guía acerca de varios palacios que habían pertenecido a la familia. Le impresionó su nombre, señora, que le di para impresionarle.

—¿Cree que nos sacará en su libro?

—Estoy seguro. Saca a todo el mundo.

—Deberíamos estar en un libro —dijo el coronel—. ¿Te importaría, hija?

—Pues claro que no —dijo la chica—. Pero habría preferido que lo escribiera Dante.

—Dante no anda por aquí —dijo el coronel.

—¿Puedes contarme algo de la guerra? —preguntó la chica—. Cualquier cosa que se me permita saber…

—Claro. Lo que quieras.

—¿Cómo era el general Eisenhower?

—Estrictamente Liga Epworth.[5] Tal vez esté siendo un poco

5. La Liga Epworth era un grupo religioso juvenil ligado a la iglesia metodista.

injusto. También había otras influencias. Un excelente político. Un general político. Muy capaz en lo suyo.

—¿Y los demás jefes?

—No los llamemos por sus nombres. Ya se han nombrado bastante a sí mismos en sus memorias. La mayoría es muy posible que saliera de una cosa llamada el Rotary Club, del que no habrás oído hablar. En ese club, llevan chapitas esmaltadas con el nombre de pila y te multan si los llamas por su verdadero nombre. Jamás combatieron. Nunca.

—¿No había ninguno bueno?

—Sí, muchos. Bradley, el maestro de escuela, y muchos otros. Te concedo que Joe Relámpago[6] era bueno. Muy bueno.

—¿Quién era?

—Estaba al mando del Séptimo Cuerpo cuando estuve yo. Muy sensato. Rápido. Preciso. Ahora es Jefe de Estado Mayor.

—Pero ¿qué me dices de los grandes jefes de los que hemos oído hablar como los generales Montgomery y Patton?

—Olvídalos, hija. Monty era un personaje que necesitaba contar una ventaja de quince contra uno para ponerse en movimiento, y siempre reaccionaba tarde.

—Pensaba que era un buen general.

—No lo era —dijo el coronel—. Y lo peor es que lo sabía. Lo he visto entrar en un hotel y quitarse su verdadero uniforme para ponerse uno más resultón para ir por la noche a arengar al populacho.

—¿Te era antipático?

—No. Solo pienso que era un general británico. Signifique eso lo que signifique. Y no utilices ese término.

—Pero derrotó al general Rommel.

—Sí. ¿Y acaso crees que alguien no le había preparado el terreno? ¿Y quién no va a ganar con una ventaja de quince contra uno? Cuando combatimos aquí de críos el *Gran Maestro* y

6. El general Joseph Lawton Collins (1896-1987), apodado Lightning Joe (Joe Relámpago) por sus tácticas eficaces y agresivas.

yo combatimos con una desventaja de tres o cuatro contra uno y vencimos todo un año. Tres batallas importantes. Por eso podemos hacer bromas sin ponernos solemnes. Ese año tuvimos más de ciento cuarenta mil muertos. Por eso podemos hablar con alegría y sin pomposidad.

—Es una ciencia muy triste, suponiendo que sea una ciencia —dijo la chica—. Odio los monumentos de guerra, aunque los respeto.

—A mí tampoco me gustan. Ni el proceso que llevó a su construcción. ¿Alguna vez has visto esa parte?

—No. Pero me gustaría saberlo.

—Mejor no —dijo el coronel—. Cómete el bistec antes de que se enfríe y perdóname por hablar de mi oficio.

—Lo odio pero me gusta.

—Creo que compartimos las mismas emociones —dijo el coronel—. Pero ¿en qué piensa mi compatriota picado de viruelas tres mesas más allá?

—En su próximo libro, o en lo que dice la Baedeker.

—¿Quieres que demos un paseo en góndola bajo el viento después de cenar?

—Sería delicioso.

—¿Deberíamos decirle al hombre picado de viruelas que nos vamos? Creo que tiene las mismas marcas en el corazón, en el alma y tal vez en la curiosidad.

—No le diremos nada —dijo la chica—. El *Gran Maestro* puede transmitirle cualquier información que queramos. —Luego masticó bien su bistec y añadió—: ¿Crees que es cierto que a partir de los cincuenta los hombres tienen el rostro que ellos mismos se han creado?

—Espero que no. Porque yo no firmaría el mío.

—Tú —dijo ella—, tú.

—¿Es bueno el bistec? —preguntó el coronel.

—Maravilloso. ¿Qué tal tus *scaloppine*?

—Muy tiernos y la salsa no es nada dulce. ¿Te gustan las verduras?

—La coliflor está casi crujiente, como apio.

—Deberían habernos traído apio. Aunque no creo que haya, o el *Gran Maestro* lo habría traído.

—¿A que nos divertimos mucho con la comida? Imagínate si pudiéramos comer siempre juntos.

—Te lo he propuesto.

—No hablemos de eso.

—Muy bien —dijo el coronel—. Yo también he tomado una decisión. Voy a dejar el ejército y a vivir en esta ciudad, de forma muy sencilla, con mi paga de jubilado.

—Es maravilloso. ¿Qué tal te sienta la ropa de civil?

—Me has visto.

—Lo sé, cariño. Lo he dicho en broma. Tú a veces también haces bromas muy bruscas, ¿sabes?

—Me sentará bien. Bueno, suponiendo que en la ciudad haya algún sastre que sepa cortar bien la tela.

—Aquí no hay ninguno, pero hay uno en Roma. ¿Podremos ir juntos en coche a Roma a buscar la ropa?

—Sí. Y viviremos fuera de la ciudad en Viterbo y solo iremos a probarme la ropa y a cenar por la noche. Luego volveremos en coche.

—Veremos a gente del cine y hablaremos de ellos con candor ¿y por qué no tomar también una copa con ellos?

—Los veremos a miles.

—¿Veremos cómo se casan por segunda y tercera vez y cómo los bendice el Papa?

—Si te gustan esas cosas…

—No —dijo la chica—. Es una de las razones por las que no puedo casarme contigo.

—Entiendo —dijo el coronel—. Gracias.

—Pero te querré, signifique eso lo que signifique, y tú y yo sabemos muy bien lo que significa, mientras uno de los dos esté con vida y aun después.

—No creo que puedas quererme mucho después de muerta —dijo el coronel.

Empezó a comerse la alcachofa, una hoja después de otra, metiéndolas, con el lado más grueso hacia abajo, en la salsera de *vinaigrette*.

—Tampoco creo que tú puedas —dijo la chica—. Pero lo intentaré. ¿No te sientes mejor si alguien te quiere?

—Sí —dijo el coronel—, me siento como si estuviese en una colina pelada demasiado pedregosa para excavar defensas, de rocas demasiado duras y sin ningún risco ni promontorio, y de pronto, en vez de estar allí desnudo, estuviese acorazado. Acorazado y sin los ochenta y ocho[7] delante.

—Deberías decírselo a nuestro amigo escritor con los cráteres en la cara de luna para que pueda escribirlo esta noche.

—Debería decírselo a Dante si estuviese por aquí —dijo el coronel, que se había encrespado de pronto como el mar cuando pasa un chubasco—. Le diría lo que haría si me transformara, o me ascendieran, a vehículo blindado bajo tales circunstancias.

Justo en ese momento, el barone Alvarito entró en el comedor. Les estaba buscando y, como era cazador, los vio al instante.

Fue hacia la mesa, besó la mano de Renata y dijo: «*Ciao*, Renata». Era casi alto, y bien proporcionado con su ropa de ciudad, y era el hombre más tímido que el coronel había conocido jamás. No era tímido por ignorancia, ni porque se sintiera incómodo, ni por ningún otro defecto. Era tímido sin más, como lo son algunos animales, como el bongo, imposible de ver en la selva y al que hay que cazar con perros.

—Mi coronel —dijo. Sonrió como solo sonríen los verdaderamente tímidos.

No era la sonrisa fácil de los seguros de sí mismos, ni la sonrisa rápida y fugaz de los malvados y los muy duraderos. No tenía nada que ver con la sonrisa equilibrada y muy gastada del cortesano o el político. Era la sonrisa rara y extraña que se alza desde un abismo oscuro y profundo, más profundo que un pozo, profundo como la mina que hay en su interior.

---

7. Los cañones de 88 mm alemanes eran cañones anticarro y antiaéreos.

—Solo puedo quedarme un momento. He venido a decirle que la caza pinta bien. Llegan grandes bandadas de patos del norte. Hay muchos patos grandes. De los que a usted le gustan. —Volvió a sonreír.

—Siéntese, Alvarito, por favor.

—No —dijo el barone Alvarito—. ¿Le parece que nos veamos en el garaje a las dos y media? ¿Ha traído coche?

—Sí.

—Estupendo. Si salimos a esa hora, tendremos tiempo de ver a los patos al atardecer.

—Espléndido —dijo el coronel.

—*Ciao*, Renata. Adiós, mi coronel. Hasta las dos y media.

—Nos conocimos de niños —dijo la chica—. Pero él tenía unos tres años más. Nació muy viejo.

—Sí. Lo sé. Es un buen amigo mío.

—¿Crees que tu compatriota lo habrá buscado en la Baedeker?

—Vete a saber —dijo el coronel—. *Gran Maestro* —preguntó—, ¿ha buscado mi ilustre compatriota al barone en la Baedeker?

—La verdad, mi coronel. No lo he visto sacar su Baedeker en la cena.

—Ponle la nota máxima —dijo el coronel—. Oye. Creo que el valpolicella es mejor cuando es más joven. No es un *grand vin* y embotellarlo y guardarlo un tiempo solo sirve para que tenga más posos. ¿No crees?

—Sí.

—Entonces ¿qué hacemos?

—Mi coronel, ya sabe que en un gran hotel el vino tiene que ser caro. No se puede beber Pinard en el Ritz. Pero si quiere le conseguiré algunos *fiaschi* del bueno. Puede usted decir que son de las tierras de la contessa Renata y que son un regalo. Yo los decantaré. De ese modo, tendremos mejor vino y podrá ahorrarse un buen dinero. Si quiere, se lo explicaré al director. Es buena persona.

—Explícaselo —dijo el coronel—. Tampoco es de los que beben etiquetas.

—De acuerdo.

—Entretanto puede beberse este. Es muy bueno.

—Lo es —dijo el coronel—. Pero no es Chambertin.

—¿Qué era lo que bebíamos siempre?

—Cualquier cosa —dijo el coronel—. Pero ahora busco la perfección. O más bien no la perfección absoluta, sino la que puedo permitirme.

—Yo también la busco —dijo el *Gran Maestro*—. Pero en vano.

—¿Qué quiere para acabar la comida?

—Queso —dijo el coronel—. ¿Tú que quieres, hija?

La chica había estado muy callada y bastante retraída, desde que había visto a Alvarito. Algo le rondaba por la cabeza, y era una cabeza excelente. Pero, por un momento, dejó de estar con ellos.

—Queso —dijo—. Por favor.

—¿Qué queso?

—Tráelos todos y les echaremos un vistazo —dijo el coronel.

El *Gran Maestro* se fue y el coronel preguntó:

—¿Qué ocurre, hija?

—Nada. Nunca nada. Siempre nada.

—Si no quieres, no comas. No tenemos tiempo para esos lujos.

—No, me parece bien. Nos dedicaremos al queso.

—¿Tengo que tomármelo tapándome la nariz?

—No —dijo ella, sin entender el coloquialismo, pero comprendiendo exactamente lo que quería decir, puesto que era ella quien había estado pensando—. Métete la mano derecha en el bolsillo.

—De acuerdo —dijo el coronel—. Lo haré.

Se metió la mano en el bolsillo y tocó lo que había en él, primero con la punta de los dedos, luego con la parte interior y por fin con la palma de la mano, su mano rajada.

—Lo siento —dijo ella—. Ahora volveremos otra vez con lo bueno. Nos dedicaremos al queso y a la felicidad.

—Excelente —dijo el coronel—. Vete a saber qué quesos tendrá.

—Háblame de la última guerra —dijo la chica—. Luego pasearemos en nuestra góndola bajo el viento frío.

—No fue muy interesante —dijo el coronel—. Para nosotros, por supuesto, estas cosas siempre son interesantes. Pero solo hubo tres, tal vez cuatro, momentos que me interesaron de verdad.

—¿Por qué?

—Combatíamos a un enemigo derrotado cuyas comunicaciones habían sido destruidas. Destruimos muchas divisiones sobre el papel, pero eran divisiones fantasma. No verdaderas. Las destruyó nuestra aviación táctica antes de que pudieran ponerse en marcha, solo fue verdaderamente difícil en Normandía, por culpa del terreno, y cuando abrimos un hueco para que pasaran las divisiones acorazadas de Georgie Patton y tuvimos que defender ambos lados al mismo tiempo.

—¿Cómo se abre un hueco para que pasen las divisiones acorazadas? Dímelo, por favor.

—Primero tomas una ciudad que controle las carreteras principales. Llamemos a la ciudad St. Lo. Después hay que despejar las carreteras tomando otros pueblos y ciudades. El enemigo tiene una línea principal de resistencia, pero no puede enviar sus divisiones al contraataque porque los cazabombarderos les dan caza en las carreteras. ¿Te aburro? A mí me aburre muchísimo.

—No me aburre. Nunca me lo habían contado de forma comprensible.

—Gracias —dijo el coronel—. ¿Estás segura de que quieres saber más de la ciencia triste?

—Por favor —dijo ella—. Sabes que te quiero, y me gustaría compartirlo contigo.

—Nadie comparte este oficio con nadie —le contó el coronel—. Solo te digo cómo funciona. Puedo añadir anécdotas para hacerlo más interesante o verosímil.

—Añade alguna, por favor.

—La toma de París no fue nada —dijo el coronel—. Fue solo una experiencia emocional. No una operación militar. Matamos a unos cuantos mecanógrafos que eran la pantalla que habían dejado los alemanes, como hacen siempre, para cubrir su retirada. Supongo que pensaron que no iban a necesitar a tantos oficinistas y los dejaron de soldados.

—¿No fue una gran gesta?

—La gente de Leclerc, otro capullo de tercera o cuarta agua, cuya muerte celebré con una botella magnum de Perrier-Jouet Brut 1942, disparó mucho para que pareciese algo y porque les habíamos dado armas con las que disparar. Pero no fue nada importante.

—¿Tú participaste?

—Sí —dijo el coronel—. Creo que podría decir con seguridad que sí.

—¿No te causó una gran impresión? Después de todo, era París y no todo el mundo lo ha tomado.

—Los propios franceses lo habían tomado cuatro días antes. Pero el gran plan de lo que llamábamos SHAEF, el Cuartel Supremo, fíjate en la palabra, de las Fuerzas Expedicionarias Aliadas, que incluía a todos los militares políticos de la retaguardia, y que llevaban una insignia indecorosa con un no sé qué llameante, mientras que nosotros llevábamos un trébol de cuatro hojas para identificarnos y para que nos trajera suerte, tenían un plan para rodear la ciudad. Así que no pudimos tomarla sin más.

»Además tuvimos que esperar la posible llegada del general o mariscal de campo Bernard Law Montgomery, que fue incapaz de cerrar siquiera el hueco de Falaise y se encontró con todo embarrado y no pudo llegar a tiempo.

—Debisteis de echarlo en falta —dijo la chica.

—¡Oh, sí! —dijo el coronel—. Muchísimo.

—Pero ¿no hubo nada noble o verdaderamente feliz?

—Claro —le dijo el coronel—. Luchamos desde Bas Meudon, y luego en la Porte de Saint Cloud, en calles que yo conocía y que amaba y no tuvimos bajas e hicimos los menos destrozos posibles. En la Étoile tomé prisionero al mayordomo de Elsa Maxwell. Fue una operación muy complicada. Lo habían denunciado como francotirador japonés. Una cosa nueva. Se decía que había matado a varios parisinos. Así que enviamos a tres hombres a los tejados donde se había refugiado y resultó ser un muchacho indochino.

—Empiezo a hacerme una idea. Pero es descorazonador.

—Siempre es muy descorazonador. Pero en este oficio se supone que no hay que tener corazón.

—Pero ¿crees que en la época de los grandes capitanes era igual?

—Estoy bastante convencido de que era peor.

—Pero ¿te heriste en la mano de forma honorable?

—Sí. Muy honorable. En una colina pelada y pedregosa.

—Por favor, deja que la toque —dijo.

—Ten cuidado en el centro —le advirtió el coronel—. Está rajada y aún se abre la herida.

—Deberías escribir —dijo la chica—. Lo digo de verdad. Para que la gente se enterase de estas cosas.

—No —discrepó el general—. No tengo el talento necesario y sé demasiado. Casi cualquier mentiroso escribe de forma más convincente que alguien que haya estado allí.

—Pero ha habido soldados escritores.

—Sí. Mauricio de Sajonia. Federico el Grande. El señor Sun Tzu.

—Digo de nuestra época.

—Usas la palabra «nuestra» con mucha frivolidad. Pero me gusta.

—Pero ¿no ha habido muchos soldados modernos que han escrito de la guerra?

—Muchos. Pero ¿los has leído?

—No. He leído sobre todo a los clásicos y los periódicos por los escándalos. También leo tus cartas.

—Quémalas —dijo el coronel—. No valen nada.

—Por favor. No seas desagradable.

—No lo seré. ¿Qué puedo contarte que no te aburra?

—Háblame de cuando eras general.

—¡Ah, eso! —dijo y le indicó con un gesto al *Gran Maestro* que les llevase champán. Un Roederer Brut del 42 que le gustaba mucho—. Cuando eres general vives en un remolque igual que tu Jefe de Estado Mayor, y tienes whisky del bueno cuando nadie más lo tiene. Tus secciones viven en el P.M. Te diría lo que son las secciones, pero te aburriría. Te diría a qué se dedica la sección primera, la segunda, la tercera, la cuarta y la quinta, y también los Kraut-6, pero te aburriría. A un lado tienes un mapa forrado de plástico, y al otro tres regimientos formados por tres batallones cada uno. Todo marcado con lápices de colores.

»Están las líneas de enlace para que los batallones no combatan entre sí cuando las crucen. Cada batallón consta de cinco compañías. Todas deberían ser buenas, pero unas lo son y otras no tanto. También tienes la artillería de la división, un batallón de tanques y un montón de piezas de repuesto. Vives rodeado de coordenadas. —Hizo una pausa mientras el *Gran Maestro* servía el Roederer Brut del 42—. En el Cuerpo —continuó traduciendo a regañadientes *corpo d'Armata*— te dicen lo que tienes que hacer, y luego tú decides cómo hacerlo. Dictas las órdenes o, más a menudo, las das por teléfono. Presionas a gente a la que respetas, para que haga cosas que sabes que son casi imposibles, pero órdenes son órdenes. También tienes que pensar mucho, estar despierto hasta las tantas y levantarte temprano.

—¿Y no quieres escribir sobre eso? ¿Ni siquiera para complacerme?

—No —dijo el coronel—. Los muchachos sensibles que no resistieron la presión y que conservan todas las primeras impresiones del día en que combatieron, o los tres días, o incluso los cuatro, escriben libros. Son buenos libros, aunque resultan aburridos si has estado allí. Otros escriben para sacar provecho cuanto antes de la guerra en la que no combatieron. Son los que corrían a contar las noticias. Las noticias no son muy exactas. Pero corrían. Los escritores profesionales que tenían algún trabajo que les libró de combatir escribieron libros sobre unos combates que no entendían, como si hubiesen estado. No sé en qué categoría del pecado clasificarlos.

»También hay un capitán de Marina, suave como el nailon e incapaz de capitanear un bote de vela, que escribió sobre el lado íntimo del verdadero Cuadro General.[8] Todo el mundo escribirá su libro tarde o temprano. Hasta puede que salga uno bueno. Pero yo no escribo, hija. —Le indicó con un gesto al *Gran Maestro* que les llenase las copas—. *Gran Maestro* —dijo—. ¿Te gusta combatir?

—No.

—Pero ¿combatimos?

—Sí. Demasiado.

—¿Qué tal estás de salud?

—De maravilla, excepto por las úlceras y una pequeña afección cardíaca.

—No —dijo el coronel, y el corazón se le atragantó en la garganta—. Solo me habías hablado de las úlceras.

—Bueno, ahora lo sabe —dijo el *Gran Maestro* y no terminó la frase y sonrió con la mejor y más luminosa de sus sonrisas que pareció tan duradera como el sol naciente.

—¿Cuántos?

El *Gran Maestro* alzó dos dedos como un hombre que apostase teniendo crédito y lo apostara todo a una carta.

—Te gano —dijo el coronel—. Pero no nos pongamos macabros. Pregunta a Donna Renata si quiere más de este vino tan excelente.

—No me habías dicho que hubiera vuelto a ocurrir —dijo la chica—. Tu obligación es contármelo.

—No ha pasado nada desde que nos vimos la última vez.

—¿Crees que se rompe por mí? En ese caso, iré, estaré contigo y te cuidaré.

---

8. El capitán Harry C. Butcher, que escribió el libro *My Three Years with Eisenhower*.

—No es más que un músculo —dijo el coronel—. Lo que pasa es que es el músculo principal. Trabaja con tanta perfección como un Rolex Oyster Perpetual. Lo malo es que no se puede enviar al representante de Rolex cuando se estropea. Cuando se para, ya no sabes qué hora es. Estás muerto.

—Por favor, no hablemos de eso.

—Me has preguntado tú —dijo el coronel.

—¿Y el hombre picado de viruela con cara de caricatura? ¿Él no tiene?

—Pues claro que no —dijo el coronel—. Si es un escritor mediocre, vivirá eternamente.

—Pero tú no eres escritor. ¿Cómo lo sabes?

—No —dijo el coronel—. Gracias a Dios. Pero he leído muchos libros. Los solteros tenemos mucho tiempo para leer. No tanto como los marinos mercantes, tal vez. Pero mucho. Distingo a un escritor de otro, y te digo que los escritores mediocres tienen larga vida. Deberían cobrar una paga de longevidad.

—¿Podrías contarme alguna anécdota y así dejaríamos de hablar de esto, que es mi verdadero pesar?

—Puedo contarte cientos. Todas verdaderas.

—Cuéntame solo una. Luego acabaremos el vino y nos iremos en la góndola.

—¿Crees que estaremos lo bastante abrigados?

—Oh, seguro que yo sí.

—No sé qué contarte —dijo el coronel—. La guerra aburre a los que no han combatido. Menos las historias de los mentirosos.

—Me gustaría saber más sobre la toma de París.

—¿Por qué? ¿Porque te he dicho que parecías María Antonieta en la carreta?

—No. Eso me pareció un cumplido y sé que de perfil nos parecemos un poco. Pero nunca he estado en ninguna carreta, y me gustaría oírte hablar de París. Cuando quieres a alguien y es tu héroe, te gusta oír hablar de sitios y de cosas.

—Por favor, gira la cabeza —dijo el coronel— y te lo contaré. *Gran Maestro*, ¿queda algo en esa desdichada botella?

—No —respondió el *Gran Maestro*.

—Pues trae otra.

—Tengo una ya fría.

—Muy bien. Sírvenosla. Bueno, hija, nos separamos de la columna del general Leclerc en Clamart. Ellos fueron a Montrouge y la Porte d'Orleans y nosotros fuimos directamente a Bas Meudon y tomamos el puente de la Porte de Saint Cloud. ¿Te parece demasiado técnico y te aburre?

—No.

—Sería mejor con un mapa.

—Continúa.

—Tomamos el puente y establecimos una cabeza de puente al otro lado del río y echamos a los alemanes, vivos y muertos, que habían defendido el puente al río Sena —se interrumpió—. Fue una defensa simbólica, claro. Tendrían que haberlo volado. Echamos a los alemanes al río Sena. Creo que casi todos eran oficinistas.

—Continúa.

—A la mañana siguiente, nos informaron de que los alemanes se habían atrincherado en varios sitios, de que tenían artillería en Mount Valérien y de que los tanques patrullaban las calles. Parte de esto era cierto. También nos pidieron que no entrásemos demasiado deprisa pues el general Leclerc debía tomar la ciudad. Cumplí con esa petición y entré lo más despacio que pude.

—¿Cómo se hace eso?

—Retrasas el ataque dos horas y bebes champán cada vez que te lo ofrecen los patriotas, los colaboracionistas o los entusiastas.

—Pero ¿no hubo nada grandioso ni maravilloso, como en los libros?

—Pues claro. La propia ciudad. La gente estaba muy contenta. Los viejos generales se paseaban por ahí con los uniformes roídos por la polilla. Nosotros también estábamos muy contentos de no tener que combatir.

—¿No tuvisteis que combatir nada?

—Solo tres veces. Y no mucho.

—Pero ¿fue lo único que tuvisteis que luchar para tomar una ciudad como esa?

—Hija, combatimos doce veces desde Rambouillet para entrar en la ciudad. Pero solo dos merecieron llamarse combates. Los de Toussus le Noble y en LeBuc. Lo demás fue como la guarnición del plato. La verdad es que no tuvimos que combatir más que en esos dos sitios.

—Cuéntame algo cierto sobre los combates.

—Dime que me quieres.

—Te quiero —dijo la chica—. Puedes publicarlo en el *Gazzettino*, si quieres. Quiero tu cuerpo duro y liso y tus ojos tan extraños que me asustan cuando se vuelven malvados. Quiero tu mano y los otros sitios donde tienes heridas.

—Mejor intentaré contarte cosas buenas —dijo el coronel—. Lo primero que puedo contarte es que te quiero. Punto.

—¿Por qué no compras cristal del bueno? —preguntó de pronto la chica—. Podríamos ir a Murano.

—No entiendo nada de cristal.

—Yo te enseñaré. Será divertido.

—Llevamos una vida demasiado nómada para tener cristal del bueno.

—Pues para cuando te retires y vivas aquí.

—Lo compraremos entonces.

—Ojalá fuese ahora.

—A mí también me gustaría, pero mañana voy a cazar patos y esta noche es esta noche.

—¿Puedo ir a cazar patos?

—Solo si te invita Alvarito.

—Puedo hacer que me invite.

—Lo dudo.

—No es de buena educación dudar de lo que te dice tu hija, cuando es lo bastante mayor para no mentir.

—Muy bien, hija. Retiro la duda.

—Gracias. Por eso no iré y no molestaré. Me quedaré en Venecia e iré a misa con mi madre y mi tía y mi tía abuela y visitaré a los pobres. Soy hija única, así que tengo muchas obligaciones.

—Siempre he querido saber lo que hacías.

—Eso es lo que hago. También le pido a la doncella que me lave la cabeza y me haga la manicura y la pedicura.

—No puedes, porque la cacería es el domingo.

—Pues lo haré el lunes. El domingo leeré los periódicos ilustrados y también los más escandalosos.

—A lo mejor hay fotos de la señorita Bergman. ¿Todavía quieres ser como ella?

—Ya no —dijo la chica—. Quiero ser como soy, solo que mucho, mucho mejor y quiero que me quieras. También —dijo de pronto sin disimulos— quiero ser como tú. ¿Puedo ser como tú un poco esta noche?

—Pues claro —dijo el coronel—. ¿En qué ciudad estamos?

—En Venecia —dijo ella—. La mejor, en mi opinión.

—Estoy de acuerdo. Y te agradezco que no me pidas que te cuente más episodios de la guerra.

—¡Oh! Tendrás que hablarme de ellos después.

—¿Que tendré? —dijo el coronel y sus ojos mostraron su resolución y crueldad con tanta claridad como el cañón de un tanque cuando gira hacia ti—. ¿Has dicho que tendré, hija?

—Sí, pero no quería decir eso. Y si te he molestado, lo siento. Me refería a que si, por favor, podrías contarme más episodios después. Y explicarme lo que no entiendo.

—Si quieres, puedes decir que tendré, hija. Qué demonios. —Sonrió y sus ojos se volvieron tan amables como siempre, que no era mucho, como él sabía. Pero ahora no había mucho que pudiera hacer más que intentar ser amable con su último, verdadero y único amor—. En realidad no me importa, hija. Por favor, créeme. Sé lo que es mandar y, a tu edad, me gustaba mucho.

—Pero yo no quiero mandar —dijo la chica. A pesar de su resolución de no llorar, tenía los ojos húmedos—. Quiero servirte.

—Lo sé. Pero también quieres mandar. No pasa nada. Le ocurre a todos los que son como nosotros.

—Gracias por lo de «nosotros».

—No ha sido difícil decirlo —dijo el coronel—. Hija —añadió.

Justo entonces se acercó a la mesa el conserje y dijo:

—Disculpe, mi coronel. Fuera hay un hombre, creo que es uno de sus criados, señora, con un paquete muy grande para el coronel. ¿Lo guardo en la consigna o digo que lo suban a su habitación?

—A mi habitación —dijo el coronel.

—Por favor —dijo la chica—. ¿No podríamos verlo aquí? La gente nos da igual, ¿verdad?

—Que lo desenvuelvan y lo traigan aquí.

—Muy bien.

—Después, pueden subirlo con mucho cuidado a mi habitación y volver a envolverlo muy bien para transportarlo mañana a mediodía.

—Muy bien, mi coronel.

—¿Tienes ganas de verlo? —preguntó la chica.

—Muchas —dijo el coronel—. *Gran Maestro*, más Roederer, por favor, y por favor pon una silla ahí para que podamos ver un retrato. Somos devotos de las artes pictóricas.

—No queda más Roederer frío —dijo el *Gran Maestro*—. Pero si quiere una botella de Perrier-Jouet…

—Tráela —dijo el coronel, y añadió—: Por favor. No hablo como Georgie Patton —le dijo el coronel a la chica—. No me hace falta. Y además él está muerto.

—Pobre hombre.

—Sí, un pobre hombre toda su vida. Aunque muy rico y con muchos blindados.

—¿Tienes algo contra los blindados?

—Sí. La mayoría de la gente que va dentro. Los blindados vuelven prepotentes a los hombres, y ese es el primer paso hacia la cobardía; a la verdadera cobardía, quiero decir. Tal vez la culpa sea un poco de la claustrofobia. —Luego la miró, sonrió y lamentó haberle hablado de cosas que para ella eran incomprensibles, igual que si llevas a un nadador bisoño de aguas poco profundas a un sitio donde cubre mucho, e intentó tranquilizarla—. Perdóname, hija. Muchas cosas que digo son injustas. Pero más ciertas que lo que leerás en las memorias de los generales. Cuando un hombre consigue una estrella, la verdad se vuelve tan difícil de alcanzar como el Santo Grial en época de nuestros antepasados.

—Pero ¿tú no fuiste general?

—No mucho tiempo —dijo el coronel—. En cambio, los capitanes —dijo el general—, conocen exactamente la verdad y casi siempre pueden contarla. Y si no se les degrada.

—¿Me degradarías si mintiese?

—Eso dependería de sobre qué mintieses.

—No mentiré sobre nada. No quiero que me degrades. Suena horrible.

—Lo es —dijo el coronel—. Los envías a retaguardia para que los degraden, con once copias explicando los motivos, todas firmadas.

—¿Degradaste a muchos?

—A bastantes.

El conserje llegó con el retrato con su enorme marco, igual que un barco que ha desplegado demasiado velamen.

—Traiga dos sillas —le dijo el coronel al segundo camarero—, y póngalas ahí. Asegúrese de que la tela no toque las sillas. Y sujételo para que no resbale. —Luego le dijo a la chica—: Tendremos que cambiarle el marco.

—Lo sé —dijo ella—. No lo escogí yo. Llévatelo sin marco y escogeremos uno bueno la semana que viene. Ahora míralo. No el marco. Lo que dice, o no dice de mí.

Era un retrato precioso, ni esnob, ni estilizado, ni moderno. Era como querrías que pintaran a tu novia, si Tintoretto estuviese aún a mano y, en caso contrario, si te decidieras por Velázquez. No era como pintaba ninguno de los dos. Solo un retrato espléndido pintado, como se pinta a veces en nuestra época.

—Es maravilloso —dijo el coronel—. Verdaderamente precioso. —El conserje y el segundo camarero lo sujetaban y lo miraban desde el lado. El *Gran Maestro* lo admiraba plenamente. El norteamericano de dos mesas más allá lo miraba con sus ojos periodísticos sin saber quién lo había pintado. Los demás comensales solo veían el reverso del lienzo—. Es maravilloso —dijo el coronel—. Pero no puedes darme esto.

—Ya lo he hecho —dijo la chica—. Estoy segura de que nunca he llevado el pelo por encima de los hombros.

—Yo creo que probablemente sí.

—Podría intentar dejármelo así de largo, si quieres.

—Inténtalo —dijo el coronel—. Eres un bellezón. Te quiero mucho. A ti y a ti retratada sobre el lienzo.

—Díselo a los camareros, si quieres. Estoy segura de que no será una gran sorpresa para ellos.

—Lleven el lienzo a mi cuarto —le dijo el coronel al conserje—. Muchas gracias por traerlo. Si el precio está bien, lo compraré.

—El precio está bien —le dijo la chica—. ¿Les decimos que lo traigan y que acerquen las sillas y montamos un numerito para tu compatriota? El *Gran Maestro* podría darle las señas del pintor y así podría visitar su pintoresco estudio.

—Es un retrato precioso —dijo el *Gran Maestro*—. Pero deberían llevárselo a la habitación. Nunca hay que dejar que Roederer o Perrier-Jouet lleven las riendas de la conversación.

—Llévenlo a la habitación por favor.

—Has dicho por favor sin hacer una pausa.

—Gracias —dijo el coronel—. Estoy muy conmovido por el retrato y no soy del todo responsable de lo que digo.

—No seamos responsables ninguno de los dos.

—De acuerdo —dijo el coronel—. La verdad es que el *Gran Maestro* es muy responsable. Siempre lo ha sido.

—No —dijo la chica—. Creo que no solo lo ha hecho por responsabilidad sino con doble intención. Ya sabes que en esta ciudad, todos tenemos alguna que otra doble intención. Creo que tal vez no quería que ese hombre echase siquiera una mirada de periodista a nuestra felicidad.

—Sea lo que eso sea.

—Aprendí esa frase de ti, y ahora tú la reaprendes de mí.

—Así funciona —dijo el coronel—. Lo que uno gana en Boston lo pierde en Chicago.

—No entiendo nada.

—Es demasiado difícil de explicar —dijo el coronel. Luego añadió—: No. No lo es, claro. Mi oficio es dejar las cosas claras. Al diablo con que sea demasiado difícil de explicar. Es como el fútbol profesional, el *calcio*, lo que ganas en Milano lo pierdes en Torino.

—No me gusta el fútbol.

—Ni a mí —dijo el coronel—. Sobre todo el partido entre el ejército y la Marina y cuando los jefes hablan como si fuese rugby para poder saber lo que dicen.

—Creo que esta noche lo pasaremos bien. Incluso dadas las circunstancias, sean las que sean.

—¿Deberíamos llevar esta nueva botella con nosotros a la góndola?

—Sí —dijo la chica—. Pero con copas largas. Se lo diré al *Gran Maestro*. Cojamos los abrigos y vayámonos.

—Bien. Tomaré un poco de esta medicina, le firmaré la cuenta al G.M. y nos iremos.

—Ojalá fuese yo quien tuviera que tomarse la medicina.

—No sabes lo que me alegra que no seas tú —dijo el coronel—. ¿Cogemos nuestra góndola o pedimos que nos traigan una al embarcadero?

—Confiemos en la suerte y que traigan una al embarcadero. ¿Qué tenemos que perder?

—Nada, supongo. Probablemente nada.

13

Salieron por la puerta lateral del hotel al *imbarcadero* y el viento les golpeó. La luz del hotel brilló contra la negrura de la góndola y tiñó el agua de color verde. «Es tan bonita como un buen caballo o un yate de regatas —pensó el coronel—. ¿Cómo es que nunca había visto una góndola? ¿Qué mano u ojo idearon esa oscura simetría?»

—¿Adónde deberíamos ir? —preguntó la chica.

Su cabello, iluminado por la luz que salía por la puerta y la ventana del hotel, mientras esperaba en el embarcadero al lado de la góndola negra, se iba hacia atrás con el viento y la joven parecía el mascarón de proa de un barco. «Lo demás también», pensó el coronel.

—Demos un paseo por el parque —dijo el coronel—. O por el Bois con la capota cerrada. Que nos lleve a Armenonville.

—¿Vamos a París?

—Claro —dijo el coronel—. Dile que nos lleve una hora por donde sea fácil moverse. No quiero hacerle salir con ese viento.

—La marea está bastante alta con este viento —dijo la chica—. No podría pasar por debajo de los puentes para ir a algunos de nuestros sitios. ¿Puedo decirle adónde ir?

—Por supuesto, hija.

—Suba el cubo del hielo a bordo —le dijo el coronel al segundo camarero, que había salido con ellos.

—El *Gran Maestro* me ha pedido que le diga, cuando embarcaran, que esta botella de vino era un regalo suyo.

—Dele las gracias y dígale que no puede hacer eso.

—Será mejor que se exponga un poco al viento —dijo la chica—. Luego sabré adónde decirle que vaya.

—El *Gran Maestro* también les envía esto —dijo el segundo camarero.

Era una vieja manta verde oliva del ejército plegada. Renata estaba hablando con el *gondoliere*, con el pelo al viento. El *gondoliere* llevaba un grueso jersey azul marino y la cabeza descubierta.

—Dele las gracias —dijo el coronel.

Deslizó un billete en la mano del segundo camarero. El segundo camarero se lo devolvió.

—Ya ha dejado propina al pagar la cuenta. Ni usted, ni yo, ni el *Gran Maestro* pasamos hambre.

—¿Y la *moglie* y los *bambini*?

—No tengo. Sus bombarderos medianos destruyeron nuestra casa en Treviso.

—Lo siento.

—No tiene por qué —dijo el segundo camarero—. Usted era de infantería, como yo.

—Permítame que lo sienta.

—Claro —dijo el segundo camarero—. ¿Cómo diablos va a cambiar eso las cosas? Sea feliz, mi coronel, y sea feliz, señora.

Subieron a la góndola y se produjo la misma magia de siempre al moverse el frágil cascarón, y luego cuando se estabilizó por primera vez en la íntima oscuridad, y después cuando se estabilizó por segunda vez, cuando el *gondoliere* empezó a empujar, poniéndola ligeramente de costado para tener más control.

—Ahora —dijo la chica—. Estamos en casa y te quiero. Por favor, bésame y pon todo tu amor en ello.

El coronel tiró de ella, que echó la cabeza atrás, y la besó hasta que no quedó nada del beso, solo desesperación.

—Te quiero.

—Signifique lo que signifique —lo interrumpió ella.

—Te quiero y sé lo que significa. El cuadro es precioso. Pero no hay palabras para describirte a ti.

—¿Desastrada? —dijo ella—. ¿O descuidada y desaliñada?

—No.

—Esa última fue una de las primeras palabras que aprendí de mi institutriz. Significa que no te peinas lo bastante. Descuidada es cuando no te lo peinas cien veces por la noche.

—Voy a pasar la mano por él y a despeinártelo aún más.

—¿La mano herida?

—Sí.

—Estamos mal sentados para eso. Cambiemos de sitio.

—Bueno. Es una orden sensata expresada en lenguaje sencillo y fácil de entender.

Fue divertido cambiarse de sitio intentando no perturbar el equilibrio de la góndola, aunque hubo que volver a estabilizarla con cuidado.

—Ahora —dijo ella—. Pero sujétame fuerte con el otro brazo.

—¿Sabes justo lo que quieres?

—Claro. ¿Te parece impropio de una señorita? Esa palabra también la aprendí de mi institutriz.

—No —dijo él—. Es encantadora. Cúbrete con la manta y nota el viento.

—Viene de lo alto de las montañas.

—Sí. Y más allá de algún otro sitio.

El coronel oyó el golpeteo de las olas, y notó las rachas de viento, y la tosca familiaridad de la manta, y luego notó a la joven fría, cálida y encantadora y con los pechos firmes que su mano izquierda rozó ligeramente. Luego le pasó la mano mala por el pelo una, dos y tres veces y la besó, y fue peor que la desesperación.

—Por favor —dijo ella, casi desde debajo de la manta—. Deja que te bese yo ahora.

—No —dijo él—. Otra vez yo.

El viento era muy frío y les azotaba la cara, pero debajo de la manta no había viento ni nada; solo su mano herida que buscaba la isla en el gran río de empinadas orillas.

—Eso es —dijo ella.

Entonces él la besó y buscó la isla, y la encontró y la perdió y luego la encontró de verdad. Para bien y para mal, pensó, y para bien y para siempre.

—Cariño —dijo—. Mi bienamada. Por favor.

—No. Tú sujétame fuerte y defiende también las tierras altas.

El coronel no dijo nada, porque estaba ayudando, o había hecho acto de presencia, en el único misterio en el que creía, aparte de la valentía ocasional del hombre.

—Por favor, no te muevas —dijo la chica—. Y luego muévete mucho.

El coronel, tendido debajo de la manta bajo el viento, sabiendo que lo único que conserva un hombre es lo que hace por una mujer, o lo que hace por su patria o por su región, digan lo que digan los libros, le obedeció.

—Por favor, cariño —dijo la chica—. No sé si podré resistirlo.

—No pienses en nada. No pienses en nada de nada.

—No pienso.

—No pienses.

—Oh, por favor, no hablemos.

—¿Está bien?

—Tú lo sabes.

—Estás segura.

—¡Oh!, por favor, no hablemos. Por favor.

«Sí —pensó él—. Por favor y por favor.»

Ella no dijo nada, y él tampoco, y cuando el enorme pájaro salió volando por la ventana cerrada de la góndola y desapareció, ninguno de los dos dijo nada. Él sostuvo su cabeza suavemente con el brazo bueno y con el otro defendió las tierras altas.

—Por favor, ponla donde debería estar —dijo ella—. La mano.

—¿Deberíamos?

—No. Tú abrázame fuerte y quiéreme de verdad.

—Te quiero de verdad —dijo, y justo en ese momento la góndola viró a la izquierda, con bastante brusquedad y el viento le dio en la mejilla derecha y dijo, con los viejos ojos fijos en el perfil del palacio donde habían virado—: Ya estás a cubierto, hija.

—Pero aún es demasiado pronto. ¿No sabes cómo siente una mujer?

—No. Solo lo que tú me cuentas.

—Gracias por lo de tú. Pero ¿de verdad no lo sabes?

—No. Supongo que nunca lo he preguntado.

—Pues adivina —dijo ella—. Y por favor espera hasta que hayamos pasado por debajo del segundo puente.

—Toma una copa de esto —dijo el coronel, alargando con precisión el brazo hacia el cubo de champán lleno de hielo y destapando la botella que el Gran Maestro había descorchado y vuelto a tapar con un corcho corriente—. Esto es bueno para ti, hija. Es bueno para los males que todos tenemos, y para las tristezas e indecisiones.

—Yo no tengo ninguna de esas cosas —dijo ella hablando gramaticalmente como le había enseñado su institutriz—. Solo soy una mujer, o una chica, o lo que sea, que hace lo que no debería. Hagámoslo otra vez, ahora sí que estoy a cubierto.

—¿Dónde está ahora la isla y en qué río?

—Tú eres el descubridor. Yo soy solo el país inexplorado.

—No tan inexplorado —dijo el coronel.

—Por favor, no seas brusco —dijo la chica—. Y por favor, ataca con cuidado, el mismo ataque que antes.

—No es un ataque —dijo el coronel—. Es otra cosa.

—Sea lo que sea, sea lo que sea, mientras siga a cubierto.

—Sí —dijo el coronel—. Sí, ahora si quieres, o si eres tan amable de aceptar.

—Sí, por favor.

«Habla como un gato cariñoso, aunque los pobres gatos no saben hablar», pensó el coronel. Pero luego dejó de pensar y no volvió a pensar hasta pasado mucho rato.

La góndola estaba ahora en uno de los canales secundarios, cuando se desvió del Gran Canal el viento cambió y el *gondoliere* tuvo que emplear todo su peso como lastre, y el coronel y la joven se movieron también debajo de la manta, mientras el viento se colaba bruscamente por debajo.

Habían estado un buen rato sin decir nada y el coronel reparó en que la góndola había pasado el puente por unas pocas pulgadas.

—¿Cómo estás, hija?

—Estoy de maravilla.

—¿Me quieres?

—Por favor, no preguntes esas tonterías.

—La marea está muy alta y por poco no pasamos el último puente.

—Sé adónde vamos. Nací aquí.

—He cometido errores en mi propia ciudad —dijo el coronel—. Haber nacido en un sitio no basta.

—Ayuda mucho —dijo la chica—. Y lo sabes. Por favor, abrázame muy fuerte para que podamos ser parte el uno del otro un rato.

—Podemos intentarlo —dijo el coronel.

—¿No podría yo ser tú?

—Es muy difícil. Podemos intentarlo, claro.

—Ahora soy tú —dijo ella—. Y acabo de tomar la ciudad de París.

—Dios, hija —dijo él—. Tienes un montón de problemas espantosos entre tus manos. Dentro de nada va a desfilar por la ciudad la Vigésima octava División.

—No me importa.

—A mí sí.

—¿No eran buenos?

—Claro. Y tenían buenos oficiales. Pero eran de la Guardia Nacional y lo pasaron muy mal. Lo que llamamos nosotros una división M.S. Pídele al capellán tu ficha de M.S.

—No entiendo nada de estas cosas.

—No vale la pena explicarlas —dijo el coronel.

—¿Me contarás algunas cosas verdaderas sobre París? Me gusta tanto y cuando pienso en que tú lo tomaste, me siento como si fuese en esta góndola con el *maréchal* Ney.

—Mal asunto —dijo el coronel—. Al menos después de que librase todas esas acciones de retaguardia a su regreso de esa gran ciudad rusa. Combatía diez, doce, quince veces al día. Puede que más. Después, no podía reconocer a la gente. Por favor, no te subas a una góndola con él.

—Siempre ha sido uno de mis grandes héroes.

—Sí. Y mío también. Hasta Quatre Bras. Tal vez no fuese Quatre Bras. Mi memoria flaquea. Llamémoslo con el nombre genérico de Waterloo.

—¿Se portó mal?

—Fatal —le explicó el coronel—. Olvídalo. Demasiadas acciones de retaguardia al volver de Moskova.

—Pero decían que era el más valiente entre los valientes.

—Con eso no basta. Hay que serlo, siempre, y también hay que ser el más inteligente entre los inteligentes. Y luego hacen falta muchas cosas más.

—Háblame de París, por favor. No tendríamos que hacer más el amor, lo sé.

—Yo no. ¿Quién lo dice?

—Lo digo yo, porque te quiero.

—Muy bien. Tú lo has dicho y me quieres. Así que actuaremos en consecuencia. Al diablo con todo.

—¿Crees que podríamos una vez más si no te hace daño?

—¿Hacerme daño? —dijo el coronel—. ¿Cuándo diablos me ha hecho daño algo?

14

—Por favor, no seas malo —dijo ella, tapándolos a ambos con la manta—. Por favor, bebe una copa conmigo. Sabes que no estás bien.

—Exacto —dijo el coronel—. Olvidémoslo.

—Muy bien —dijo ella—. Aprendí esas palabras, o esa palabra, de ti. Olvidado está.

—¿Por qué te gusta la mano? —dijo el coronel, poniéndola donde debía.

—Por favor, no te hagas el tonto, y, por favor, no pensemos en nada, ni en nada, ni en nada.

—Soy tonto —dijo el coronel—. Pero no pensaré en nada ni en nada ni en nada ni en nada que se le parezca, mañana.

—Por favor, sé dulce y bueno.

—Lo seré. Y te contaré un secreto militar. Alto secreto o, como dicen los británicos, máximo secreto. Te quiero.

—Me gusta —dijo ella—. Y el modo en que lo has dicho ha sido muy simpático.

—Soy simpático —dijo el coronel, y comprobó el puente siguiente y vio que había espacio suficiente—. Es lo primero que dice la gente de mí.

—Siempre escojo mal las palabras —dijo la chica—. Por favor, solo quiéreme. Ojalá fuese yo quien pudiera quererte.

—Puedes.

—Sí —dijo ella—. Con todo mi corazón.

Ahora avanzaban a favor del viento y los dos estaban cansados.

—¿Crees que...?

—No creo —dijo la chica.

—Lo intentaremos.

—Sí.

—Bebe una copa.

—¿Por qué no? Es muy bueno.

Lo era. Aún quedaba hielo en el cubo, y el vino estaba frío y transparente.

—¿Puedo quedarme en el Gritti?

—No.

—¿Por qué?

—No estaría bien. Por ellos. Y por ti. A mí como si se me lleva el diablo.

—Entonces supongo que debería volver a casa.

—Sí —dijo el coronel—. Es la suposición más lógica.

—Es una forma espantosa de decir algo triste. ¿No podemos fingir un poco?

—No. Te llevaré a casa y dormirás bien y mañana nos veremos dónde y cuando quieras.

—¿Puedo llamarte al Gritti?

—Por supuesto. Estaré despierto. ¿Me llamarás cuando te despiertes?

—Sí. Pero ¿por qué te despiertas siempre tan temprano?

—Es una costumbre del trabajo.

—¡Ay!, ojalá no tuvieras ese trabajo y no te fueses a morir.

—Sí —dijo el general—. Pero el trabajo voy a dejarlo.

—Claro —dijo ella, cómoda y adormilada—. E iremos a Roma a comprarte ropa.

—¿Y viviremos felices y comeremos perdices?

—Por favor, no —dijo ella—. Por favor, por favor, no. Sabes que he tomado la decisión de no llorar.

—Estás llorando —dijo el coronel—. ¿Qué diablos tienes que perder con esa decisión?

—Llévame a casa, por favor.

—Es lo primero que iba a hacer —le respondió el coronel.

—Pero antes sé amable una vez.

—Lo seré —dijo el coronel.

Después de pagar, o más bien de que el coronel pagase al *gondoliere*, inconsciente pero consciente de todo, fuerte, sensato, respetuoso y fiable, fueron hasta la Piazzetta y luego atravesaron la enorme y fría plaza barrida por el viento, que era dura y vieja bajo sus pies. Iban abrazados muy juntos con su tristeza y su felicidad.

—Aquí es donde el alemán disparaba a las palomas —dijo la chica.

—Probablemente lo matásemos —dijo el coronel—. O a su hermano. A lo mejor lo ahorcamos. No lo sé. No estoy en la C.I.D.[9]

—¿Todavía me quieres en estas piedras viejas, frías y gastadas por el agua?

—Sí. Me gustaría extender un colchón aquí mismo y demostrártelo.

—Eso sería aún más bárbaro que el que le disparaba a las palomas.

—Yo soy un bárbaro —dijo el coronel.

—No siempre.

—Gracias por lo de no siempre.

—Es por aquí.

—Como si no lo supiera. ¿Cuándo van a echar abajo el puñetero Cinema Palace y a construir una verdadera catedral? Es lo que quiere el T5 Jackson.

—Cuando alguien vuelva a traer a san Marcos debajo de un cargamento de cerdo desde Alejandría.

—Eso fue un muchacho de Torcello.

—Tú eres un muchacho de Torcello.

—Sí. Soy un chico del Basso Piave y un chico del Grappa venido directamente de Pertica. Soy un chico de Pasubio, tam-

9. La División de Investigación Criminal.

Ella abrió la puerta con la llave que llevaba en el bolso. Luego entró y el coronel se quedó solo, en la acera desgastada, con el viento que seguía soplando del norte y las sombras proyectadas por una luz cercana. Se fue andando a casa.

«Los únicos que suben a las góndolas son los turistas y los enamorados —pensó—. Excepto para cruzar el canal en los sitios donde no hay puentes. Debería ir a Harry's, probablemente, o a algún otro puñetero sitio. Pero creo que me iré a casa.»

bién, si es que me entiendes. Fue peor vivir allí que combatir en cualquier otro sitio. En el pelotón intercambiaban los gonococos de cualquiera, llevados de Schio en una caja de cerillas. Los intercambiaban para poder irse porque era insoportable.

—Pero tú te quedaste.

—Claro —dijo el coronel—. Siempre soy el último en irme de la reunión, lo digo en el sentido de *fiesta*, no en el de una reunión oficial. El invitado verdaderamente mal visto.

—¿Deberíamos irnos?

—Creía que ya te habías decidido.

—Sí. Pero cuando has dicho lo del invitado mal visto he cambiado de idea.

—Sigue con lo que habías decidido.

—Sé mantener una decisión.

—Lo sé. Eres capaz de mantener cualquier cosa. Pero, hija, a veces no es cuestión solo de resistir. Eso lo hacen los idiotas. A veces hay que cambiar deprisa.

—Cambiaré, si quieres.

—No. Creo que tu decisión era sensata.

—Pero ¿no se nos hará muy largo hasta que amanezca?

—Eso depende de si tenemos suerte o no.

—Dormiré bien.

—Sí —dijo el coronel—. Si a tu edad no puedes dormir bien deberían ahorcarte.

—¡Oh, por favor!

—Perdona —dijo él—. Quería decir fusilarte.

—Casi hemos llegado a casa y si quisieras podrías ser amable.

—Soy tan amable que doy asco. Que lo sea otro.

Habían llegado enfrente del palacio y ahí lo tenían: el palacio. Lo único que podían hacer era tirar de la campanilla, o entrar con la llave. «Me he perdido en este sitio —pensó el coronel—, y no me había perdido en toda mi vida.»

—Por favor, dame un beso de buenas noches, con dulzura.

El coronel se lo dio y la quiso tanto que no pudo resistirlo.

15

Realmente era su casa, si es que podía describirse así una habitación de hotel. El pijama estaba sobre la cama. Había una botella de valpolicella al lado de la lámpara de lectura, y al lado de la cama una botella de agua mineral en un cubo de hielo con un vaso sobre una bandeja de plata. Habían quitado el marco al cuadro y lo habían colocado encima de dos sillas para que pudiera verlo desde la cama.

La edición parisina del *New York Herald Tribune* estaba en la cama al lado de las tres almohadas. Usaba tres almohadas, como sabía Arnaldo, y el frasco extra de medicinas, no el que llevaba en el bolsillo, lo habían puesto al lado de la lámpara. Habían abierto las puertas interiores del armario, las que tenían espejos, de modo que pudiera ver el retrato desde ese ángulo. Habían dejado las gastadas zapatillas al lado de la cama.

«Lo compraré», se dijo el coronel para sus adentros, pues no había nadie más que el retrato.

Destapó el valpolicella, que habían descorchado y vuelto a tapar, con cuidado, precisión y afecto, y se llenó la copa que era mucho mejor de la que utilizarían en cualquier hotel por miedo a que pudiera romperse.

—A tu salud, hija —dijo—. Guapa y encantadora. ¿Sabías que, entre otras cosas, siempre hueles bien? Hueles de maravilla incluso cuando hace mucho viento, o debajo de una manta o al darte un beso de buenas noches. Sabes que casi nadie huele así, y no usas perfume.

Ella lo miró desde el retrato y no dijo nada.

—¡Al demonio! —dijo—. No pienso hablar con un retrato.

«¿Qué crees que ha ido mal esta noche? —pensó—. Supongo que yo. Bueno, mañana intentaré ser un buen chico todo el día, desde que despunte el alba.»

—Hija —dijo—, y esta vez le habló a ella y no al cuadro—. Por favor, ten presente que te quiero y que quiero ser bueno y delicado. Y, por favor, quédate siempre conmigo.

El cuadro siguió igual.

El coronel sacó las esmeraldas del bolsillo y las miró, notó cómo resbalaban —frías y al mismo tiempo calientes, pues absorben el calor, y como todas las buenas piedras tienen calor— de su mano mala a la mano buena.

«Debería haberlas metido en un sobre y guardado en la caja fuerte. Pero ¿qué puñetera seguridad es mejor que la que puedo ofrecerles yo? Tengo que devolvértelas pronto, hija.

»Aunque ha sido divertido. Y solo valen un cuarto de millón. Lo que ganaría yo en cuatrocientos años. Tengo que comprobar la cifra.»

Se metió las piedras en el bolsillo del pijama y puso un pañuelo encima. Luego abotonó el bolsillo. «La primera cosa sensata que uno aprende —pensó— es a tener solapas y botones en todos los bolsillos, supongo que lo aprendí demasiado pronto.»

Las piedras le hacían sentirse bien. Las notó duras y cálidas contra su pecho plano, duro, viejo y cálido, y notó cómo soplaba el viento, miró el retrato, se sirvió otra copa de valpolicella y empezó a leer la edición parisina del *New York Herald Tribune*.

«Debería tomarme las pastillas —pensó—. Pero al diablo con ellas.»

Luego se las tomó a pesar de todo, y siguió leyendo el *New York Herald Tribune*. Estaba leyendo a Red Smith,[10] y le gustaba mucho.

---

10. Red Smith (1905-1982) fue un famoso periodista deportivo, muy popular en la época.

16

El coronel despertó antes del alba y comprobó que no había nadie durmiendo a su lado.

El viento seguía soplando con fuerza y él se asomó a las ventanas abiertas para ver qué tiempo hacía. El día aún no había despuntado por el este al otro lado del Gran Canal, pero acertó a distinguir lo picada que estaba el agua. «Hoy habrá una marea de mil demonios —pensó—. Es probable que se inunde la plaza. Eso siempre es divertido. Excepto para las palomas.»

Fue al cuarto de baño, llevándose consigo el *Herald Tribune* y a Red Smith, además de una copa de valpolicella. «Diablos, me alegraré cuando el *Gran Maestro* consiga esos *fiaschi* —pensó—. Este vino tiene demasiado poso al final.»

Se sentó allí, con su periódico, pensando en los acontecimientos del día.

Recibiría la llamada telefónica. Pero era posible que fuese tarde, porque ella dormiría hasta tarde. «Los jóvenes duermen mucho —pensó— y, si son jóvenes y guapas, todavía más.» Sin duda no llamaría temprano, y las tiendas no abrían hasta las nueve o un poco después.

«¡Demonios! —pensó—, tengo las condenadas piedras. ¿Cómo podría alguien hacer algo así?

»Lo sabes muy bien —se dijo, mientras leía los anuncios de la última página—. Tú has llevado las cosas al extremo muchas veces. No es absurdo ni morboso. Lo único que ha querido hacer ella es llevar las cosas al extremo. Menos mal que era yo —pensó—. Es lo único bueno de ser yo —se dijo—. Bueno, lo soy, maldita sea. Para bien o para mal. ¿Qué te parecería sentarte en el váter como has hecho casi todas las mañanas de tu puñetera vida con esto en el bolsillo? —No se lo decía a nadie, salvo, tal vez, a la posteridad—. ¿Cuántas mañanas has hecho cola con los demás para ir al váter? Eso es lo peor. Eso y afeitarse. O cuando buscas un sitio apartado para estar solo, y pensar o no pensar, y buscas un sitio a cubierto y cuando llegas hay ya dos fusileros, o un muchacho dormido.

»En el ejército hay tanta intimidad como en una letrina pública. Nunca he estado en una, pero supongo que deben dirigirla de manera parecida. Yo podría aprender —pensó—. Luego nombraría embajadores a los personajes principales de la letrina y los que tuviesen más éxito podrían ser Jefes de Estado Mayor o capitanear distritos militares en tiempo de paz. No te amargues, chico —se dijo a sí mismo—. Es demasiado pronto por la mañana y aún no has cumplido con tu deber. ¿Y qué harías con sus mujeres? —se preguntó—. Comprarles sombreros nuevos o fusilarlas —dijo—. Todo es parte del mismo proceso.»

Se miró en el espejo de la puerta entreabierta. Lo reflejaba en un ángulo forzado. «Es un disparo con deflexión y desplazamiento insuficiente —pensó para sus adentros—. Chico —añadió—, está claro que eres un viejo cabrón machacado.

»Ahora tienes que afeitarte y mirar esa cara mientras lo haces. Luego tendrás que ir a cortarte el pelo. Eso es fácil en esta ciudad. Eres coronel de infantería, chico. No puedes ir por ahí como Juana de Arco o el general (sin paga) George Armstrong Custer. Ese guapo oficial de caballería. Supongo que debe de ser divertido ser así y tener una mujer que te quiere y el cerebro lleno de serrín. Pero no debió de parecerle una carrera tan acertada cuando acabaron con él en aquella colina en Little Big Horn con los ponis dando vueltas a su alrededor entre el polvo, y los matojos de ruta aplastados por los cascos de los caballos de los otros y sin que le quedase para el resto de su vida más que el viejo y agradable olor a pólvora y sus propios soldados disparándose unos a otros y a sí mismos, porque tenían miedo de lo que les harían las *squaws*.

»El cadáver estaba indeciblemente mutilado, lo dijeron en este mismo periódico. Y en aquella colina supo que había cometido por fin un error verdadero y definitivo, completo con asas y todo. Pobre oficial de caballería —pensó—. Ahí acabaron todos sus sueños. Es una de las cosas buenas de ser de infantería. Que nunca tienes sueños, solo pesadillas.

»En fin —pensó para sus adentros—, esto ya está, y muy pronto habrá buena luz y podré ver el retrato. Que me aspen si lo devuelvo. Me lo quedo.

»¡Dios! —se dijo—, me gustaría saber cómo es cuando duerme. Aunque lo sé —añadió para sí—. Maravillosa. Duerme como si no se hubiese quedado dormida. Como si estuviera solo descansando. Espero que así sea —pensó—. Espero que esté descansando bien. ¡Dios!, cuánto la quiero, espero no hacerle daño nunca.»

17

Cuando empezó a alborear, el coronel vio el retrato. Muy probablemente lo vio tan por encima como cualquier hombre civilizado que tiene que leer y firmar unos formularios en los que no cree podría ver un objeto, en cuanto fue visible. «Sí —se dijo—, tengo ojos y son muy perceptivos y antaño fueron ambiciosos. He llevado a mis rufianes a donde pudieran foguearse. De los doscientos cincuenta solo tres quedan con vida y están condenados a mendigar a las puertas de la ciudad el resto de su existencia.»[11]

—Es de Shakespeare —le dijo al retrato—. El vencedor y el campeón indiscutido. Uno podría atacarlo, llevado por un impulso. Pero yo prefiero reverenciarlo. ¿Has leído *El rey Lear*, hija? El señor Gene Tunney lo leyó, y era el campeón del mundo.[12] Pero yo también lo he leído. A los soldados también les gusta el señor Shakespeare, aunque parezca imposible. Escribe como un soldado. ¿Tienes algo que decir en tu defensa que no sea echar la cabeza atrás? —le preguntó al retrato—. ¿Quieres más Shakespeare? No tienes por qué defenderte. Descansa y deja las cosas como están. Es inútil. Tu defensa y la mía no sirven de nada. Pero ¿quién podría decirte que busques un árbol don-

11. Enrique IV, parte 1, acto 5, escena iii.
12. Gene Tunney (1897-1978) fue campeón del mundo de los pesos pesados entre 1926 y 1928.

de ahorcarte? Nadie —se dijo a sí mismo y al retrato—. Y desde luego yo no.

Bajó la mano buena y descubrió que el camarero había dejado una segunda botella de valpolicella al lado de donde había estado la primera.

«Si amas un país —pensó el coronel—, más vale admitirlo. Claro, admítelo, chico. He amado a tres y los tres los perdí. Hemos tomado dos. Vuelto a tomarlos —se corrigió—. Y volveremos a tomar el otro, general culo gordo Franco, con tu bastón taburete, el consejo de tu médico, los patos domesticados y la protección de la guardia mora cuando vas de caza.»

—Sí —le dijo en voz baja a la chica, que lo miraba con claridad a la luz primera y mejor—. Volveremos a tomarlo y los colgaremos de los pies en las gasolineras. Estáis advertidos —añadió—. Retrato —dijo—, ¿por qué diablos no puedes meterte en la cama conmigo, en vez de estar a dieciocho manzanas de aquí? Tal vez más. No se me dan tan bien los cálculos como antes, cuandoquiera que fuese. Retrato —le dijo a la chica, y al retrato y también a la chica; aunque no había ninguna chica y el retrato estaba tal como lo habían pintado—. Retrato, sigue con la barbilla erguida para que puedas romperme mejor el corazón. —Desde luego era un regalo precioso, pensó el coronel—. ¿Sabes maniobrar? —le preguntó al retrato—. ¿Con rapidez y eficacia? —Retrato no dijo nada, y el coronel respondió—: Sabes puñeteramente bien que sí. Ella podría adelantarte en tu mejor día y seguir luchando mientras tú la pifiabas discretamente. Retrato —dijo—. Muchacho, o hija, o mi único y verdadero amor o lo que quiera que seas, tú sabes lo que es, retrato.

—El retrato, igual que antes, no respondió. Pero el coronel, que volvía a ser general, a primera hora de la mañana, el único momento del día en que sabía de verdad, y con valpolicella lo sabía con tanta claridad como si acabara de leer su tercer Wassermann,[13] que el retrato no la pifiaría, y sintió vergüenza por haberle habla-

13. El test Wasserman era una prueba para la sífilis.

do con rudeza al retrato—. Hoy seré el chico más puñeteramente bueno que hayas visto. Puedes decírselo al director. —Retrato, según su costumbre, guardó silencio. «Tal vez le hablaría a un jinete de caballería —pensó el general, pues ahora tenía dos estrellas, que se le clavaban en los hombros y brillaban blancas contra el rojo descolorido y lleno de raspones de la placa de delante del jeep. Nunca utilizaba los coches de los mandos, ni los vehículos semiblindados con sacos terreros»—. Vete al diablo, Retrato —dijo—. Las reclamaciones al maestro armero.

—Al diablo te vas tú —dijo el retrato, sin hablar—. Soldado de clase baja.

—Sí —dijo el coronel, pues ahora volvía a ser coronel, y había renunciado a su rango anterior—. Te quiero, Retrato, mucho. Pero no seas brusco conmigo. Te quiero mucho porque eres hermoso. Pero quiero mucho más a la chica, un millón de veces más, ¿te enteras? —Pero ella no dio muestras de haberlo oído, y él se cansó—. Estás en una posición fija, Retrato —dijo el coronel—. Con o sin marco. Y yo voy a maniobrar.—El retrato siguió tan callado como había estado desde que el conserje la subiera a la habitación y ayudado por el segundo camarero se la mostrara al coronel y a la chica. El coronel la miró y vio que estaba indefensa, ahora que la luz era buena, o casi buena. Vio también que era el retrato de su verdadero amor, así que dijo—: Perdona las estupideces que he dicho. No querría ser brutal. Tal vez podamos dormir un poco, si tenemos suerte, y luego, tal vez, tu ama llame por teléfono.

«Hasta es posible que llame», pensó.

18

El mozo le deslizó el *Gazzettino* por debajo de la puerta, el coronel lo cogió, sin ruido, casi en cuanto pasó por la ranura.

Faltó poco para que se lo quitara de las manos. No le gustaba el mozo porque un día lo había encontrado registrándole el equipaje, cuando volvió a entrar en la habitación después de salir, en teoría por un tiempo. Tuvo que volver a la habitación a por el frasco de medicinas, que había olvidado, y el mozo estaba registrándole el equipaje.

—Supongo que en este hotel no dicen «manos arriba» —dijo el coronel—. Pero es usted una vergüenza para su ciudad. —Se produjo y reprodujo un silencio, por parte del hombre del chaleco a rayas con cara de fascista, y el coronel dijo—: Sigue, chico, termina de registrarlo. No guardo secretos militares en la bolsa de aseo.

Desde aquel día no se habían llevado bien, y al coronel le divertía quitarle el periódico matutino de las manos al hombre del chaleco a rayas; sin ruido, y cuando oía, o veía, que empezaba a deslizarlo por debajo de la puerta.

—O.K., capullo, hoy ganas tú —dijo en el mejor dialecto veneciano que fue capaz de utilizar a esa hora—. Por mí como si te ahorcas.

«Pero no se ahorcan —pensó—. Solo tienen que seguir colando periódicos por debajo de la puerta de gente que ni siquiera les odia. Ser un ex fascista debe de ser difícil. Tal vez ni siquiera sea un ex fascista. ¿Cómo lo sabes? No puedo odiar a los fascistas. Ni tampoco a los *krauts*, pues, por desgracia, soy un soldado.»

—Oye, Retrato —dijo—. ¿Acaso tengo que odiar a los *krauts* porque los matamos? ¿Tengo que odiarlos como soldados y como seres humanos? Me parece una solución demasiado fácil. Está bien, Retrato. Olvídalo. Olvídalo. No tienes edad para saberlo. Eres dos años más joven que la chica a quien retratas, y ella es más joven y más vieja que el infierno, que es un sitio muy viejo. Oye, Retrato... —dijo, y al decirlo, supo que ahora, mientras viviese, tendría alguien con quien hablar cuando se levantase temprano—. Como estaba diciendo, Retrato. Al diablo también con eso. También eres demasiado joven para eso. Es de esas cosas que no pueden decirse por muy ciertas que sean. Hay muchas cosas que no puedo decirte y a lo mejor eso será bueno para mí. Ya era hora de que algo lo fuese. ¿Qué crees que sería bueno para mí, Retrato? ¿Qué pasa, Retrato? —le preguntó—. ¿Te está entrando hambre? A mí sí.

Así que llamó al timbre para que subiera el camarero que le llevaría el desayuno.

Supo que ahora, incluso aunque la luz era tan buena que se distinguían todas las olas en el Gran Canal, de color de plomo y sólidas bajo el viento, y la marea hubiese inundado los escalones del embarcadero del palacio que había justo enfrente de su habitación, nadie le llamaría por teléfono hasta pasadas varias horas.

«Los jóvenes duermen mucho —pensó—. Se lo merecen.»

—¿Por qué tenemos que envejecer? —le preguntó al camarero que había llegado con su ojo de cristal y el menú.

—No lo sé, mi coronel. Supongo que es un proceso natural.

—Sí. Supongo que yo también lo pienso. Los huevos fritos sin darles la vuelta. Té y tostadas.

—¿No quiere nada norteamericano?

—Al demonio con todo lo norteamericano, excepto yo. ¿Se ha levantado ya el *Gran Maestro*?

—Tiene preparado su valpolicella en grandes *fiaschi* de dos litros forrados de paja, y le he traído también este decantador.

—Qué hombre —dijo el coronel—. Dios sabe que me gustaría poder ponerlo al mando de un regimiento.

—No creo que él quisiera, la verdad.

—No —dijo el coronel—, la verdad es que yo tampoco quisiera estarlo.

El coronel desayunó con la calma del púgil que, tumbado en la lona, oye contar hasta cuatro y sabe relajarse a fondo cinco segundos más.

—Retrato —dijo—. Deberías relajarte tú también. Es lo único que me va a costar trabajo contigo. Es lo que llaman el elemento estático en la pintura. ¿Sabes, Retrato, que casi ningún cuadro, o más bien pintura, se mueve lo más mínimo? Algunos sí. Pero no muchos.

»Ojalá estuviese aquí tu ama, y pudiésemos tener movimiento. ¿Cómo hacéis las chicas como ella y como tú para saber tanto siendo tan jóvenes y guapas?

»En nuestro país, si una chica es guapa de verdad, es de Texas y tal vez, con suerte, sepa decirte en qué mes estamos. Aunque todas saben contar bien.

»Les enseñan a contar y a tener las piernas juntas, y a ponerse los rulos con horquillas para moldearse los rizos. Alguna vez, Retrato, por tus pecados, si es que has cometido alguno, deberías dormir con una chica que se ha puesto los rulos para estar guapa al día siguiente. No esa noche. Nunca están guapas esa noche. Mañana, cuando haya competencia.

»La chica, Renata, que eres, está durmiendo y nunca se ha puesto nada en el pelo. Duerme con el pelo esparcido sobre la almohada y para ella es solo una molestia oscura, gloriosa y sedosa, que apenas recuerda peinar si no es porque se lo enseñó esa institutriz.

»La veo en la calle con sus piernas largas y esos andares tan encantadores y el viento haciendo lo que se le antoja con su pelo, y sus pechos verdaderos debajo del suéter y luego veo las noches en Texas con los rulos, tensos y sometidos por instrumentos metálicos.

»Déjate de horquillas, conmigo, amor mío —le dijo al retrato—, e intentaré serte sincero con dólares de plata redondos y pesados o con lo otro.

«No debo ponerme grosero», pensó.

Luego, le dijo al retrato, pues esta vez no lo nombró en mayúsculas en su imaginación:

—Eres tan condenadamente hermosa que das asco. Y eres carne de presidio. Renata es dos años mayor, tú tienes menos de diecisiete.

»¿Y por qué no puedo tenerla y amarla y cuidarla y no ser brusco, ni cruel y tener los cinco hijos que van a los cinco rincones del mundo, dondequiera que estén? No lo sé, supongo que tenemos las cartas que nos tocan en suerte. Ojalá volvieran a repartirlas, ¿eh?

»No. Solo se reparten una vez y tú las coges y juegas con ellas. Si me toca alguna puñetera cosa, puedo jugar —le dijo al retrato, que siguió sin inmutarse.

»Retrato —dijo—. Más vale que te des la vuelta si no quieres parecer poco femenina. Voy a darme una ducha y a afeitarme, algo que nunca tendrás que hacer, y a ponerme mi traje de soldado y a pasear por esta ciudad aunque sea tan pronto.

Así, que se levantó de la cama apoyándose en la pierna mala, que siempre le dolía. Desenchufó la lámpara de lectura con la mano mala. Había suficiente luz, y llevaba casi una hora malgastando electricidad.

Lo lamentó como lamentaba todos sus errores. Pasó de largo por delante del retrato, mirándolo solo de reojo, y se miró en el espejo. Se había quitado las dos partes del pijama y se miró con sinceridad y ojo crítico.

—Viejo cabrón machacado —le dijo al espejo. Retrato era

algo del pasado. Espejo era real y el presente—. El vientre está plano —dijo sin hablar—. El pecho está bien, excepto en el músculo dañado. Somos como somos, para bien o para mal, o algo, o algo horrible.

»Tienes medio siglo, viejo cabrón. Entra ahí, date una ducha y frota bien, y luego ponte el traje de soldado. Hoy es otro día.

El coronel se paró en el mostrador de recepción en el vestíbulo, pero el conserje aún no había llegado. Solo estaba el portero de noche.

—¿Puede guardarme una cosa en la caja fuerte?

—No, mi coronel. Nadie puede abrir la caja fuerte hasta que lleguen el ayudante del director o el conserje. Pero puedo guardarle lo que quiera.

—Gracias. No vale la pena la molestia. —Y se guardó el sobre del Gritti, dirigido a sí mismo, con las piedras dentro, en el bolsillo interior izquierdo de la guerrera.

—Ahora apenas hay delincuencia de verdad —dijo el portero de noche. Había sido una noche larga y se alegraba de hablar con alguien—. En realidad nunca los ha habido, mi coronel. Solo diferencias políticas y de opinión.

—¿Cómo va la política? —preguntó el coronel, que también se sentía solo.

—Como cabría esperar.

—Entiendo. ¿Y qué tal va su partido?

—Creo que bien. Tal vez no tanto como el año pasado. Pero aun así bastante bien. Nos han derrotado y aún tendremos que esperar un poco.

—¿Le dedica mucho tiempo?

—No mucho. Es más la política del corazón que la de la cabeza. También creo en ello con la cabeza, pero tengo muy poca educación política.

—Cuando la tenga ya no tendrá corazón.

—Puede que no. ¿Tienen política en el ejército?

—Mucha —dijo el coronel—. Pero no la que usted dice.

—Bueno, pues mejor no hablar de ello. No quería ser entrometido.

—He sido yo quien ha preguntado, o más bien quien ha hecho la primera pregunta. Era solo por hablar. No un interrogatorio.

—No he pensado que lo fuese. No tiene usted cara de inquisidor, mi coronel, y sé lo de la Orden, aunque no sea miembro.

—Puede usted serlo. Lo hablaré con el *Gran Maestro*.

—Somos de la misma ciudad, pero de barrios distintos.

—Es una buena ciudad.

—Mi coronel, tengo tan poca educación política que creo que todos los hombres honorables son honorables.

—¡Oh!, ya lo superará —le aseguró el coronel—. No se preocupe, muchacho. El suyo es un partido joven. Es natural que cometan errores.

—Por favor, no hable usted así.

—Era solo una broma pesada matutina.

—Dígame, mi coronel, ¿qué opina usted de verdad de Tito?

—Pienso muchas cosas. Pero es mi vecino de al lado. Y he comprobado que es mejor no hablar de los vecinos.

—Me gustaría saberlo.

—Pues averígüelo por las malas. ¿No sabe que la gente no responde a esas preguntas?

—Tenía la esperanza de que lo hiciera.

—Pues no —dijo el coronel—. No en mi posición. Lo único que puedo decirle es que el señor Tito se enfrenta a muchas dificultades.

—Bueno, pues ahora ya lo sé —dijo el portero de noche, que en realidad no era más que un muchacho.

—Eso espero —dijo el coronel—. Como conocimiento, yo

no lo tomaría por una perla demasiado valiosa.[14] Y ahora, buenos días, tengo que dar un paseo por el bien de mi hígado, o algo por el estilo.

—Buenos días, mi coronel. *Fa brutto tempo.*

—*Bruttisimo* —dijo el coronel y, después de apretarse el cinturón de la gabardina, colocarse bien las hombreras y alisarse los faldones, salió al viento de la calle.

14. Mateo 13, 46.

21

El coronel tomó la góndola de diez *centesimi* para cruzar el canal, pagó el consabido billete sucio y se plantó entre la multitud de los condenados a madrugar.

Volvió la vista hacia el Gritti y vio las ventanas de su cuarto, todavía abiertas. No había promesa ni amenaza de lluvia, solo el mismo viento fuerte, viento frío de las montañas. Todo el mundo en la góndola parecía helado y el coronel pensó: «Ojalá pudiera repartir estas chaquetas a prueba de viento a todos los que hay a bordo. Dios, y cualquier oficial que alguna vez haya llevado una, saben que no son impermeables, ¿quién sacaría tajada con ellas?

»Una Burberry no cala nunca. Pero supongo que algún capullo listillo lleva ahora a su hijo a Groton, o tal vez a Canterbury, dondequiera que vayan los hijos de los grandes contratistas, porque nuestras gabardinas calaban.

»¿Y qué hay del oficial que se repartió los beneficios con él? Vete a saber quiénes serían los Benny Meyers de las fuerzas terrestres.[15] Lo más probable es que no hubiese solo uno. Debió de haber muchos —pensó—. Me da a mí que aún no estás despierto del todo, para decir estas simplezas. Pero del viento sí protegen. Los impermeables. Vaya basura de impermeables.»

---

15. Benny Meyers fue un general de las Fuerzas Aéreas condenado por corrupción y expulsado del ejército en 1948.

La góndola pasó entre los pilones del extremo más alejado del canal y el coronel observó a la gente vestida de negro desembarcar del vehículo pintado de negro. «¿Se puede llamar vehículo a una góndola? —pensó—. ¿O para ser un vehículo tienen que tener ruedas y circular?

»Nadie daría un penique por tus pensamientos —pensó—. Al menos esta mañana. Aunque ha habido veces en que han valido lo suyo, cuando la cosa se ponía fea de verdad.»

Se internó en la parte más alejada de la ciudad, el lado que daba al Adriático y que más le gustaba. Iba por una calle muy estrecha, y decidió no llevar la cuenta de las calles que cruzaba y que se dirigían más o menos al norte y al sur, ni tampoco contar los puentes e intentar orientarse para llegar al mercado sin acabar en un callejón sin salida.

Era un juego, igual que otros juegan al doble Canfield o al solitario. Pero tenía la ventaja de que te movías mientras jugabas y de que veías las casas, las vistas, las tiendas, las *trattorie* y los viejos palacios de la ciudad de Venecia mientras andabas. Si te gustaba la ciudad de Venecia, era un juego estupendo.

«Es una especie de *solitaire ambulante* y lo que ganas es alegrarte la vista y el corazón. Si llegabas al mercado, a este lado de la ciudad, sin quedarte bloqueado, ganabas la partida. Pero no debías hacerlo demasiado fácil y no debías contar.

Al otro lado de la ciudad, el juego era salir del Gritti y llegar hasta el Rialto por la Fondamenta Nuove sin cometer ningún error.

Luego podías subir al puente, cruzarlo y bajar al mercado. El mercado era su sitio favorito. Era la parte de la ciudad adonde iba siempre en primer lugar.

Justo entonces oyó a los dos jóvenes que tenía detrás hablando sobre él. Supo que eran jóvenes por la voz y no se volvió, pero escuchó con cuidado desde la distancia y esperó a la esquina siguiente para verlos cuando la doblasen.

«Van camino del trabajo —decidió—. Puede que sean antiguos fascistas o puede que sean otra cosa, o tal vez sea solo lo que están diciendo. Pero ahora se ha convertido en algo personal. No son solo los norteamericanos, también soy yo, mi pelo gris, mi forma un poco encorvada de andar, las botas de combate (a los de su calaña siempre les disgustó que las botas de combate fuesen tan prácticas. Les gustaban las botas que resonaban en las losas del suelo y que eran negras y brillantes).

»Es mi uniforme lo que les parece poco elegante. Ahora es que qué hago paseando a estas horas, y ahora su absoluta certeza de que ya no puedo hacer el amor.»

El coronel se desvió de pronto a la izquierda al llegar a la siguiente esquina, al ver con qué tenía que vérselas y la distancia exacta, y, cuando los dos jóvenes doblaron la esquina, formada por el ábside de la iglesia de Frari, el coronel ya no estaba. Se había ocultado en el ángulo muerto detrás del ábside de la antigua iglesia y cuando pasaron, al oírlos llegar hablando, salió con una mano en cada bolsillo del impermeable y se volvió hacia ellos con las manos en los bolsillos del impermeable.

Se detuvieron y él los miró a la cara y esbozó su vieja sonrisa sin vida. Luego les miró a los pies, como se mira siempre a los pies de esa gente, pues llevan los zapatos demasiado apretados, y cuando les quitas los zapatos se ven sus dedos en garra. El coronel escupió en el suelo y no dijo nada.

Los dos, sí que eran lo primero que había sospechado, lo miraron con odio y lo otro. Luego se marcharon como aves de marjal, con las largas zancadas de las garzas, pensó el coronel, y algo del vuelo de los zarapitos, mirando hacia atrás con odio, esperando a decir la última palabra si alguna vez la distancia llegaba a ser segura.

«Es una pena que no fuesen diez contra uno —pensó el coronel—. Podrían haber peleado. No les habría culpado ya que eran los vencidos.

»Pero no han tenido buenos modales con un hombre de mi rango y edad. Y tampoco ha sido inteligente pensar que ningún coronel de cincuenta años entendería su idioma. Ni que los viejos soldados de infantería no estarían dispuestos a pelear tan pronto por la mañana solo porque fuesen dos contra uno.

»Odiaría pelear en esta ciudad donde tanto me gusta la gente. Lo evitaría. Pero ¿no podían darse cuenta esos jovenzuelos maleducados de con quién se las estaban viendo? ¿No saben cómo llega uno a andar así? ¿Ni reconocen ninguno de los otros indicios que delatan a los soldados con tanta certeza como las manos de un pescador te dicen que lo es por las arrugas y los cortes del sedal?

»Es verdad que solo me habían visto la espalda, el culo, las piernas y las botas. Pero tendrían que haberse dado cuenta por cómo deben de moverse. A lo mejor ya no se mueven así. Pero cuando tuve ocasión de mirarlos y pensar: "Échalos de aquí y que los ahorquen", creo que lo entendieron. Lo entendieron con mucha claridad.

»De todos modos, ¿qué vale la vida de un hombre? En nuestro ejército, diez mil dólares si te pagan el seguro. ¿Qué demonios tiene eso que ver? ¡Ah, sí!, en eso estaba pensando antes de que aparecieran esos dos imbéciles; en cuánto dinero había ahorrado a mi gobierno en mi época, mientras la gente como Benny Meyers se estaba forrando.

»Sí —se dijo—, y en cuánto les hiciste perder en el Château aquella vez a diez de los grandes por cabeza. Bueno, supongo que nadie lo entendió de verdad menos yo. No hay razón para contárselo ahora. Los generales a veces lo explican como si fuese cosa de la Fortuna de la Guerra. En el ejército saben que esas cosas pasan. Las haces, tal como te las ordenan, con una lista de bajas y eres un héroe.

»Dios sabe lo poco que me gustan las listas de bajas excesivas —pensó—. Pero te dan las órdenes y tienes que cumplirlas. Lo que quita el sueño son las equivocaciones. Pero ¿por qué diablos darle tantas vueltas? Nunca ha servido de nada. Pero a veces te persiguen. Te encuentran y no hay quien se las quite de la cabeza.

»Anímate, chico —dijo—. Recuerda que llevabas mucho dinero encima cuando te enfrentaste a ellos. Y te lo podrían haber quitado si hubieses perdido. Ya no puedes luchar con las manos, y no llevabas ningún arma.

»Así que no te pongas mohíno, chico, u hombre, o coronel, o general degradado. Casi estamos ya en el mercado y has llegado sin apenas darte cuenta.

»No darse apenas cuenta es malo», añadió.

22

Le encantaba el mercado. En su mayor parte se amontonaba en varias callejuelas laterales, y estaba tan abarrotado que era difícil no empujar a la gente, sin querer, y cada vez que te parabas a mirar, comprar o admirar alguna cosa formabas un *îlot de résistance* contra el avance de la ofensiva matutina de los compradores.

Al coronel le gustaba contemplar los quesos apilados y las grandes salchichas. «En Norteamérica la gente cree que la mortadela es una salchicha», pensó.

Luego le dijo a la mujer del puesto:

—Déjeme probar un poco de esa salchicha, por favor. Solo una rodaja. —Ella le cortó una rodaja fina, fina como el papel, con ferocidad y cariño, y cuando el coronel la probó notó el auténtico sabor entre ahumado y salpimentado de la carne de los cerdos que se alimentaban de bellotas en las montañas—. Póngame un cuarto de kilo. —El almuerzo que proporcionaba el barone a los cazadores en la cacería tenía cierta cualidad espartana, que el coronel respetaba, pues sabía que no se debe comer mucho cuando se va de caza. No obstante, pensó que podría mejorarlo un poco con la salchicha, y que podría compartirla con el barquero y encargado de cobrar las piezas. Podría darle una rodaja a Bobby, el perro, que se empaparía hasta los huesos, y seguiría lleno de entusiasmo aunque temblara de frío—. ¿Es la mejor que tiene? —le preguntó a la mujer—. ¿No tiene nada guardado para los mejores clientes?

—Esta es la mejor. Hay muchas más, como usted sabe. Pero esta es la mejor.

—Pues póngame ciento veinticinco gramos de una salchicha que dé fuerzas y no esté muy sazonada.

—La tengo —dijo ella—. No está muy curada, pero es exactamente como la ha descrito.

Esa salchicha era para Bobby.

Pero en Italia, donde el peor crimen es que lo tomen a uno por tonto y mucha gente pasa hambre, uno no dice que compra salchichas para un perro. Puedes darle una salchicha cara a un perro delante de un hombre que trabaja para ganarse la vida y que sabe por lo que pasa un perro en el agua cuando hace frío. Pero no la compras explicando tus intenciones a no ser que seas idiota, o un millonario de la guerra y de después.

El coronel pagó el paquete y siguió avanzando por el mercado inhalando el aroma del café recién tostado y comprobando la cantidad de grasa de los animales en las carnicerías, como si estuviese apreciando a los pintores holandeses, cuyos nombres no recuerda nadie, y que pintaron con absoluta perfección de detalle, todo lo que se cazaba o era comestible.

«Un mercado es lo más parecido a un buen museo, como el Prado o la Accademia», pensó el coronel.

Tomó un atajo y llegó a la zona de las pescaderías.

En el mercado, sobre los resbaladizos adoquines del suelo, o en sus cestas, o en las cajas con asas de cuerda, estaban las pesadas langostas verdes y grises con tonos magenta, que presagiaban su muerte en agua hirviendo. «Todas han sido capturadas a traición —pensó el coronel— y llevan atadas las pinzas.»

Había lenguados pequeños, y albacoras y bonitos. Estos últimos —pensó el coronel— parecían balas aerodinámicas, dignificadas en la muerte, y con los ojos enormes de los peces pelágicos.

No estaban hechos para ser capturados salvo por su voracidad. El pobre lenguado existe, en las aguas someras, para alimentar al hombre. Pero estas balas errantes, en sus grandes bancos, viven en aguas profundas y viajan por todos los mares y todos los océanos.

«Ahora tus pensamientos sí que valen un céntimo —pensó—. Veamos qué más tienen.»

Había muchas anguilas, vivas, que ya no estaban tranquilas en sus dominios. Había gambas muy buenas con las que podía prepararse un *scampi brochetto* clavándolas y asándolas en la parrilla con un instrumento parecido a un estoque que podría utilizarse como picahielos. Había gambas de tamaño mediano, grises y opalescentes, esperando también el agua hirviendo y la inmortalidad, y a que sus caparazones vacíos acabaran flotando con el reflujo en el Gran Canal.

«El veloz camarón —pensó el coronel— con sus antenas más largas que los mostachos de aquel viejo almirante japonés, viene aquí para morir a beneficio nuestro. ¡Oh, cristiano camarón! —pensó—, maestro de la retirada y con tu maravilloso servicio de inteligencia en esas dos antenas, ¿por qué nadie te ha advertido del peligro de las redes y las luces tentadoras?

»Ha debido de ser algún error», pensó.

Luego miró los numerosos crustáceos de pequeño tamaño, las almejas con el filo como una cuchilla que solo se deben comer crudas si se está vacunado del tifus, y otras delicias.

Pasó de largo y se detuvo a preguntarle a un vendedor de dónde procedían sus almejas. Eran de un buen sitio, sin desagües y el coronel le pidió que le abriera seis. Se bebió el jugo y cortó la almeja, cortándola cerca de la cocha con el cuchillo curvo que le dio el hombre. El hombre le había dado el cuchillo porque sabía por experiencia que el coronel cortaba más cerca de la concha de lo que le habían enseñado a él.

El coronel le pagó la miseria que costaban, y que debía de ser mucho mayor que la miseria que cobraban quienes las recogían, y pensó: «Ahora tengo que ver los peces de río y del canal y volver al hotel».

23

El coronel llegó al vestíbulo del hotel Gritti Palace. Pagó a los *gondolieri* y, una vez en el hotel, estuvo a resguardo del viento.

Habían hecho falta dos hombres para empujar la góndola por el Gran Canal desde el mercado. Habían tenido que emplearse a fondo, y les había pagado por su esfuerzo y un poco más.

—¿Hay alguna llamada para mí? —le preguntó al conserje, que había llegado ya.

El conserje era ligero, rápido, de rostro flaco, inteligente y educado, siempre, sin servilismo. Llevaba las llaves cruzadas de su oficio en la solapa de su uniforme azul sin ostentación. Era el conserje. «Es un rango muy parecido al de capitán —pensó el coronel—. Oficial y no caballero. Digamos un sargento primero de los viejos tiempos, solo que siempre tenía que tratar con los jefes.»

—La señora ha llamado dos veces —dijo el conserje en inglés.

«O cualquiera que deba llamarse la lengua que hablamos todos —pensó el coronel—. Dejémoslo en inglés. Es casi lo único que les queda. Deberían permitirles conservar el nombre del idioma. De todos modos, es probable que Cripps no tarde en racionarlo.»[16]

16. Sir Stafford Cripps (1889-1952), ministro de Producción Aérea del

—Por favor, póngame con ella enseguida —le dijo al conserje.

El conserje empezó a marcar los números.

—Puede hablar allí, mi coronel —dijo—. Ya tiene línea.

—Es usted rápido.

—Allí —dijo el conserje.

Dentro de la cabina, el coronel levantó el auricular y dijo de manera mecánica:

—Al habla el coronel Cantwell.

—Te he llamado dos veces, Richard —dijo la chica—. Pero me han dicho que habías salido. ¿Dónde estabas?

—En el mercado. ¿Cómo estás, preciosa?

—A estas horas nadie escucha en el teléfono. Soy tu preciosa. Sea quien sea eso.

—Tú. ¿Has dormido bien?

—Ha sido como esquiar en la oscuridad. Sin esquiar de verdad, pero muy oscuro.

—Así es como debe ser. ¿Por qué te has despertado tan pronto? Has asustado a mi conserje.

—Si no te parece poco femenino, ¿cuándo podemos vernos, y dónde?

—Donde quieras y cuando quieras.

—¿Todavía tienes las piedras y te ha ayudado en algo la señorita Retrato?

—Sí a las dos preguntas. Las piedras están en mi bolsillo superior izquierdo abrochado. La señorita Retrato y yo estuvimos hablando hasta tarde y pronto y lo ha hecho todo mucho más fácil.

—¿La quieres más que a mí?

—Aún no soy anormal. A lo mejor estoy fanfarroneando. Pero es preciosa.

—¿Dónde quedamos?

Reino Unido durante la guerra y ministro de Hacienda entre 1947 y 1950, era famoso por sus políticas de austeridad.

—¿Desayunamos en el Florian, en la parte derecha de la plaza? La plaza estará inundada y será divertido verlo.

—Estaré allí en veinte minutos, si tú quieres.

—Quiero —dijo el coronel y colgó.

Al salir de la cabina telefónica de pronto no se sintió bien y luego se sintió como si el demonio lo hubiese metido en una jaula de hierro, como un pulmón de hierro o una doncella de hierro, y fue con el rostro grisáceo hacia el mostrador del conserje y dijo en italiano:

—Domenico, Ico, ¿podría traerme un vaso de agua, por favor? —El conserje se fue y él se recostó sobre el mostrador. Se apoyó sin fuerzas y sin ilusión. Luego volvió el conserje con el vaso de agua, y él sacó cuatro pastillas de las que normalmente se toman dos, y siguió apoyado con tanta ligereza como un azor—. Domenico —dijo.

—Sí.

—Tengo una cosa en un sobre que puedes guardar en la caja fuerte. O bien la reclamaré yo en persona, o por escrito, o vendrá a por ella la persona a quien acaba usted de llamar. ¿Quiere que se lo escriba?

—No. No es necesario.

—¿Y usted, chico? No es inmortal, ¿no?

—No —respondió el conserje—. Pero lo dejaré apuntado, y por encima de mí están el director y el ayudante del director.

—Los dos son buenas personas —admitió el coronel.

—¿No querría usted sentarse, mi coronel?

—No. ¿Quién se sienta, aparte de los hombres y las mujeres en las residencias de ancianos? ¿Usted se sienta?

—No.

—Puedo descansar de pie, o contra un condenado árbol. Mis compatriotas se sientan, se tumban o caen. Hay que darles unas galletas energéticas para acallar sus gemidos.

Estaba hablando demasiado para recuperar rápidamente la confianza.

—¿De verdad tienen galletas energéticas?

—Claro. Les echan no sé qué para que no tengas erecciones. Es como la bomba atómica, solo que al revés.

—No me lo creo.

—Tenemos los secretos militares más terroríficos que una mujer de general le haya contado jamás a otra. Lo de las galletas energéticas es lo de menos. La próxima vez intoxicaremos a toda Venecia con botulismo desde 56.000 pies de altura. No pasa nada —explicó el coronel—. Ellos nos contagiarán con ántrax y nosotros los intoxicaremos con botulismo.

—Pero será horrible.

—Peor aún —le aseguró el coronel—. No es alto secreto. Está publicado. Y mientras ocurre podrás oír a Margaret,[17] si consigues sintonizarla, cantando *Barras y estrellas* por la radio. Creo que podrán arreglarlo. Yo no diría que tiene una gran voz. No para los que hemos oído las voces buenas. Pero ahora todo es falso. La radio casi puede producir la voz sola. Y *Barras y estrellas* está a prueba de tontos casi hasta el final.

—¿Cree que arrojarán algo aquí?

—No. No lo han hecho nunca.

El coronel, que ahora era general de cuatro estrellas, con su rabia y su agonía y su necesidad de recobrar la confianza, pero a salvo de momento después de la absorción de las pastillas, dijo:

—*Ciao*, Domenico. —Y salió del Gritti.

Calculó que se tardaban doce minutos y medio en llegar a la plaza donde su amor verdadero probablemente llegaría un poco tarde. Anduvo despacio y a la velocidad a la que debía ir. Los puentes eran todos iguales.

17. Margaret Truman, la hija del presidente Truman, que aspiraba a ser cantante.

24

Su amor verdadero estaba en la mesa a la hora exacta en que dijo que estaría. Estaba tan guapa como siempre bajo la dura luz matutina que llegaba de la plaza inundada, y dijo:

—Por favor, Richard. ¿Te encuentras bien? ¿Por favor?

—Claro —dijo el coronel—. ¿Lo dudas, guapa?

—¿Has ido a todos nuestros sitios en el mercado?

—Solo a unos cuantos. No he ido a donde venden los patos silvestres.

—Gracias.

—De nada —dijo el coronel—. Nunca voy si no estamos juntos.

—¿No crees que debería ir a la cacería?

—No. Estoy seguro. Alvarito te lo habría pedido si quisiera que fueses.

—Podría no habérmelo pedido porque quisiera que fuese.

—Cierto —dijo el coronel, y se quedó meditándolo dos segundos—. ¿Qué quieres para desayunar?

—Aquí el desayuno no vale nada, y no me gusta la plaza cuando está inundada. Es triste y las palomas no tienen dónde posarse. Solo es divertido al final cuando juegan los niños. ¿Vamos a desayunar al Gritti?

—¿Te apetece?

—Sí.

—Bueno. Desayunaremos allí. Yo ya he desayunado.

—¿De verdad?

—Pediré café y bollos calientes, y solo los tocaré con los dedos. ¿Tienes mucha hambre?

—Muchísima —dijo ella, con sinceridad.

—Pediremos un desayuno completo —dijo el coronel—. Desearás no haber oído nunca la palabra desayuno.

Mientras andaban con el viento a la espalda y el pelo de ella ondeando mejor que cualquier bandera, le preguntó acercándose a él:

—¿Me sigues queriendo bajo la luz fría y dura de Venecia por la mañana? Es muy fría y dura, ¿verdad?

—Te quiero y es dura y fría.

—Te he querido toda la noche cuando esquiaba en la oscuridad.

—¿Cómo se hace eso?

—Son las mismas pistas, pero están a oscuras y la nieve es negra en lugar de clara. Se esquía igual; de forma correcta y controlada.

—¿Has estado esquiando toda la noche? Son muchas pistas.

—No. Después he dormido profundamente y me he despertado feliz. Estabas conmigo y dormías como un bebé.

—No estaba contigo y no dormía.

—Ahora lo estás —dijo y se abrazó mucho a él.

—Y casi hemos llegado.

—Sí.

—¿Te he dicho ya, como es debido, que te quiero?

—Me lo has dicho. Pero dímelo otra vez.

—Te quiero —dijo él—. Tómatelo frontal y formalmente, por favor.

—Lo tomaré como quieras mientras sea verdad.

—Así me gusta —dijo él—. Eres una chica buena, valiente y encantadora. Ponte el pelo a un lado cuando lleguemos a lo alto del puente y deja que el viento lo esparza oblicuamente.

Había hecho una concesión con lo de «oblicuamente», en vez de decir, de forma correcta, «oblicuo».

—Eso es fácil —dijo ella—. ¿Te gusta?

Él la miró y vio el perfil y la maravillosa luz de primera hora de la mañana y su pecho erguido debajo del suéter negro y sus ojos azotados por el viento y dijo:

—Sí, me gusta.

—Me alegro mucho —respondió ella.

25

En el Gritti, el *Gran Maestro* los sentó a la mesa de la ventana que daba al Gran Canal. No había nadie más en el comedor.

El *Gran Maestro* estaba animado y contento por la mañana. Sobrellevaba las úlceras día a día, y lo del corazón del mismo modo. Cuando no le dolían él tampoco hacía daño a nadie.

—Mi colega me cuenta que su compatriota picado de viruelas come en la cama en su hotel —le contó en confianza al coronel—. Puede que tengamos unos cuantos belgas. «Y los más valientes de todos son los belgas» —citó—. Hay un par de *pescecani* de ya sabe dónde. Pero están exhaustos y creo que comerán, como cerdos, en su habitación.

—Un informe excelente —dijo el coronel—. Nuestro problema, *Gran Maestro*, es que ya he comido en mi habitación, como hace el de la cara picada de viruelas y como harán los *pescecani*. Pero esta señora...

—Esta jovencita —lo interrumpió el *Gran Maestro* con el rostro deformado por una sonrisa. Se sentía muy bien, pues era un día totalmente nuevo.

—Esta señorita tan joven quiere un desayuno que acabe con todos los desayunos.

—Entiendo —dijo el *Gran Maestro* y miró a Renata y su corazón rodó como una marsopa en el mar. Es un movimiento muy bello y solo unas cuantas personas en el mundo pueden sentirlo y lograrlo.

—¿Qué quieres comer, hija? —preguntó el coronel, contemplando su belleza morena y sin retocar a primera hora de la mañana.

—Todo.

—¿Se te ocurre alguna sugerencia?

—Té en vez de café y cualquier cosa que el *Gran Maestro* pueda rescatar.

—No serán cosas rescatadas, hija —dijo el *Gran Maestro*.

—El único que la llama hija soy yo.

—Lo he dicho honestamente —se disculpó el *Gran Maestro*—. Podemos hacer o fabricar *rognons* asados con champiñones recolectados por gente a quien conozco. O que los ha cultivado en sótanos húmedos. Puede ser una tortilla con trufas escarbadas por cerdos distinguidos. Puede ser beicon canadiense, y hasta puede que sea del Canadá.

—Dondequiera que esté —dijo la chica feliz y sin ilusión.

—Dondequiera que esté —dijo muy serio el coronel—. Y sé puñeteramente bien dónde está.

—Creo que deberíamos dejarnos de bromas e ir a desayunar.

—Si no te parece poco femenino, yo también lo creo. Mi desayuno será un frasco decantado de valpolicella.

—¿Nada más?

—Tráeme una ración del supuesto beicon canadiense —dijo el coronel.

Miró a la chica, pues ya estaban solos, y dijo:

—¿Cómo estás, queridísima?

—Muy hambrienta, supongo. Pero gracias por ser bueno tanto tiempo.

—Ha sido fácil —le dijo el coronel en italiano.

26

Se sentaron a la mesa y observaron la luz temprana y tormentosa sobre el canal. El gris se había transformado en un gris amarillento con el sol, y las olas rompían contra el reflujo de la marea.

—Mamá dice que no puede vivir aquí demasiado tiempo porque no hay árboles —dijo la chica—. Por eso se marcha al campo.

—Por eso se va todo el mundo al campo —dijo el coronel—. Podríamos plantar unos cuantos árboles si encontrásemos un jardín lo bastante grande.

—Mis favoritos son los álamos de Lombardía y los plátanos de sombra, pero aún no tengo el gusto lo bastante formado.

—A mí también me gustan, y los cipreses y los castaños. El verdadero castaño y el castaño de Indias. Pero hasta que vayamos a Norteamérica no verás árboles de verdad. Espera a ver un pino blanco o un pino ponderosa.

—¿Los veremos y haremos un viaje muy largo y pararemos en todas las gasolineras o áreas de descanso o comoquiera que se llamen?

—Albergues y campamentos turísticos —dijo el coronel—. En las otras pararemos, pero no a pasar la noche.

—Me apetece mucho llegar a un área de descanso y tirar el dinero y decirles llena el depósito y comprueba el aceite, chico, igual que en las novelas o en las películas.

—Eso es en las gasolineras.

—Entonces ¿qué es un área de descanso?

—Donde vas a… ya sabes…

—¡Ah! —dijo la chica y se ruborizó—. Lo siento. Tengo tantas ganas de aprender a hablar americano. Pero supongo que diré barbaridades como te pasa a ti a veces en italiano.

—Es una lengua fácil. Cuanto más al oeste, más clara y fácil se vuelve.

El *Gran Maestro* les llevó el desayuno y notaron el aroma a beicon y riñones a la parrilla y el olor insulso de los champiñones, aunque gracias a los cubreplatos de plata no se extendió por la habitación.

—Tiene muy buena pinta —dijo la chica—. Muchas gracias, *Gran Maestro*. ¿Debería hablar americano? —le preguntó al coronel. Le tendió la mano al *Gran Maestro* con rapidez y ligereza, como si fuera un florete y dijo—: Déjalo ahí, chico. Esta bazofia es de primera.

El *Gran Maestro* dijo:

—Gracias, señora.

—¿Debería haber dicho manduca en vez de bazofia? —le preguntó la chica al coronel.

—En realidad las dos son intercambiables.

—¿De verdad hablaban así en el Oeste cuando eras niño? ¿Qué decíais en el desayuno?

—El desayuno lo servía u ofrecía el cocinero. Decía: «Venid a comer, hijos de puta, o lo tiro a la basura».

—Tengo que aprendérmelo para cuando estemos en el campo. Alguna vez, cuando vengan a cenar el embajador británico y su aburrida esposa, le diré al criado que anuncia la cena que diga: «Venid a comer, hijos de puta, o la tiraremos a la basura».

—No lo apreciaría —dijo el coronel—. En todo caso, sería un experimento interesante.

—Dime algo que pueda decirle en americano auténtico al de la cara picada si viene. Se lo susurraré al oído como si le propusiera una cita, como hacían en los viejos tiempos.

—Dependerá del aspecto que tenga. Si parece desanimado, podrías decirle: «Oye, chico, te crees un tipo duro, ¿eh?».

—Me encanta —dijo ella, y lo repitió con una voz que había aprendido de Ida Lupino—. ¿Puedo decírselo al *Gran Maestro*?

—Claro. Por qué no. ¡*Gran Maestro*!

El *Gran Maestro* se acercó y se inclinó muy atento.

—Oye, chico, te crees un tipo duro, ¿eh? —le dijo la joven de mala manera.

—Desde luego —respondió el *Gran Maestro*—. Gracias por formularlo con tanta precisión.

—Si viene ese tipo y quieres decirle algo después de comer, susúrrale al oído: «Límpiate, que estás de huevo, Jack, espabila y no te desmandes».

—Lo recordaré y lo practicaré en casa.

—¿Qué vamos a hacer después del desayuno?

—¿Deberíamos subir a ver el retrato y ver si es bueno, quiero decir, si vale algo, a la luz del día?

—Sí —dijo el coronel.

27

Arriba ya habían arreglado la habitación y el coronel, que se había temido el posible desorden del cuarto, se alegró.

—Ponte al lado un momento —dijo. Luego recordó añadir—: Por favor. —Ella se puso al lado del retrato y él lo miró desde donde lo había contemplado la noche anterior—. No se puede comparar, claro —dijo—. Y no me refiero al parecido. El parecido es excelente.

—¿Acaso pensabas que podría compararse? —preguntó la chica, y echó la cabeza atrás y se quedó ahí con el mismo suéter negro del retrato.

—Por supuesto que no. Pero anoche, y a primera hora de la mañana, he hablado con el retrato como si fueses tú.

—Eres muy amable y eso demuestra que ha servido para algo.

Ahora estaban tendidos en la cama y la joven le dijo:

—¿Nunca cierras las ventanas?

—No. ¿Y tú?

—Solo cuando llueve.

—¿Crees que nos parecemos?

—No lo sé. Nunca hemos tenido ocasión de averiguarlo.

—Nunca hemos tenido una verdadera ocasión. Pero sí lo suficiente para que yo lo sepa. Y, cuando lo sabes, ¿qué demonios tienes? —preguntó el coronel.

—No sé. Algo mejor que lo que hay, supongo.

—Claro. Es lo que deberíamos intentar. No creo en los objetivos limitados. Aunque a veces no hay otro remedio.

—¿Qué es lo que más te entristece?

—Las órdenes ajenas —dijo él—. ¿Y a ti?

—Tú.

—No quiero entristecerte. He sido un triste hijo de puta muchas veces. Pero nunca he entristecido a nadie.

—Pues ahora me entristeces a mí.

—De acuerdo —dijo él—. Que así sea.

—Eres muy bueno al tomártelo así. Esta mañana estás muy amable. Me avergüenza que las cosas sean así. Por favor abrázame fuerte y no hablemos, ni pensemos, en que podrían ser diferentes.

—Hija, es una de las pocas cosas que sé hacer bien.

—Sabes muchas, muchas cosas. No digas eso.

—Claro —dijo el coronel—. Sé cómo atacar y contraatacar, ¿qué más?

—Sabes de pintura, de libros y de la vida.

—Eso es fácil. Basta con contemplar los cuadros sin prejuicios, tú lees con mucha amplitud de miras y sabes vivir la vida.

—No te quites la guerrera, por favor.

—De acuerdo.

—Siempre haces lo que te digo, si lo pido por favor.

—He hecho cosas sin que me lo pidas por favor.

—No muy a menudo.

—No —admitió el coronel—. Por favor es una expresión muy bonita.

—Por favor, por favor, por favor.

—*Per piacere*. Significa por placer. Ojalá hablásemos siempre en italiano.

—Podríamos a oscuras. Aunque hay cosas que se dicen mejor en inglés. Te quiero mi último, verdadero y único amor, citó ella. La última vez que florecieron las lilas en el patio. Y de la cuna que se mece eternamente.[18] Y venid a comer, hijos de puta,

---

18. Dos poemas de *Hojas de hierba*, de Walt Whitman (1819-1892).

o la tiro a la basura. Eso no se puede decir en otro idioma, ¿verdad, Richard?

—No.

—Dame otro beso, por favor.

—Un por favor innecesario.

—Lo más probable es que yo misma acabe siendo un por favor innecesario. Es lo bueno de que vayas a morir, que no puedes dejarme.

—Eso ha sido un poco brusco —dijo el coronel—. Ten cuidado con lo que dices.

—Soy brusca cuando tú lo eres —dijo ella—. ¿Querrías que fuese de otro modo?

—No querría que fueses más que como eres y te quiero de verdad, de forma definitiva y para siempre.

—A veces dices cosas amables con mucha claridad. ¿Puedo preguntarte qué pasó contigo y con tu mujer?

—Era ambiciosa y yo pasaba demasiado tiempo fuera.

—¿Quieres decir que ella se iba por ambición, y que tú te ibas porque era tu deber?

—Claro —dijo el coronel y recordó con la menor amargura que pudo—. Tenía más ambición que Napoleón y el talento del alumno medio de bachillerato encargado de pronunciar el discurso de despedida.

—Sea lo que sea eso —dijo la chica—. Pero no hablemos de ella. Siento haberte preguntado. Debe de estar triste de no estar contigo.

—No. Está demasiado pagada de sí misma para estar triste, y se casó con uno que le permitió prosperar en los círculos del ejército, y tener mejores contactos para lo que ella consideraba su profesión, o su arte. Era periodista.

—Pero son espantosos —dijo la chica.

—Estoy de acuerdo.

—Pero ¿cómo podías estar casado con una periodista que seguía siéndolo?

—Ya te he dicho que cometí errores —dijo el coronel.

—Hablemos de algo agradable.

—Sí.

—Pero eso fue horrible. ¿Cómo pudiste hacer algo así?

—No lo sé. Podría contártelo con detalle, pero dejémoslo.

—Por favor, dejémoslo. Pero no tenía ni idea de que fuese tan horrible. Ahora no lo harías, ¿verdad?

—Te lo prometo, cariño.

—Pero ¿nunca le escribes?

—Por supuesto que no.

—No le hablarías de nosotros, para que tuviese algo de lo que escribir.

—No. Una vez le conté varias cosas y escribió sobre ellas. Pero fue en otro país y además está muerta.

—¿Ha muerto de verdad?

—Más que Flebas el fenicio.[19] Aunque ella no lo sabe.

—¿Qué harías si estuviésemos juntos en la Piazza y la vieras?

—La miraría como si no la viera, para demostrarle lo muerta que está.

—Gracias —dijo la chica—. Sabes que otra mujer, u otra mujer en el recuerdo, es algo espantoso para una chica joven todavía sin experiencia.

—No hay ninguna otra mujer —le dijo el coronel, y sus ojos se volvieron crueles y recordaron—. Ni tampoco una mujer en el recuerdo.

—Muchas gracias —dijo la chica—. Cuando te miro, lo creo de verdad. Pero por favor nunca me mires ni pienses así en mí.

—¿Quieres que la busquemos y la colguemos de la rama de un árbol? —dijo el coronel fantaseando.

—No. Olvidémosla.

—Está olvidada —dijo el coronel. Y, extrañamente, lo estaba. Era raro porque había estado presente en la habitación por un momento, y había estado a punto de provocar el pánico, que

19. Referencia al Flebas el fenicio de *La Tierra Baldía*, de T. S. Eliot (1888-1965).

es una de las cosas más raras que existen, pensó el coronel. Y él sabía lo que era el pánico. Pero ahora se había ido, de verdad y para siempre; cauterizada, exorcizada y con las once copias de los papeles para su degradación, entre los que se encontraba el acta notarial de divorcio por triplicado—. Está olvidada —dijo el coronel. Y era cierto.

—Me alegro mucho —dijo la chica—. No sé por qué la dejaron entrar en el hotel.

—Nos parecemos bastante —dijo el coronel—. Será mejor no insistir demasiado.

—Si quieres puedes ahorcarla, ella tiene la culpa de que no podamos casarnos.

—Está olvidada —le dijo el coronel—. Tal vez alguna vez se mire en el espejo y se ahorque.

—Ahora que ya no está en la habitación no le desearemos nada malo. Aunque como buena veneciana, me gustaría que estuviese muerta.

—Y a mí también —dijo el coronel—. Y ahora, como no lo está, olvidémosla de una vez.

—De una vez por todas —dijo la chica—. Espero que la frase sea correcta. O en español *para siempre*.

—Para siempre y de una vez por todas —dijo el coronel.

28

Ahora estaban acostados sin decir nada y el coronel notó los latidos del corazón de la joven. Es fácil notar el latido de un corazón debajo de un suéter negro que ha tejido alguien de la familia, y su cabello oscuro se desparramaba, largo y espeso, sobre su brazo bueno. «No pesa —pensó él—, es lo más ligero del mundo.» Ella yacía encantadora y callada y fuese lo que fuese que hubiera entre ellos estaban en completa comunicación. La besó en la boca, con cuidado y con ansia, y luego fue como si oyeran parásitos después de que la comunicación hubiese sido perfecta.

—Richard —dijo ella—. Lamento que las cosas sean así.

—No te lamentes —dijo el coronel—. Nunca hables de las bajas, hija.

—Dilo otra vez.

—Hija.

—¿Me dirás cosas bonitas para que tenga algo en lo que pensar durante la semana y me hablarás un poco más de la guerra para educarme?

—Dejemos lo de la guerra.

—No. Lo necesito para mi educación.

—Yo también —dijo el coronel—. No maniobras. ¿Sabes?, una vez en nuestro ejército, un general se hizo, con no sé qué triquiñuela, con el plan de las maniobras. Se anticipó a todos los movimientos de las fuerzas enemigas y se comportó con tanta valentía que lo ascendieron por encima de muchos hombres mejores. Y por eso nos derrotaron una vez. Por eso y por la prevalencia de los fines de semana.

—Ahora estamos en fin de semana.

—Lo sé —dijo el coronel—. Aún sé contar hasta siete.

—Pero ¿lo ves todo con amargura?

—No. Pero tengo medio siglo y sé cómo son las cosas.

—Cuéntame algo más de París porque me encanta pensar en París y en ti durante la semana.

—Hija, ¿por qué no dejas de hablar de París?

—Pero he estado en París, y volveré y quiero saber. Es la ciudad más bonita del mundo, después de la nuestra, y quiero tener algunas cosas que llevar conmigo.

—Iremos juntos y te las contaré allí.

—Gracias. Pero cuéntame algo para esta semana.

—Leclerc era un capullo de alta cuna como creo haberte explicado ya. Muy valiente, muy arrogante y extremadamente ambicioso, como te he dicho.

—Sí, me lo has contado.

—Dicen que no se debe hablar mal de los muertos. Pero creo que ya ha llegado el momento de hablar de ellos con sinceridad. Nunca he dicho nada de un muerto que no le hubiese dicho a la cara —y añadió—: y con creces.

—No hablemos más de él. Lo he degradado en mi imaginación.

—¿Qué quieres entonces, algo pintoresco?

—Sí, por favor. Tengo mal gusto por culpa de los periódicos ilustrados. Pero leeré a Dante toda la semana mientras estés fuera. Iré a misa cada mañana. Con eso debería bastar.

—Ve también a Harry's antes de almorzar.

—Lo haré —dijo ella—. Por favor, cuéntame algo pintoresco.

—¿No crees que sería mejor dormir?

—¿Cómo vamos a dormir si tenemos tan poco tiempo? Mira —dijo y le empujó la barbilla con la cabeza hasta que él tuvo que echar la suya atrás.

—De acuerdo, hablaré.

—Primero dame la mano. La tendré entre las mías cuando lea a Dante y haga las otras cosas.

—Dante era un individuo execrable. Más vanidoso que Leclerc.

—Lo sé. Pero no escribía de forma execrable.

—No. Leclerc también sabía pelear. Y de manera excelente.

—Vamos, cuéntame.

Ahora tenía la cabeza apoyada sobre su pecho, y el coronel dijo:

—¿Por qué no quieres que me quite la guerrera?

—Me gusta notar los botones. ¿Te parece mal?

—¡Seré hijo de puta desgraciado! ¿Cuánta gente combatió en tu familia?

—Todos —respondió ella—. Siempre. Eran comerciantes también y muchos fueron Dogos de esta ciudad, como sabes.

—Pero ¿todos combatieron?

—Todos —dijo ella—. Que yo sepa.

—O.K. —dijo el coronel—. Te contaré cualquier puñetera cosa que quieras saber.

—Solo algo pintoresco. Tan malo o peor que los periódicos ilustrados.

—¿*Domenica del Corriere* o *Tribuna Illustrata*?

—Peor, si es posible.

—Antes bésame.

Ella lo besó con dulzura, aspereza y desesperación, y al coronel no se le ocurrió ningún combate ni ningún incidente extraño o pintoresco. Solo pensó en ella y en cómo se sentía la joven y en lo mucho que se acerca la vida a la muerte en los momentos de éxtasis. ¿Y qué demonios es el éxtasis y qué rango y número de serie tiene? ¿Y qué tacto tiene su suéter negro? ¿Y quién había hecho su suavidad, su deleite y su extraño orgullo, sacrificio y sabiduría de niña? Sí, el éxtasis es lo que querrías alcanzar y en vez de eso te toca el otro hermano del sueño.

«La muerte es un montón de mierda —pensó—, llega en

fragmentos tan pequeños que ni siquiera se ve por dónde se ha colado. Llega, a veces, de forma atroz. Puede llegar en el agua sin hervir, o por no quitarte una bota, o con el estruendoso rugido al rojo vivo con el que hemos vivido. Llega con los secos chasquidos que preceden al estampido del arma automática. Puede llegar con el arco de humo de la granada de mano, o con el seco goteo del mortero.

»La he visto llegar al soltarse del soporte de las bombas y caer con esa extraña curva. Llega con el choque metálico de un vehículo o sencillamente con la falta de tracción en una carretera resbaladiza.

»A la mayoría de la gente le llega en la cama, lo sé, como si fuese lo contrario del amor. He vivido con ella casi toda mi vida y mi oficio ha sido suministrarla. Pero ¿qué puedo contarle a esta chica esta mañana fría y ventosa en el hotel Gritti Palace?»

—¿Qué te gustaría saber, hija? —le preguntó.

—Todo.

—Muy bien —dijo el coronel—. Ahí va.

29

Estaban acostados en la cama recién hecha y agradablemente dura con las piernas apretadas unas contra otras, y ella apoyaba la cabeza sobre el pecho de él y su pelo se esparcía sobre su cuello viejo y duro y se lo contó:

—Desembarcamos sin encontrar demasiada resistencia. La verdadera resistencia la ofrecieron en la otra playa. Luego tuvimos que conectar con los que se habían lanzado en paracaídas y asegurar varias ciudades, y después tomamos Cherburgo. Era difícil, y tenía que hacerse muy deprisa, y las órdenes venían de un general apodado Joe Relámpago de quien no habrás oído hablar. Un buen general.

—Continúa, por favor. Ya me habías hablado de Joe Relámpago.

—Después de Cherburgo nos quedamos con todo. Solo me llevé una brújula de almirante porque en esa época tenía un barquito en la bahía de Chesapeake. Pero requisamos todo el Martell que había robado la Wehrmacht y otros se quedaron hasta seis millones de francos franceses acuñados por los alemanes. Hasta hace un año eran válidos, y en esos días valían cincuenta francos el dólar, muchos hombres tienen hoy un tractor en lugar de solo una mula porque supieron enviarlos a casa por medio de los jefes de batallón o de división.

»Yo no robé nada, solo la brújula porque pensaba que robar sin necesidad estando en guerra traía mala suerte. Aunque me bebí su coñac e intentaba hacer cálculos con la brújula cuando tenía tiempo. La brújula era mi único amigo, y el teléfono ocupaba todo mi tiempo. Tendimos más cable telefónico que coños hay en Texas.

—Por favor, sigue contándomelo y procura no ser demasiado grosero. No sé qué significa esa palabra y no quiero saberlo.

—Texas es muy grande —dijo el coronel—. Por eso la he utilizado, junto con su población femenina, como símbolo. No puedes decir que coños hay en Wyoming porque no habrá más de treinta mil, qué demonios, pon que haya cincuenta mil, y tendimos mucho cable, no hacíamos más que tenderlo, enrollarlo y volverlo a tender.

—Continúa.

—Pasaré al avance —dijo el coronel—. Por favor, dímelo si te aburre.

—No.

—El caso es que llegamos al puñetero avance —dijo el coronel y volvió la cabeza hacia ella, y no estaba soltando un discurso, se estaba confesando—. El primer día ellos llegaron y soltaron los adornos de árbol de Navidad[20] que confunden al radar y lo cancelaron. Estábamos listos para atacar, pero lo cancelaron. Y con razón. No me cabe duda. Ya sabes que aprecio tanto a los altos mandos como al ya sabes qué de los cerdos.

—Cuéntamelo y no seas grosero.

—Las condiciones no eran favorables —dijo el coronel—. Así que al día siguiente atacamos, como nuestros primos británicos, que eran incapaces de abrirse paso a través de una toalla de papel mojado, digamos, y luego llegaron de la lejanía agreste y azulada.

»Aún seguían despegando de los campos donde vivían en ese portaaviones de hierba verde que llamaban Inglaterra, cuando vimos llegar a los primeros.

20. Cantwell se refiere a las virutas metálicas que arrojaban los alemanes para perturbar los radares aliados.

»Brillantes, deslumbrantes y bellos porque para entonces ya les habían raspado la pintura de invasión, o tal vez no. No lo recuerdo con mucha exactitud.

»El caso, hija, es que se les veía volando en formación hasta que se perdían la vista por el este. Era como un enorme tren. Muy altos en el cielo, nunca los he visto más bellos. Le dije a mi S2[21] que deberíamos llamarlos el Valhalla Express. ¿Te canso?

—No. Me imagino el Valhalla Express. Nunca vimos a tantos. Pero los vimos. Muchas veces.

—Estábamos a mil ochocientos metros de las posiciones que debíamos conquistar. ¿Sabes lo que son mil ochocientos metros, hija, en tiempo de guerra cuando estás atacando?

—No. ¿Cómo quieres que lo sepa?

—Luego la vanguardia del Valhalla Express soltó un humo coloreado y dio media vuelta. Soltaron el humo con mucha precisión y revelaron con claridad el objetivo, que eran las posiciones *kraut*. Eran buenas posiciones y podría haber sido imposible sacarlos de allí sin algo tan poderoso y pintoresco como lo que estábamos viendo.

»Después, hija, las siguientes secciones del Valhalla Express soltaron el mundo entero sobre los *krauts* y sobre donde vivían y se esforzaban para contener nuestro avance. Luego fue como si la tierra entera hubiese entrado en erupción y los prisioneros que tomamos temblaban como quien ha contraído la malaria. Eran chicos muy valientes de la Sexta División Paracaidista y todos temblaban y no podían controlarse por más que lo intentaban.

»Ya ves que fue un señor bombardeo. Justo lo que hace falta en esta vida. Hacerlos temblar de miedo ante la justicia y el poder.

»El caso, hija, para no aburrirte, es que el viento soplaba del este y el humo empezó a ir hacia nosotros. Los bombarderos pesados estaban bombardeando la línea del humo y la línea del

21. El S2 es un oficial de seguridad.

humo estaba sobre nosotros. Así que nos bombardearon igual que habían bombardeado a los *krauts*. Primero fueron los bombarderos pesados y ninguno de los que estuvieron allí ese día tuvo que preguntarse jamás sobre el infierno. Luego para favorecer de verdad el avance, y dejar cuanta menos gente mejor en ambos bandos, llegaron los bombarderos medianos y bombardearon lo que quedaba. Después llevamos a cabo el avance en cuanto el Valhalla Express volvió a casa, extendiéndose con toda su belleza y majestuosidad desde esa parte de Francia hasta toda Inglaterra. —«Cualquiera que tenga conciencia, debería pararse a pensar de vez en cuando en el poderío aéreo», pensó el coronel—. Dame una copa de ese valpolicella —dijo el coronel y se acordó de añadir—: por favor. Disculpa —dijo—. Ponte cómoda, gatita. Eres tú la que me ha pedido que te lo contara.

—No soy tu gatita. Esa debe de ser otra.

—Cierto. Eres mi último, verdadero y único amor. ¿Es correcto así? Pero eres tú la que me has pedido que te lo contara.

—Por favor, cuéntamelo —dijo la chica—. Me gustaría ser tu gatita, si supiese cómo. Pero solo soy una chica de esta ciudad que te quiere.

—Ya nos encargaremos de eso —dijo el coronel—. Yo también te quiero. Probablemente aprendiera a decir eso en las Filipinas.

—Es probable —dijo la chica—. Pero yo preferiría ser tu chica sin más.

—Lo eres —dijo el coronel—. Completa con asas y una banderita en lo alto.

—Por favor, no seas grosero —dijo ella—. Por favor quiéreme de verdad y cuéntamelo todo de la manera más sincera posible, sin que te duela lo más mínimo.

—Estoy siendo sincero —respondió él—. Te hablo con la mayor sinceridad posible y al que le duela que se rasque. Es preferible que te lo cuente yo, ya que tienes curiosidad por saberlo, a que lo leas en algún libro de tapa dura.

—Por favor, no seas grosero. Solo sé sincero, abrázame fuerte y dime la verdad hasta que lo hayas expiado, si es que puedes.

—No necesito expiar nada —dijo—. Excepto el uso táctico de los bombarderos pesados. No tengo nada contra ellos si se utilizan bien, aunque me maten. Pero en cuestiones de apoyo aéreo dame a un hombre como Pete Quesada.[22] Ese sí que es un hombre capaz de actuar con decisión.

—Por favor.

—Si alguna vez te hartas de alguien tan cascado como yo, ese tipo podría darte apoyo aéreo.

—No estás cascado, sea lo que sea eso, y te quiero.

—Por favor, dame dos tabletas de ese frasco y sírveme la copa de valpolicella que no me has servido y te contaré algo más.

—No hace falta. No es necesario que me lo cuentes, ahora me doy cuenta de que no te hace ningún bien. Sobre todo el día del Valhalla Express. No soy una inquisidora, o comoquiera que se llame un inquisidor mujer. Sigamos aquí tumbados en silencio y miremos por la ventana qué ocurre en nuestro Gran Canal.

—Puede que sea lo mejor. ¿A quién le importa la puñetera guerra?

—A ti y a mí, tal vez —dijo ella y le acarició la cabeza—. Aquí tienes las dos cosas del frasco cuadrado. Y aquí la copa de vino decantado. Te enviaré uno mejor de nuestros viñedos. Por favor, durmamos un poco. Por favor, sé buen chico, quedémonos aquí y querámonos. Por favor, pon la mano aquí.

—¿La buena o la mala?

—La mala —dijo la chica—. La que quiero y en la que debo pensar toda la semana. No puedo quedármela como tú las piedras.

—Están en la caja fuerte —dijo el coronel—. A tu nombre —añadió.

—Durmamos y no hablemos de cosas materiales ni tristes.

—Al diablo con las penas —dijo el coronel con los ojos ce-

22. El general de las Fuerzas Aéreas Elwood Richard «Pete» Quesada, que proporcionó el apoyo aéreo necesario para el desembarco de Normandía.

rrados y la cabeza apoyada con suavidad en el suéter negro que era su patria.

«Hay que tener una puñetera patria —pensó—. Esta es la mía.»

—¿Por qué no eres presidente? —preguntó la chica—. Serías un presidente estupendo.

—¿Yo, presidente? Serví en la Guardia Nacional de Montana a los dieciséis años. Pero no he llevado pajarita en mi vida y no soy, ni he sido jamás, un camisero fracasado.[23] No cumplo con ninguno de los requisitos para la presidencia. Ni siquiera podría encabezar la oposición, aunque no tengo que sentarme encima de varias guías de teléfono para que me saquen la foto. Ni soy un general de los que no han combatido nunca. Demonios, ni siquiera he pertenecido nunca al SHAEF. Ni siquiera podría ser un hombre de Estado anciano. No soy lo bastante viejo. Ahora nos gobierna la hez. Nos gobierna lo que encuentras en el fondo de los vasos de cerveza en los que las putas apagan los cigarrillos. Ni siquiera han barrido aún el local y hay un pianista aficionado dando la matraca.

—No lo entiendo porque mi americano es muy imperfecto. Pero suena horrible. No te enfades. Deja que me enfade yo por ti.

—¿Sabes lo que es un camisero fracasado?

—No.

—No es deshonroso. En nuestro país hay muchos. Al menos uno en cada ciudad. No, hija, solo soy un soldado y eso es lo más bajo de la tierra. En eso te presentas por Arlington, si devuelven el cadáver. La familia puede elegir.

—¿Es bonito Arlington?

—No lo sé —dijo el coronel—. Nunca me han enterrado allí.

—¿Dónde te gustaría que te enterraran?

—En las montañas —dijo, tomando una decisión rápida—. En cualquier parte en las montañas donde los derrotamos.

23. Harry S. Truman llevaba a menudo pajarita y trabajó en una camisería en los años veinte.

—Supongo que deberían enterrarte en el Grappa.

—En el ángulo muerto de cualquier colina agujereada por los obuses, donde el ganado pastara sobre mí en verano.

—¿Allí hay ganado?

—Seguro. Siempre hay ganado donde hay buenos pastos en verano, y las chicas de las casas más altas, las verdaderamente robustas, las casas y las chicas, las que resisten la nieve en invierno, ponen trampas en otoño después de bajar las vacas. Las alimentan con heno del almiar.

—¿Y no quieres que te entierren en Arlington, en Père Lachaise o lo que tenemos aquí?

—Vuestro mísero osario.

—Sé que es lo más indigno de la población. Más bien de la ciudad. Aprendí de ti a llamar poblaciones a las ciudades. Pero me aseguraré de que te entierren donde quieras y si quieres diré que me entierren contigo.

—No quiero. Esa es la única cosa que hacemos solos. Como ir al baño.

—Por favor, no te pongas grosero.

—Quería decir que me encantaría tenerte conmigo. Pero es un proceso muy egotista y desagradable. —Se detuvo y pensó con sinceridad, pero fuera de tono, luego dijo—: No. Cásate, ten cinco hijos y llámalos a todos Richard.

—Corazón de León —dijo la chica, aceptando la situación sin siquiera una mirada, y jugando lo que tenía como si hubiese contado sus cartas con exactitud.

—Corazón de mierda —dijo el coronel—. El criticón injusto y amargado que habla mal de todo el mundo.

—Por favor, no seas grosero —dijo la chica—. Y recuerda que de quien peor hablas es de ti mismo. Pero abrázame lo más fuerte que puedas y no pensemos en nada.

La abrazó lo más fuerte que pudo e intentó no pensar en nada.

30

El coronel y la chica se quedaron acostados en silencio en la cama y el coronel intentó no pensar en nada; igual que no había pensado en nada tantas veces y en tantos sitios. Pero esta vez no lo consiguió. Ya no funcionó porque era demasiado tarde.

No eran Otelo ni Desdémona, gracias a Dios, aunque era la misma ciudad y la chica sin duda era más guapa que el personaje de Shakespeare, y el coronel había combatido tantas o más veces que el locuaz moro.

«Son excelentes soldados —pensó—. Los malditos moros. Pero ¿a cuántos hemos matado? Calculo que a más de una generación, si contamos la última campaña marroquí contra Abdel Krim. Y a todos hubo que matarlos por separado. Nadie los ha matado jamás en masa, como matamos a los *krauts* antes de que descubriesen la *Einheit*.»[24]

—Hija —dijo—. ¿De verdad quieres que te lo cuente si no soy grosero y así lo sabrás?

—Es lo que más quiero. Así podremos compartirlo.

—Hay muy poco que compartir —dijo el coronel—. Es todo tuyo, hija. Y no son más que los momentos estelares. No entenderías las campañas en detalle, muy poca gente lo entendería, tal

24. La «unidad», un concepto militar ideado por Heinz Guderian para mejorar la comunicación y la cooperación entre los diversas secciones del ejército.

vez Rommel. Pero en Francia nunca le dieron libertad y, además, habíamos cortado sus comunicaciones. Las destruyeron las dos fuerzas tácticas aéreas; las nuestras y la RAF. Pero me gustaría poder hablar con él de ciertas cosas. Me gustaría hablar con él y con Ernst Udet.

—Cuéntame lo que querrías y toma esta copa de valpolicella y calla si te hace sentir mal. O no me lo cuentes.

—He sido un coronel de repuesto desde el principio —explicó con cuidado el coronel—. Son los que esperan a que se los asigne a un jefe de división para reemplazar a otro que haya muerto o al que hayan relevado. Los buenos ascienden. Muy deprisa, cuando las cosas se mueven como un incendio en el bosque.

—Continúa, por favor. ¿No quieres tu medicina?

—Al diablo con mi medicina —dijo el coronel—. Y al diablo con SHAEF.

—Eso ya me lo has explicado —dijo la chica.

—Ojalá fueses un soldado con tu inteligencia sincera y tus bellos recuerdos.

—Ojalá fuese un soldado, si pudiese combatir a tus órdenes.

—Nunca combatas a mis órdenes —dijo el coronel—. Soy prudente. Pero no tengo suerte. Napoleón los quería con suerte y tenía razón.

—Nosotros hemos tenido suerte.

—Sí —dijo el coronel—. Buena y mala.

—Pero ha sido todo suerte.

—Claro —dijo el coronel—. Pero no se puede combatir contando solo con la suerte. Es solo algo necesario. Los que combaten fiados en la suerte tienen todos una muerte gloriosa como la caballería de Napoleón.

—¿Por qué odias tanto a la caballería? Casi todos los buenos chicos que conozco han estado en los tres mejores regimientos de caballería, o en la Marina.

—No odio nada, hija —dijo el coronel, y bebió un poco del vino tinto suave y seco que era tan cordial como la casa de tu hermano, si te llevas bien con él—. Solo tengo un punto de vista, al que he llegado después de pensarlo con cuidado, y un cálculo de sus capacidades.

—¿De verdad no son buenos?

—Son inútiles —dijo el coronel. Luego, al recordar que tenía que ser amable, añadió—: En nuestra época.

—Cada día una desilusión.

—No. Cada día una nueva y hermosa ilusión. Pero se puede cortar lo que es falso de la ilusión como con una cuchilla.

—Por favor, no me cortes nunca.

—Tú no eres cortable.

—¿Te importa besarme, abrazarme y que contemplemos el Gran Canal, donde ahora hay una luz preciosa, y seguir contándome?

Mientras contemplaban el Gran Canal, donde la luz era ciertamente preciosa, el coronel prosiguió:

—Me asignaron un regimiento porque el general al mando relevó a un muchacho al que yo conocía desde los dieciocho años. Ya no era ningún muchacho, claro. Era demasiado regimiento para mí y era a lo más a lo que podía aspirar en esta vida hasta que lo perdí. Cumpliendo órdenes, claro —añadió.

—¿Cómo se pierde un regimiento?

—Cuando te esfuerzas por subir a un terreno elevado y cuando bastaría con enviar a alguien con una bandera blanca para hablar con ellos y que salgan si tienes razón. Los profesionales son muy inteligentes y estos *krauts*, excepto los fanáticos, eran todos profesionales. El teléfono suena y llama alguien del cuerpo que ha recibido sus órdenes del ejército, o tal vez incluso del grupo del ejército, o puede que incluso de SHAEF, porque han leído el nombre de la ciudad en un periódico, posiblemente enviado desde Spa, por un corresponsal, y la orden es tomarla por asalto. Es importante porque ha llegado a los periódicos. Tienes que tomarla.

»Así que sacrificas una compañía al azar. Pierdes una compañía completa y destruyes a otras tres. Machacan a los tanques por muy rápidos que sean y eso que pueden serlo en las dos direcciones.

»Les aciertan una, dos, tres, cuatro, cinco veces.

»Por lo general salen tres hombres de los cinco (que van dentro) y corren a toda velocidad como los jugadores en un partido de Minnesota contra Beloit, Wisconsin.[25]

»¿Te aburro?

—No. No entiendo las referencias locales. Pero puedes explicármelas si quieres. Por favor, continúa.

—Entras en la ciudad, y algún capullo listillo te envía una misión aérea. La misión tal vez se ordenase y no llegara a cancelarse. Concedamos a todo el mundo el beneficio de la duda. Solo te cuento cómo son las cosas en general. Es mejor no entrar en detalles que un civil no entendería. Ni siquiera tú.

»La misión aérea no ayuda mucho, hija. Porque a lo mejor no puedes quedarte en la ciudad porque no tienes hombres suficientes, y a esas alturas estás sacándolos de entre los escombros, o dejándolos allí. En eso hay dos escuelas de pensamiento. Así que dicen que la tomes por asalto. Lo repiten.

»Lo ha confirmado muy serio un político de uniforme que no ha matado a nadie en su vida, excepto por teléfono o por escrito, y al que tampoco han herido nunca. Imagínatelo como nuestro próximo presidente, si quieres. Pero imagínatelo a él y a sus asesores, todo el gran tinglado, tan lejos que la mejor manera de comunicarse con ellos sería usando palomas mensajeras. Solo que, con la seguridad con que rodean a sus personas, lo más probable es que los antiaéreos mataran a las palomas. Si pudieran acertarles.

»Así que vuelves a hacerlo. Luego te contaré lo que parece.

—El coronel contempló la luz que cabrilleaba en el techo. En parte era el reflejo del canal. Hacía extraños pero decididos movimientos, cambiando, como cambia la corriente de un arroyo truchero, pero persistiendo y cambiando a medida que se iba

25. Es decir, un equipo muy bueno contra otro muy malo.

desplazando el sol. Luego contempló su belleza, con el rostro extraño, moreno de niña crecida que le partía el corazón y que abandonaría antes de las 13.35 (eso era seguro) y dijo—: No hablemos de la guerra, hija.

—Por favor —dijo ella—. Por favor. Así tendré algo en lo que pensar toda la semana.

—Es una sentencia corta.

—No sabes lo larga que puede ser una semana cuando se tienen diecinueve años.

—Varias veces he sabido lo larga que puede ser una hora —dijo el coronel—. Podría decirte lo largos que pueden ser dos minutos y medio.

—Por favor, dímelo.

—Bueno me dieron dos días de permiso en París entre el combate de Schnee-Eifel y este, y gracias a mi amistad con una o dos personas, tuve el privilegio de estar presente en una especie de reunión a la que solo asistieron personas acreditadas y de confianza, y el general Walter Bedell Smith nos explicó lo fácil que sería la operación que luego recibiría el nombre de batalla del bosque de Hürtgen. En realidad no era el bosque de Hürtgen. Ese era solo un sector pequeño. Era el Stadtswald y era exactamente donde el alto mando alemán había calculado que tendría que pelear después de que tomásemos Aachen y el camino a Alemania quedara expedito. Espero no estar aburriéndote.

—Nunca me aburres. Lo único que me aburre de los combates son las mentiras.

—Eres una chica rara.

—Sí —dijo ella—. Hace mucho que lo sé.

—¿De verdad te gustaría combatir?

—No sé si sabría. Pero podría intentarlo, si me enseñases.

—No te enseño. Solo te cuento anécdotas.

—Historias tristes sobre la muerte de los reyes.[26]

26. Ricardo II, acto 3, escena ii.

—No. De los GI,[27] que es como los bautizó alguien. Dios, cómo odio ese término y cuánto se utilizó. Los lectores de tebeos. Todos de cierto lugar. La mayoría sin saberlo. No todos. Pero todos leían un periódico llamado *Barras y Estrellas* y si tu unidad no aparecía en él es que habías fracasado. Yo fracasé casi siempre. Intenté que me gustasen los corresponsales y había algunos muy buenos presentes en aquella reunión. No diré nombres, porque podría dejarme algunos buenos y eso sería injusto. Había algunos buenos que no recuerdo. Luego estaban los chanchulleros, caraduras que decían que les habían herido solo porque les había rozado un trozo de metralla, gente que tenía el Corazón Púrpura por un accidente de coche, advenedizos, cobardes, mentirosos, ladrones e individuos siempre pendientes del teléfono. Algunos habían muerto y no asistieron a la reunión. También ellos tenían muertos. Un gran porcentaje. Pero, como he dicho, los muertos no asistieron. Aunque había mujeres con unos uniformes preciosos.

—Pero ¿cómo pudiste casarte con una?

—Por error, como te he explicado antes.

—Continúa y cuéntame.

—Había más mapas en la sala de los que podría interpretar nuestro Señor en su mejor día —continuó el coronel—. Estaban el Cuadro General, el Cuadro Semigeneral y el cuadro Supergeneral. Toda esa gente fingía entenderlos, igual que los muchachos con los punteros, una especie de tacos de billar mochos que usaban para las explicaciones.

—No digas palabrotas. Ni siquiera sé qué significa «mochos».

—Cortos, estúpidos e ineficaces —explicó el coronel— como instrumentos o como personas. Es una palabra antigua. Probablemente pueda encontrarse ya en sánscrito.

—Por favor, cuéntame.

—¿Para qué? ¿Por qué iba a perpetuar la ignominia contándotelo?

27. Soldados rasos.

—Lo escribiré si quieres. Sé escribir con sinceridad lo que oigo o pienso. Aunque con faltas, claro.

—Eres una chica afortunada si sabes escribir lo que oyes o piensas con sinceridad. Pero nunca escribas ni una palabra de esto —prosiguió—. La sala está llena de corresponsales para todos los gustos. Unos son cínicos y otros, muy ansiosos.

»Para pastorearlos, y para blandir los punteros, hay un grupo de tipos pistola al cinto. Son hombres que nunca han combatido disfrazados de uniforme, o más bien con un disfraz, que tienen una erección cada vez que la pistola les golpea el muslo. Por cierto hija, su arma, no la vieja pistola, sino la de verdad, ha fallado más en combate que ningún arma del mundo. No dejes que nadie te dé una, a no ser que quieras golpear a la gente con ella en la cabeza en el bar de Harry's.

—Nunca he querido golpear a nadie, excepto tal vez a Andrea.

—Si alguna vez golpeas a Andrea, dale con el cañón, no con la culata. La culata es muy lenta y si aciertas te llenas la mano de sangre. Y tampoco golpees nunca a Andrea, porque es mi amigo. Aunque no creo que sea fácil golpearle.

—No. Yo tampoco lo creo. Por favor, cuéntame algo más de la reunión o asamblea. Creo que ahora sabría reconocer a esos tipos de la pistola al cinto. Pero me gustaría saber más.

—Bueno, estaban esperando muy orgullosos la llegada del gran general que iba a explicar la operación.

»Los corresponsales murmuraban o gorjeaban, y los más inteligentes aguardaban sombríos o alegremente pasivos. Todo el mundo estaba sentado en sillas plegables como para una conferencia Chautauqua.[28] Siento lo de los términos locales, pero somos gente local.

»Entonces entra el general. No es como los hombres de la

28. Un programa de conferencias organizadas en 1874 como parte de un programa de educación para adultos y que implicó a conferenciantes, clérigos y educadores.

pistola al cinto, sino un gran hombre de negocios, un excelente político, del tipo ejecutivo. En ese momento el ejército es el mayor negocio del mundo.

Coge el puntero mocho y nos explica, con total convicción, y sin presentimientos, cómo será exactamente el ataque, por qué vamos a hacerlo y la facilidad con que venceremos. No hay problema.

—Continúa —dijo la chica—. Por favor, deja que te llene la copa y tú, por favor, mira la luz en el techo.

—Llénala, y yo miraré la luz y seguiré contándotelo.

—Ese vendedor de primera, y no lo digo por faltarle al respeto, sino con admiración por sus muchos talentos, o por su talento, también nos explicó lo que tendríamos a nuestra disposición. No nos faltaría de nada. La organización llamada SHAEF se encontraba en aquel entonces en una ciudad llamada Versalles a las afueras de París. Atacaríamos al este de Aachen, a unos trescientos ochenta kilómetros de donde ellos se hallaban.

»Un ejército puede llegar a ser enorme, pero siempre puedes acercarte un poco. Al final llegaron a Rheims, que estaba a doscientos cuarenta kilómetros de los combates. Eso fue muchos meses después.

»Entiendo la necesidad de que el gran ejecutivo esté lejos de los trabajadores. Entiendo lo del tamaño del ejército y los diversos problemas que conlleva. Incluso entiendo que la logística no es fácil. Pero nunca en toda la historia nadie ha capitaneado un ejército desde tan lejos.

—Háblame de la ciudad.

—Te lo diré —dijo el coronel—. Pero no quiero hacerte sufrir.

—Nunca me haces sufrir. Esta es una ciudad antigua y en ella siempre ha habido soldados. Los respetamos más que a los demás y espero entenderlos un poco. También sabemos que son difíciles. Por lo general, como personas, son muy aburridos para las mujeres.

—¿Te aburro?

—¿Tú qué crees? —preguntó la chica.

—Me aburro a mí mismo, hija.

—No lo creo, Richard, si te aburrieses no te habrías dedicado toda tu vida a esto. No me mientas, por favor, cariño, cuando tenemos tan poco tiempo.

—No lo haré.

—¿No ves que necesitas contarme estas cosas para purgar tu amargura?

—Sé que te las cuento.

—¿No sabes que quiero que mueras con la gracia de una muerte feliz? ¡Oh!, me estoy liando. No dejes que me líe demasiado.

—No, hija.

—Cuéntame más, por favor, y sé todo lo amargo que quieras.

31

—Oye, hija —dijo el coronel—. A partir de ahora nos saltaremos todas las referencias al relumbrón y a los jefazos, entre ellos los de Kansas,[29] donde los jefazos crecen más altos que los naranjos de Luisiana en los caminos. Dan una fruta incomestible y genuina de Kansas. Solo los de Kansas podrían tener algo que ver con ella, excepto tal vez los que combatimos. Las comíamos a diario. Naranjas de Luisiana —añadió—. Lo que pasa es que las llamábamos Raciones K.[30] No estaban mal. Las Raciones C[31] eran asquerosas. Las Diez en Uno eran buenas.

»El caso es que combatimos. Es aburrido, pero informativo. Así funciona, si a alguien le interesa, que lo dudo.

»La cosa va así: 13.00 S3[32] Rojo: Los Blancos han saltado a tiempo. Rojo informa de que están esperando para contactar con los Blancos. 13.05 (eso es la una en punto y cinco minutos de la tarde, si te acuerdas, hija) S3 Azul, espero que sepas lo que es un S3, dice: "Infórmenos cuando avancen". Rojo informa de que están esperando a contactar con los Blancos.

29. El general Eisenhower, se había criado en Abilene, Kansas.

30. Las Raciones K incluían una barrita de fruta, a la que probablemente aluda Cantwell al compararla con las naranjas de Luisiana.

31. Las Raciones C consistían en tres platos y casi todos los soldados las despreciaban por su falta de variedad.

32. Un S3 es un oficial de operaciones del Estado Mayor.

»Ya ves lo fácil que es —le dijo el coronel a la chica—. Todo el mundo debería practicarlo antes del desayuno.

—No todos podemos ser soldados de infantería —le dijo la joven en voz baja—. Lo respeto más que cualquier otra cosa, excepto los aviadores buenos y honrados. Por favor, habla, yo me ocupo de ti.

—Los buenos aviadores son muy buenos y debería respetárseles como tales —dijo el coronel.

Contempló la luz del techo y se desesperó por completo al recordar la pérdida de sus batallones y de la gente en particular. Nunca podría tener la esperanza de tener un regimiento así. No lo había formado él. Lo había heredado. Pero, por un tiempo, había sido una gran alegría. Ahora uno de cada dos hombres estaba muerto y casi todos los demás estaban heridos. En el vientre, en la cabeza, en los pies o en las manos, en el cuello, en la espalda, en las afortunadas nalgas, en el desdichado pecho y en otros sitios. Los árboles al reventar herían a los hombres donde jamás los habrían herido en campo abierto. Y todos los heridos quedaban heridos de por vida.

—Era un buen regimiento —dijo—. Incluso se podría decir que era un regimiento estupendo hasta que lo destruí por órdenes de otros.

—Pero ¿por qué tienes que obedecerles si sabes que se equivocan?

—En nuestro ejército obedeces como un perro —le explicó el coronel—. Siempre esperas tener un buen jefe.

—¿Qué clase de jefes tienes?

—Hasta ahora solo he tenido dos buenos jefes. Cuando alcancé cierto rango, muchos tipos agradables, pero solo dos buenos jefes.

—¿Por eso ya no eres general? Me encantaría que fueses general.

—A mí también me gustaría —dijo el coronel—. Pero tal vez no con la misma intensidad.

—¿Te importaría intentar dormir, por favor, para complacerme?

—Sí —dijo el coronel.

—No sé, he pensado que si durmieses podrías librarte de
ellos, solo con dormir.

—Sí. Muchas gracias —dijo él.

No tenía ninguna complicación, caballeros. Lo único que
hay que hacer es obedecer.

32

—Has dormido muy bien un rato —le dijo la chica, con dulzura y cariño—. ¿Quieres que haga alguna cosa?

—Nada —dijo el coronel—. Gracias.

Luego le salió la vena cruel y dijo:

—Hija, podría dormir bien en la silla eléctrica con los pantalones rajados y el pelo rapado. Duermo como y cuando lo necesito.

—Yo no podría —dijo soñolienta la chica—. Duermo cuando tengo sueño.

—Eres encantadora —le dijo el coronel—. Y duermes mejor de lo que ha dormido nunca nadie.

—No me enorgullezco —dijo la chica muy adormilada—. Lo hago de forma natural.

—Hazlo, por favor.

—No. Sigue contándome en voz baja y pon tu mano mala en la mía.

—Qué demonios de mano mala —dijo el coronel—. ¿Desde cuándo está tan mal?

—Está mal —dijo la chica—. Peor de lo que sabrás nunca. Por favor, háblame de los combates sin ser demasiado brutal.

—Una misión fácil —dijo el coronel—. Pasaré por alto las horas. El tiempo está nublado y el lugar es 986342. ¿Cuál es la situación? Estamos machacando al enemigo con artillería y fuego de mortero. El S3 advierte que el S6[33] quiere que Rojo haya concluido a las 17.00. El S6 quiere que tú concluyas y uses mucha artillería. Blanco informa de que están bien. El S6 informa de que la compañía A se desplazará y contactará con la B.

»A la compañía B la detuvo primero el enemigo y decidió quedarse allí. Al S6 no le está yendo muy bien. Esto no es oficial. Quiere más artillería, pero no hay más artillería.

»¿Para qué quieres que te hable de los combates? No lo sé. O lo sé. ¿Quién quiere saber lo que es el verdadero combate? Pero aquí está, hija, al teléfono y luego, si quieres, añadiré los ruidos, los olores y las anécdotas sobre cuándo y dónde murió cada cual.

—Solo quiero que me cuentes lo que te apetezca.

—Te contaré cómo fue —dijo el coronel—, el general Walter Bedell Smith aún no lo sabe. Aunque es probable que yo esté equivocado, como me ha ocurrido tantas veces.

—Me alegro de que no tengamos que conocerlo a él ni al hombre suave como el nailon —dijo la chica.

—No tendremos que conocerlos a este lado del infierno —le aseguró el coronel—. Y pondré un destacamento a las puertas del infierno para que no dejen entrar a esos personajes.

—Suenas como Dante —dijo ella soñolienta.

—Soy el señor Dante —dijo él—. De momento.

Y por un momento lo fue y trazó todos los círculos. Eran tan injustos como los de Dante, pero los trazó.

33. Un S6 es un oficial del Estado Mayor que sirve de oficial de comunicaciones.

33

—Me saltaré los detalles, puesto que, justificadamente, estás y deberías estar adormilada —dijo el coronel.

Contempló, una vez más, el extraño juego de luces en el techo. Luego miró a la chica, que estaba más guapa que ninguna chica que hubiese visto nunca jamás.

Las había visto llegar y marcharse, y cuando se van, se van más deprisa que ninguna otra cosa que vuele. «Pasan más deprisa de la belleza al burdel que ningún otro animal —pensó—. Aunque creo que esta podría mantener el paso y resistir toda la carrera. Las morenas duran más —se dijo— y mira la estructura ósea de esa cara. Y además esta tiene buena raza, y podría durar siempre. La mayoría de nuestras bellezas están despachando gaseosas detrás de un mostrador y desconocen el apellido de su abuelo, a no ser, tal vez, que fuese Schultz. O Schlitz —pensó.[34]

»Esta no es una buena actitud —se dijo; puesto que no quería expresarle esos sentimientos a la chica, a quien no le gustarían, y además estaba profundamente dormida como un gato cuando duerme dentro de sí mismo.

—Descansa, mi vida, y haré como si no hubiese pasado nada.

La chica estaba dormida, sujetando aún su mano mala, que él despreciaba, y la notaba respirar, como respiran los jóvenes cuando se duermen con facilidad.

34. El diseñador de las botellas de gaseosa se llamaba Carl H. Schultz.

El coronel se lo contó todo; pero sin decir palabra.

«Así que después de tener el privilegio de oír al general Walter Bedell Smith explicar lo fácil que sería el ataque, lo pusimos en práctica. Estaban la Gran Roja,[35] que se creía su propia propaganda. La Novena,[36] que era una división mejor que la nuestra. Y estábamos nosotros que siempre habíamos hecho lo que nos pedían.

»No teníamos tiempo de leer tebeos, ni de nada, porque siempre nos poníamos en movimiento antes de amanecer. Eso es difícil y hay que descartar el Cuadro General y ser una división.

»Llevábamos un trébol de cuatro hojas, que solo significaba algo para nosotros, que lo adorábamos. Y cada vez que lo veo siento lo mismo en la boca del estómago. Había quien creía que era una hoja de hiedra.[37] Pero no, era un trébol de cuatro hojas disfrazado de hiedra.

»Las órdenes eran que atacaríamos con la Gran Roja, la Primera División de Infantería del Ejército de Estados Unidos, y ellos y su oficial de relaciones públicas, su Calipso canturreante, se encargaban de que lo tuviésemos siempre presente. Era un buen tipo. Y hacía su trabajo.

»Pero cualquiera se harta de tanta mierda, a no ser que le gusten el aroma y el sabor. A mí nunca me gustaron. Aunque de niño disfrutaba al pisar las boñigas de vaca y notarlas entre los dedos. Pero tanta mierda acaba hartándote, y soy capaz de detectarla a un kilómetro.

»Así que atacamos, los tres en línea, justo donde los alema-

35. The Big Red One era el sobrenombre de la Primera División de Infantería, que combatió en la invasión del día D, la batalla del bosque de Hürtgen y la batalla del Bulge.

36. La Novena División de Infantería, que combatió en Normandía, en el norte de Francia, en las Ardenas, en Rhineland y en Europa Central en la Segunda Guerra Mundial.

37. El trébol de cuatro hojas era el distintivo de la IV División de Infantería. En inglés «hiedra» se dice *ivy*, y a veces se la llamaba *IVY Division*.

nes querían que atacásemos. No volveré a hablar del general Walter Bedell Smith. No es el malo de la película. Solo hizo las promesas y explicó cómo se cumplirían. Supongo que en una democracia no hay malos de la película. Solo estaba totalmente equivocado. Y punto —añadió para sus adentros.

»Habíamos arrancado los distintivos de hasta el último soldado, para que ningún *kraut* supiese que éramos nosotros, las tres divisiones que conocían tan bien, quienes les atacábamos. Íbamos a atacar las tres en línea y sin dejar nada en la reserva. No intentaré explicarte lo que significa eso, hija. Pero no es bueno. Y el lugar donde íbamos a combatir, y que había reconocido muy bien, iba a ser Passchendaele con tres oleadas. Hablo demasiado. Pero es que pienso demasiado.

»La pobre y puñetera Vigésima Octava[38] que estaba a nuestra derecha se había metido en un barrizal así que teníamos información bastante exacta sobre las condiciones en que estaría el bosque. Creo que sin exagerar podríamos llamarlas desfavorables.

»Luego nos ordenaron destacar un regimiento antes de empezar el ataque. Eso significa que el enemigo hará al menos un prisionero que se irá de la lengua y hará que lo de quitar los distintivos sea una estupidez. Estarían esperándonos. Estarían esperando a los soldados del viejo trébol de cuatro hojas, que irían ciento cinco días directos al infierno como una mula. Los números, claro, a los civiles no les dicen nada. Y tampoco a los mandamases del SHAEF, a quienes jamás vimos en aquellos bosques. Incidentalmente, y por supuesto estas cosas siempre son incidentales en el SHAEF, destruyeron el regimiento. No fue culpa de nadie. Sobre todo no fue la puñetera culpa del hombre que lo capitaneaba. Era un hombre y me gustaría pasar con él la mitad del tiempo que tenga que pasar en el infierno; y hasta es posible que lo haga.

38. La Vigésima Octava División de Infantería combatió sin éxito a los alemanes en el bosque de Hürtgen, hasta que fue relevada por la Vigésima Segunda División que sufrió la mayor parte de las bajas.

»Desde luego sería raro si, en lugar de ir al infierno como siempre hemos imaginado, acabásemos en uno de esos garitos alemanes como el Valhalla y no pudiéramos entendernos con nadie. Aunque a lo mejor podríamos ir a un rincón con Rommel y Udet, y sería como estar en un hotel al lado de las pistas de esquí. Aunque probablemente sería un infierno y yo no creo en el infierno.

»En fin, el caso es que reconstruyeron el regimiento como se reconstruyen siempre los regimientos estadounidenses mediante el sistema de reemplazos. No te lo describiré porque siempre puedes leerlo en el algún libro escrito por alguien que haya sido un reemplazo. Se reduce al hecho de que te quedas en tu puesto hasta que te hieren de gravedad, o te matan, o te vuelves loco y pasas a la sección octava.[39] Aunque supongo que es tan bueno y tan lógico como cualquier otro, dadas las dificultades de transporte. El caso es que siempre queda un grupo de supervivientes, que saben lo que hay y a ninguno le gustaba un pelo aquellos bosques.

»Podríamos resumir su actitud en la frase: "No me jodas, Jack".

»Y, como yo llevaba siendo un superviviente unos veintiocho años, podía entenderlo. Pero ellos eran soldados, así que a la mayoría los mataron en esos bosques y en la toma de esas tres ciudades que parecían tan inocentes y en realidad eran fortalezas. Las habían construido solo para tentarnos y nosotros no teníamos ni idea. Para seguir utilizando la estúpida jerga de mi oficio, podría ser o no un fallo del servicio de inteligencia.

—Lo siento muchísimo por el regimiento —dijo la chica. Se había despertado y había hablado casi en sueños.

—Sí —respondió el coronel—. Yo también. Brindemos por ellos. Luego duérmete, hija, por favor. La guerra está terminada y olvidada.

39. En la jerga militar ser relevado por no ser apto mentalmente para el combate.

«Por favor no me tomes por engreído, hija —dijo sin hablar. Su verdadero amor había vuelto a quedarse dormida. Dormía de forma distinta que la chica con carrera. No le gustaba recordar cómo dormía la chica con carrera, pero lo recordaba. Aunque quería olvidarlo. No dormía bien. No como esta chica que dormía como si estuviese viva y despierta, solo que estaba dormida—. Por favor, duerme bien —se dijo.

»¿Quién demonios eres tú para criticar a mujeres con carrera —pensó—. ¿Qué puñetera carrera hiciste tú para fracasar en ella?

»Quise ser, y fui, general del Ejército de Estados Unidos. He fracasado y hablo mal de los que han triunfado.»

Pero su contrición no duró mucho y se dijo:

«Excepto los lameculos, los del cinco, el diez y el veinte por ciento y los capullos de cualquier parte que nunca combatieron y consiguieron un mando.

»La última vez que mataron a alguien de la Academia fue en Gettysburg. Fue una matanza entre las matanzas, en la que hubo cierta oposición en ambos bandos.

»No seas amargado. Mataron al general McNair por error el día que nos cayó encima el Valhalla. Deja de ser tan resentido. Murió gente de la Academia militar y hay estadísticas que lo demuestran.

»¿Cómo voy a recordarlo sin ser un amargado?

»Sé amargado si quieres. Y cuéntaselo a la chica, pero en silencio, y así no la harás sufrir, nunca, porque duerme encantadora. Murmuró lo de encantadora para sus adentros, porque su forma de pensar a menudo era agramatical.

34

«Duerme, mi amor verdadero, y, cuando despiertes se habrá acabado y bromearé contigo por querer saber detalles del *triste métier* de la guerra e iremos juntos a comprar el negrito, o el moro, tallado en ébano, con sus rasgos finos y su turbante enjoyado. Luego te lo pondrás, e iremos a tomar una copa a Harry's y a ver a quienquiera, o lo que quiera, de nuestros amigos que esté levantado a esas horas.

»Comeremos en Harry's, o volveremos aquí, y me hincharé a comer. Nos despediremos y subiré al *motoscafo* con Jackson, bromearé alegremente con el *Gran Maestro* y me despediré con la mano de los demás miembros de la Orden, y apuesto diez contra uno a que, tal como me encuentro ahora, no volveremos a vernos.

»¡Diablos! —le dijo a nadie, y sobre todo no en voz alta—, me he sentido así antes de muchas batallas y casi siempre en algún momento del otoño, y siempre al irme de París. Lo más probable es que no sea nada.

»De todos modos, ¿a quién coño le importa excepto a mí, al *Gran Maestro* y a esta chica?, digo entre los mandos.

»A mí me importa mucho. Aunque a estas alturas sin duda debería estar adiestrado y preparado para que nada me importase una mierda; como se dice de las putas. Una mujer que no... etc.

»Pero no pensaremos ahora en eso, chico, teniente, capitán,

comandante, coronel, general, señor. Lo dejaremos sobre la mesa una vez más y al infierno con ello, y con la fea cara que le pintó de verdad el viejo Jerónimo Bosco. Pero puedes envainar la guadaña, vieja hermana muerte, si es que tienes una funda. O —añadió, pensando en Hürtgen—, puedes coger tu guadaña y metértela por el culo.

»Fue Passchendaele con tres oleadas», le dijo a nadie, excepto a la maravillosa luz del techo.

Luego miró a la chica, para asegurarse de que estuviese durmiendo bien, para que ni siquiera sus pensamientos la hicieran sufrir.

Después miró el retrato y pensó: «La tengo en dos posturas distintas, tumbada ligeramente de costado y mirándome de frente. Soy un hijo de puta con suerte y no debería entristecerme por nada».

35

«El primer día perdimos a los tres jefes de batallón. A uno lo mataron los primeros veinte minutos y a los otros dos los hirieron después. Esto es solo una estadística para un periodista. Pero los buenos jefes de batallón nunca han crecido en los árboles; ni siquiera en los árboles de Navidad, que eran los que más abundaban en esas montañas. No sé cuántas veces perdimos a los jefes de compañía. Aunque podría averiguarlo.

»No se hacen, ni crecen tan deprisa como una cosecha de patatas. Teníamos algunos reemplazos, pero recuerdo haber pensado que sería más fácil, y más eficaz, dispararles al bajar de los camiones que volver a traerlos para enterrarlos a donde iban a matarlos. Para volver a traerlos hacían falta hombres y gasolina, y también para enterrarlos. Hombres que podían estar luchando y dejándose matar también.

»Había nieve, o algo, lluvia o niebla, todo el tiempo y los caminos estaban minados, hasta con catorce minas en algunos tramos. Así que cuando los vehículos se quedaban atascados y se salían de las roderas, siempre estabas perdiendo vehículos y, por supuesto, a los hombres que viajaban dentro.

»Aparte de enviarlo todo al diablo con fuego de mortero y de tener cubiertos los accesos con fuego de ametralladoras y armas automáticas, lo habían minado todo de modo que fueses por donde fueses siempre acababas en un campo de minas.

También nos machacaban con artillería pesada y al menos con un cañón ferroviario.

»Era un sitio de donde era extremadamente difícil salir con vida aunque no te movieses. Y atacábamos todos los días.

»No pensemos más en eso. Al diablo. Tal vez piense en un par de cosas más para quitármelas de encima. Una era la colina pelada por la que había que pasar para llegar a Grosshau.

»Justo antes de recorrer ese tramo, que estaba cubierto por los ochenta y ocho, había un trecho donde solo podían dispararnos con un howitzer, solo fuego de barrera, o de mortero por la derecha. Cuando lo limpiamos descubrimos que también tenían observatorios para dirigir el fuego de mortero.

»Era un sitio relativamente seguro, no miento, ni a mí ni a nadie. No se puede engañar a los que estuvieron en Hürtgen, y si mintieses lo sabrían nada más abrir la boca, coronel o no.

»Al llegar nos encontramos con un camión y aminoramos la marcha, el conductor tenía la cara grisácea como todos y dijo: "Señor, hay un GI muerto en mitad de la carretera, y los vehículos tienen que pasarle por encima, y me temo que está causando mala impresión a las tropas". "Bueno, pues quitémoslo de ahí."

»Así que lo quitamos.

»Y recuerdo la sensación al levantarlo, y cómo lo habían aplastado y lo extraño que era verlo tan aplastado.

»También recuerdo otra cosa. Habíamos arrojado un espantoso montón de fósforo blanco sobre la ciudad antes de entrar en ella de verdad, o como quieras llamarlo. Fue la primera vez que vi a un perro alemán comerse a un *kraut* asado. Luego vi también a un gato. No era más que un bonito gato hambriento. No se te habría ocurrido pensar en un bonito gato alemán comiéndose a un soldado alemán, ¿verdad, hija? Ni en un bonito perro alemán comiéndose el culo de un alemán asado con fósforo blanco.

»¿Cuántas cosas parecidas podrías contar? Muchas, ¿y de qué serviría? Podrías contar un millar y no evitarían la guerra. La gente diría que no estamos luchando con los *krauts* y además el gato no me comió a mí ni a mi hermano Gordon, porque él estaba en el Pacífico. A lo mejor a él se lo comieron los cangrejos. O tal vez se disolviera.

»En Hürtgen solo se congelaban; y hacía tanto frío que se congelaban con la cara colorada. Era muy raro. En verano estaban grises y amarillentos como figuras de cera. Pero cuando llegaba el invierno de verdad todos tenían la cara roja.

»Los verdaderos soldados nunca le cuentan a nadie qué aspecto tenían sus muertos —le dijo al retrato—. Y estoy harto de este asunto. ¿Y qué me dices de la compañía a la que mataron íntegra? ¿Qué me dices de ellos, soldado profesional?

»Están muertos —dijo—. Y yo sigo aguantando.

»Bueno, ¿quién se toma conmigo una copa de valpolicella? ¿A qué hora crees que deberíamos despertar a tu otro yo, eh, chica? Tenemos que ir a esa joyería. Y estoy deseando hacer bromas y hablar de cosas más alegres.

»¿Qué es alegre, Retrato? Tú deberías saberlo? Eres más listo que yo, aunque no hayas vivido tanto.

»Muy bien, chica de lienzo —le dijo el coronel, sin hablar en voz alta—, lo dejaremos correr y dentro de once minutos despertaré a la chica de carne y hueso, e iremos a la ciudad, estaremos alegres y te dejaremos aquí para que te envuelvan.

»No pretendía ser desagradable. Solo bromeaba. No quiero ser grosero porque a partir de ahora voy a vivir contigo. O eso espero», añadió, y se bebió una copa de vino.

36

Hacía un día frío, límpido y luminoso, y se plantaron delante del escaparate de la joyería y observaron la cabeza y el torso de los dos negritos tallados en ébano y adornados con joyas engarzadas. El coronel pensó que tanto daba uno como el otro.

—¿Cuál te gusta más, hija?

—Creo que el de la derecha. ¿No crees que tiene la cara más bonita?

—Los dos tienen la cara bonita. Pero, si estuviésemos en los viejos tiempos, creo que me gustaría más que estuviera a tu servicio ese.

—Muy bien. Nos lo llevaremos. Entremos a verlo. Tengo que preguntar el precio.

—Yo iré.

—No, déjame preguntar el precio. Me cobrarán menos que a ti. Al fin y al cabo eres un americano rico.

—*Et toi, Rimbaud?*

—Serías un Verlaine muy raro —le dijo la chica—. Seremos otros personajes famosos.

—Adelante, su majestad, y compremos la puñetera joya.

—Tampoco serías un Luis XVI muy bueno.

—Me subiría a esa carreta contigo y aún sería capaz de escupir.

—Olvidemos las carretas y las penas ajenas, y compremos ese pequeño objeto y luego podemos dar un paseo hasta donde Cipriani y ser gente famosa.

Dentro de la tienda observaron las dos cabezas y ella preguntó el precio, y luego tuvieron una rápida conversación y el precio bajó mucho. Pero aun así seguía siendo más de lo que tenía el coronel.

—Iré a donde Cipriani a por dinero.

—No —dijo la chica. Luego se dirigió al empleado—: Métalo en una bolsa, envíelo a Cipriani y diga que el coronel ha dicho que lo paguen y se lo guarden.

—Desde luego —dijo el empleado—. Como usted diga.

Salieron a la calle, al sol y al viento incesante.

—A propósito —dijo el coronel—. Tus piedras están a tu nombre en la caja fuerte del Gritti.

—Tus piedras.

—No —respondió él, sin brusquedad, pero para hacérselo entender con claridad—. Hay ciertas cosas que uno no puede hacer. Lo sabes. No puedes casarte conmigo y lo entiendo. Aunque no lo apruebo.

—Muy bien —dijo la chica—. Lo entiendo. Pero ¿no podrías quedarte con una como amuleto de la suerte?

—No. No podría. Son demasiado valiosas.

—Pero el retrato también lo es.

—Eso es diferente.

—Sí —admitió ella—. Supongo que sí. Creo que empiezo a entenderlo.

—Aceptaría un caballo de ti, si fuese joven y pobre y supiera montar. Pero no un coche.

—Ahora lo entiendo muy bien. ¿Dónde podemos ir, ahora mismo, para que puedas besarme?

—A este callejón, siempre que no conozcas a nadie que viva en él.

—Me da igual quién viva en él. Quiero notar cómo me abrazas muy fuerte y me besas. —Se desviaron por el callejón sin salida y fueron hacia el fondo—. ¡Ay, Richard! —dijo ella—. ¡Ay, amor mío!

—Te quiero.

—Por favor quiéreme.

—Te quiero.

El viento la había despeinado y tenía el cabello revuelto y por el cuello y cuando volvió a besarla le rozó sedoso las mejillas.

Luego ella se apartó de pronto bruscamente y dijo:

—Supongo que vale más que vayamos a Harry's.

—Supongo que sí. ¿Quieres jugar a personajes históricos?

—Sí —dijo ella—. Juguemos a que tú eres tú y yo soy yo.

—De acuerdo —dijo el coronel.

37

En Harry's no había nadie, solo unos cuantos bebedores a quienes el coronel no conocía y dos hombres que estaban haciendo negocios al fondo del bar.

Había horas en las que Harry's se llenaba de gente conocida, con la misma apresurada regularidad de la marea que rodea el monte Saint Michel. «Solo que —pensó el coronel— las horas de las mareas cambian a diario con la luna, y los horarios en Harry's son como el meridiano de Greenwich, o el patrón del metro de París, o la buena opinión que los militares franceses tienen de sí mismos.»

—¿Conoces a alguno de estos bebedores matutinos? —le preguntó a la chica.

—No. No soy una bebedora matutina y nunca los he visto.

—Cuando suba la marea se los llevará.

—No. Se irán, por voluntad propia, al verla subir.

—¿Te molesta estar aquí a deshora?

—¿Crees que soy una esnob porque procedo de una familia antigua? Nosotros somos los que no somos esnobs. Los esnobs son los que tú llamas capullos, y toda esa gente que ha hecho dinero hace poco. ¿Alguna vez has visto hacer tanto dinero?

—Sí —dijo el coronel—. En Kansas City cuando iba del fuerte Riley a jugar al polo en el club de campo.

—¿Era tan horrible como aquí?

—No, era bastante agradable. Me gustaba y esa parte de Kansas City es muy bonita.

—¿De verdad? Ojalá pudiéramos ir. ¿También tienen campamentos? ¿Como esos donde nos alojaremos?

—Claro. Pero nos alojaremos en el hotel Muehlebach que tiene las camas más grandes del mundo y fingiremos que somos millonarios petrolíferos.

—¿Dónde dejaremos el Cadillac?

—¿Ahora es un Cadillac?

—Sí. A no ser que quieras llevar el Buick Roadmaster, con la transmisión Dynaflow. He viajado con él por toda Europa. Estaba en el último *Vogue* que me enviaste.

—Creo que será mejor utilizar uno cada vez —dijo el coronel—. Sea cual sea el que acabemos escogiendo lo aparcaremos en el garaje que hay al lado del Muehlebach.

—¿Es un hotel magnífico?

—Maravilloso. Te encantará. Cuando salgamos de la ciudad, iremos al norte a Saint Joe y tomaremos una copa en el Roubidoux, puede que dos, y luego atravesaremos el río e iremos al oeste. Puedes conducir tú y nos relevaremos.

—¿Cómo?

—Que nos turnaremos para conducir.

—Ahora conduzco yo.

—Saltémonos la parte más aburrida y lleguemos a Chimney Rock, sigamos hasta Scott's Bluff y Torrington y después empezarás a verlo.

—Tengo los mapas de carreteras y las guías y a ese hombre que dice dónde comer, y la guía A.A.A. de los campamentos y hoteles.

—¿Lo has preparado mucho?

—Me paso las noches organizando estos viajes, con todo lo que me envías. ¿Qué matrícula tendrá el coche?

—Missouri. Compraremos el coche en Kansas City. Volamos a Kansas City, ¿no te acuerdas? O podemos ir en un buen tren.

—Pensaba que íbamos a volar a Albuquerque.

—Eso fue en otra ocasión.

—¿Pararemos a primera hora de la tarde en el mejor motel

de la guía A.A.A. y te prepararé la bebida que tú quieras mientras lees el periódico y *Life* y *Time* y *Newsweek*, y yo leeré el último *Vogue* y el *Harper's Bazaar*?

—Sí. Pero también volveremos aquí.

—Claro. Con nuestro coche. En un transatlántico italiano; el mejor que haya entonces. Vendremos directos desde Génova.

—¿No quieres parar en algún sitio a pasar la noche?

—¿Por qué? Es mejor volver a nuestra casa.

—¿Dónde estará?

—Eso podemos decidirlo cuando queramos. En esta ciudad hay casas de sobra. ¿Te gustaría vivir en el campo?

—Sí —dijo el coronel—, ¿por qué no?

—Así podremos ver los árboles cuando nos despertemos. ¿Qué árboles veremos en este viaje?

—Pinos sobre todo, e hibiscos marítimos en los arroyos y álamos temblones. Espera a que los álamos amarilleen en otoño.

—Estoy esperando. ¿Dónde nos alojaremos en Wyoming?

—Iremos primero a Sheridan y luego decidiremos.

—¿Es bonito Sheridan?

—Es precioso. Iremos en coche a donde sucedió la batalla de Wagon Box y te hablaré de ella. De camino a Billings pasaremos por donde mataron a ese idiota de George Armstrong Custer, y verás los recordatorios donde murieron todos y te explicaré esa batalla.

—Será maravilloso. ¿A qué se parece más Sheridan, a Mantua, a Verona o a Vicenza?

—No se parece a ninguno de esos sitios. Está en las montañas, casi como Schio.

—¿Se parece más a Cortina?

—No se parece en nada. Cortina está en un valle. Sheridan está en las montañas. Los Big Horns no tienen estribaciones. Se alzan desde el llano. Se puede ver Cloud's Peak.

—¿Podrán subir los coches?

—Puedes estar puñeteramente segura. Pero preferiría que no fuese un coche con transmisión hidráulica.

—Puedo pasarme sin ella —dijo la chica. Luego se puso muy erguida para no llorar—. Igual que sin lo demás.

—¿Qué quieres beber? —preguntó el coronel—. Todavía no hemos pedido.

—Creo que no tomaré nada.

—Dos martinis muy secos —le dijo el coronel al camarero— y un vaso de agua fría.

Se metió la mano en el bolsillo, desenroscó la tapa del frasco de la medicina y se echó dos tabletas en la mano izquierda. Sin soltarlas, volvió a poner la tapa. No fue tarea fácil para un hombre con la mano mala.

—He dicho que no quería beber nada.

—Lo sé, hija. Pero he pensado que podría hacerte falta. Podemos dejarlo en la barra. O puedo bebérmelo yo. Por favor —dijo—, no quería ser brusco.

—No hemos pedido el negrito que cuidará de mí.

—No. Porque no quería pedirlo hasta que llegara Cipriani y pudiera pagárselo.

—¿Tiene que ser todo tan rígido?

—Supongo que conmigo sí —dijo el coronel—. Lo siento, hija.

—Di hija tres veces seguidas.

—*Fille, figlia, hija.*

—No sé —dijo ella—. Creo que deberíamos irnos. Me gusta que la gente nos vea, pero no quiero ver a nadie.

—La caja con el negro está encima de la caja registradora.

—Lo sé. Hace rato que la he visto.

El camarero llegó con las bebidas, heladas por la gélida frialdad de las copas, y el vaso de agua.

—Deme ese paquete que han recibido a mi nombre y que está encima de la caja registradora —le dijo el coronel—. Dígale a Cipriani que le enviaré un cheque. —Había tomado otra decisión—. ¿Quieres tu copa, hija?

—Sí. Si no te importa que yo también cambie de idea.

Bebieron después de rozar las copas levemente, tan levemente que el contacto fue casi imperceptible.

—Tenías razón —dijo ella, al notar su calor y su momentánea destrucción de la pena.

—Y tú también —dijo y extendió la mano con las tabletas.

Pensó que tomárselas con el agua era de mal gusto. Así que cuando la chica volvió la cabeza un momento para mirar a uno de los bebedores matutinos que se marchaba, se las tragó con el martini.

—¿Nos vamos, hija?

—Sí. Por supuesto.

—Camarero —dijo el coronel—. ¿Cuánto le debo? Y no olvide decirle a Cipriani que le enviaré un cheque por esta bagatela.

38

Almorzaron en el Gritti, y la chica le pidió que desenvolviera el negrito de ébano y se lo prendió en el hombro izquierdo. Medía unas tres pulgadas y era precioso si te gustaban esas cosas. «Y al que no le gusten es que es imbécil», pensó el coronel.

«Pero no se te ocurra ser grosero ni de pensamiento —se dijo—. Tienes que portarte bien en todos los sentidos hasta que digas adiós. Menuda palabra —pensó—. Adiós.

»Suena como un eslogan de San Valentín.

»Adiós y *bonne chance* y *hasta la vista*. Siempre decimos solo *merde* y ya está. Adiós —pensó—, bonita palabra. Suena bien —pensó—. Adiós, un largo adiós[40] y llévatelo allí donde vayas. Con asas y todo», pensó.

—Hija —dijo—. ¿Cuándo fue la última vez que te dije que te quiero?

—Cuando nos sentamos a la mesa.

—Te lo digo ahora.

Ella se había peinado el pelo con paciencia cuando llegaron al hotel y había ido al servicio de señoras. No le gustaba ese sitio.

Se había puesto lápiz de labios para dibujar la boca que sabía que él deseaba más, y se había dicho a sí misma mientras lo hacía: «No pienses en nada. No pienses. Y por encima de todo no estés triste, porque se marcha».

---

40. Hay aquí otro eco shakesperiano, *Enrique VIII*, acto 3, escena ii.

—Estás muy guapa.

—Gracias. Me gustaría ponerme guapa para ti, si pudiera, y si pudiera ser guapa.

—El italiano es una lengua preciosa.

—Sí. El señor Dante también lo pensaba.

—*Gran Maestro* —dijo el coronel—. ¿Qué hay de comer en esta *Wirtschaft*?

El *Gran Maestro* había estado observando, sin observar, con afecto y sin envidia.

—¿Quiere carne o pescado?

—Es sábado —dijo el coronel—. El pescado no es obligatorio. Así que lo tomaré.

—Tenemos lenguado —dijo el *Gran Maestro*—. ¿Qué quiere mi señora?

—Lo que usted decida. Sabe más de comida que yo y a mí me gusta todo.

—Decídete, hija.

—No, prefiero dejarlo en manos de alguien que sabe más que yo. Tengo un apetito como si estuviese interna en un colegio.

—Será una sorpresa —dijo el *Gran Maestro* con su rostro fino y encantador, con las cejas grises sobre los ojos suaves y entornados y el rostro siempre feliz del viejo soldado que sigue con vida y sabe valorarlo.

—¿Alguna novedad de la Orden? —preguntó el coronel.

—Solo que nuestro mismísimo líder está atravesando dificultades. Han confiscado todas sus posesiones. O al menos se las han intervenido.

—Espero que no sea grave.

—Debemos tener confianza en nuestro líder. Ha capeado temporales peores que este.

—Por nuestro líder —dijo el coronel. Alzó la copa, que habían llenado con el auténtico valpolicella decantado y joven—. Brinda por él, hija.

—No puedo brindar por ese cerdo —dijo la chica—. Además, no pertenezco a la Orden.

—Ahora es usted miembro —dijo el *Gran Maestro*—. *Por merito di guerra.*

—En ese caso beberé por él —dijo ella—. ¿De verdad soy miembro de la Orden?

—Sí —dijo el *Gran Maestro*—. Aún no ha recibido su pergamino, pero la nombro Secretaria Supernumeraria. Mi coronel le revelará los secretos de la Orden. Revele, por favor, mi coronel.

—Los revelaré —dijo el coronel—. ¿No hay nadie con la cara picada por ahí?

—No. Ha salido con su dama. La señorita Baedeker.

—Perfecto entonces —dijo el coronel—. Los revelaré. Solo hay un secreto importante que debes conocer. Corrígeme, *Gran Maestro*, si caigo en el error.

—Proceda a revelarlo —dijo el *Gran Maestro*.

—Procedo a revelarlo —dijo el coronel—. Escucha con atención, hija. Este es el Secreto Supremo. Escucha. El amor es el amor y la diversión es la diversión. Pero siempre reina el silencio cuando muere el pez dorado.

—El secreto ha sido revelado —dijo el *Gran Maestro*.

—Me siento muy orgullosa y feliz de ser miembro de la Orden —dijo la chica—. Pero es, en cierto sentido, una Orden más bien grosera.

—Lo es —dijo el coronel—. Y ahora, *Gran Maestro*, ¿qué vamos a comer de verdad, sin misterios?

—Una *enchilada* de cangrejo, al estilo de esta ciudad, pero fría, de primero. Servida en una concha. Luego lenguado para usted y para mi señora una parrillada mixta. ¿Qué verduras quiere?

—Las que tengas —dijo el coronel. El *Gran Maestro* se marchó y el coronel miró a la chica y luego al Gran Canal al otro lado de la ventana, y vio las sombras mágicas y los cambios de luz que había incluso allí, al fondo del bar, que mediante una hábil manipulación se había transformado en comedor, y dijo—: ¿Te he dicho, hija, que te quiero?

—Hacía un rato que no me lo decías. Pero yo también te quiero.

—¿Qué les ocurre a las personas que se quieren?

—Supongo que tienen lo que sea que tengan, y son más afortunadas que los demás. Luego uno de ellos se queda vacío para siempre.

—No seré grosero —dijo el coronel—. Podría haber respondido una grosería. Pero, por favor, no te quedes vacía.

—Lo intentaré —dijo la chica—. Llevo intentándolo desde que me he despertado. Lo he intentado desde que nos conocimos.

—Sigue intentándolo, hija —dijo el coronel. Luego, dirigiéndose al *Gran Maestro*, que había vuelto después de encargar los platos, añadió—: Una botella de ese *vino secco* del Vesubio, para los lenguados. Tomaremos el valpolicella con lo demás.

—¿No puedo tomar el vino del Vesubio con mi parrillada? —preguntó la chica.

—Renata, hija —dijo el coronel—. Por supuesto. Puedes hacer lo que quieras.

—Si bebo vino, me gustaría beber los mismos vinos que tú.

—A tu edad un buen vino blanco casa bien con una parrillada mixta —le dijo el coronel.

—Ojalá no hubiese tanta diferencia de edad.

—A mí me gusta mucho —dijo el coronel—. Excepto… —añadió. Luego no terminó la frase y dijo—: Seamos *fraîche et rose comme au jour de bataille*.

—¿Quién dijo eso?

—No tengo ni la menor idea. Lo aprendí en un curso en el Collége des Maréchaux. Un nombre un tanto pretencioso. Pero me gradué. Lo mejor que sé lo aprendí de los *krauts*, estudiándolos y combatiéndolos. Son los mejores soldados, pero siempre van más allá de sus posibilidades.

—Seamos como has dicho, y por favor dime que me quieres.

—Te quiero —dijo—. Puedes basarte en eso. Te lo digo de verdad.

—Es sábado —dijo ella—. ¿Cuándo es el próximo sábado?

—El próximo sábado es una fiesta movible, hija. Encuéntrame a un hombre que sepa hablarme del próximo sábado.

—Tú podrías, si quisieras.

—Le preguntaré al *Gran Maestro*, a lo mejor él lo sabe. *Gran Maestro*, ¿cuándo será el próximo sábado?

—A *Pâques ou à la Trinité* —dijo el *Gran Maestro*.

—¿Por qué no llega ningún olor de la cocina para alegrarnos un poco?

—Porque el viento sopla en la dirección errónea.

«Sí —pensó el coronel—. El viento sopla en la dirección errónea y qué afortunado habría siendo casándome con esta chica en vez de con la mujer a quien le pago la pensión alimenticia, que ni siquiera pudo darme un hijo. Se vendió por eso. Pero ¿cómo criticar sus cañerías? Sería como criticar a Goodrich, Firestone o General.

»Olvídate —se dijo—. Y ama a tu chica.»

Estaba a su lado, deseando que la quisiera, si tenía algún amor que ofrecer.

Volvió, como siempre había vuelto, cuando la veía, y dijo:

—¿Cómo estás con ese pelo negro como ala de cuervo y la cara triste?

—Estoy bien.

—*Gran Maestro* —dijo el coronel—. Tráenos algunos olores o lo que sea de las bambalinas de la cocina, aunque el viento sople en contra.

El portero telefoneó, por órdenes del conserje, y pasó a recoger-los el mismo bote que los había llevado.

El T5 Jackson estaba en el bote con el equipaje y el retrato, que iba sólidamente embalado. El viento aún soplaba con fuerza.

El coronel pagó la cuenta y repartió las propinas adecua-das. La gente del hotel subió el equipaje y el cuadro al bote, y se aseguraron de que Jackson estuviese bien instalado. Luego se marcharon.

—Bueno, hija —dijo el coronel.

—¿No puedo ir contigo hasta el garaje?

—Sería igual de malo en el garaje.

—Por favor, déjame ir contigo al garaje.

—De acuerdo —dijo el coronel—. Tú mandas. Sube.

No dijeron nada y el viento soplaba con severidad por lo que, con la velocidad que imprimía aquel desastre de motor, casi era como si no hiciese viento.

En el embarcadero, Jackson le pasó el equipaje a un mozo de cuerda y se encargó personalmente del retrato, y el coronel dijo:

—¿Quieres que nos despidamos aquí?

—¿Tengo que hacerlo?

—No.

—¿Puedo ir al bar del garaje mientras bajan el coche?

—Así será peor.

—Me da igual.

—Lleve las cosas al garaje y pida a alguien que las cuide hasta que baje usted el coche —le dijo el coronel a Jackson—. Compruebe las escopetas y meta los bultos de manera que quede el máximo espacio posible en el asiento de atrás.

—Sí, señor —dijo Jackson.

—Entonces ¿voy contigo? —preguntó la chica.

—No —le dijo el coronel.

—¿Por qué no puedo ir?

—Lo sabes muy bien. No te han invitado.

—Por favor, no seas cruel.

—Dios, hija, ojalá supieses lo mucho que me esfuerzo en no serlo. Si eres cruel es fácil. Paguemos a este hombre y vayamos a sentarnos en aquel banco debajo del árbol.

Pagó al dueño del bote, y le dijo que no había olvidado lo del motor de jeep. También le dijo que no podía prometérselo, pero que había muchas posibilidades de que se lo consiguiera.

—Estará usado. Pero siempre será mejor que esa cafetera que tiene ahí.

Subieron los gastados escalones de piedra y anduvieron por la gravilla y se sentaron en un banco debajo de los árboles.

Los árboles eran negros, se movían con el viento y no tenían hojas. Ese año las hojas habían caído pronto, y hacía mucho que las había barrido el viento.

Un hombre se acercó para ofrecerles unas tarjetas postales y el coronel le dijo:

—Márchese, amigo. Aquí no se le ha perdido nada. —La chica estaba llorando, por fin, aunque había tomado la decisión de no llorar nunca—. Oye, hija —dijo el coronel—. No hay nada más que decir. El coche en el que vamos no tiene amortiguadores.

—Ya he parado —dijo ella—. No soy ninguna histérica.

—Nunca diría que lo fueses. Diría que eras la chica más guapa y encantadora que ha vivido jamás. En cualquier época. En cualquier sitio. Donde sea.

—Si fuese cierto, ¿qué más daría?

—Ahí me has pillado —dijo el coronel—. Pero es cierto.

—Entonces ¿qué?

—Pues nos ponemos de pie, nos besamos y nos decimos adiós.

—¿Y eso qué es?

—No lo sé —dijo el coronel—. Supongo que es una de esas cosas que cada cual tiene que averiguar por su cuenta.

—Lo intentaré.

—Tómatelo lo mejor que puedas, hija.

—Sí —dijo la chica—. En el coche sin amortiguadores.

—Estaba claro que ibas a acabar en una carreta desde el principio.

—¿No sabes hacer nada con amabilidad?

—Supongo que no. Pero lo he intentado.

—Por favor, sigue intentándolo. Es nuestra única esperanza.

—Seguiré intentándolo.

Así que se abrazaron y se besaron con fuerza y sinceridad, y el coronel acompañó a la chica por la gravilla y los escalones de piedra.

—Deberías subir a uno bueno. No a ese bote viejo y desastrado.

—Prefiero el bote viejo y desastrado si no te importa.

—¿Importarme? —dijo el coronel—. No. Solo doy órdenes y las obedezco. No me importa. Adiós, encanto, preciosa, mi amor.

—Adiós —dijo ella.

40

Estaba en el tonel de roble hundido en el barro que utilizaban en el Véneto como puesto. Un puesto es cualquier artificio utilizado para ocultar al cazador del animal al que intenta dar caza, que en este caso eran patos.

El viaje con los muchachos había sido agradable, desde que se vieron en el garaje, y por la noche disfrutaron de una excelente cena preparada en la vieja cocina al aire libre. De camino al lugar de la cacería iban tres cazadores en el asiento trasero. Los que no mentían se permitieron algunas exageraciones y los mentirosos se exhibieron en todo su esplendor.

«Un mentiroso en su esplendor —pensó el coronel— es tan bonito como un cerezo o un manzano floridos. ¿A quién se le pasaría por la cabeza desanimar a un mentiroso —se dijo—, a no ser que te esté dando unas coordenadas?»

El coronel llevaba toda la vida coleccionando mentirosos, como quien colecciona sellos de correos. No los clasificaba, excepto en el momento, ni los atesoraba de verdad. Solo disfrutaba, por completo, al oírlos mentir en el momento, a menos, claro, que fuese algo que tuviera que ver con el cumplimiento del deber. La noche anterior había oído un montón de mentiras después de que se pasaran la grapa y había disfrutado.

Había humo del fuego de carbón; «no, de leña», pensó. De todos modos un mentiroso miente mejor cuando hay un poco de humo o después de ponerse el sol.

Él mismo había estado a punto de mentir dos veces, pero se había contenido y solo había exagerado. «O eso espero», pensó.

Ahora la laguna estaba helada y eso podía echarlo todo a perder. Pero no lo echó a perder.

Un par de ánades rabudos llegaron, de pronto, de la nada, descendiendo en un picado que jamás intentaría hacer aeroplano alguno, y el coronel oyó su plumosa trayectoria, se volvió y mató al macho. Cayó sobre el hielo y lo golpeó con tanta fuerza como un pato puede golpear el hielo, y antes de que cayese, el coronel mató a la pareja que estaba cobrando altura a toda prisa y, con el cuello alargado, cayó al lado del macho.

«Ha sido un asesinato —pensó el coronel—. ¿Y qué no lo es en estos tiempos? Pero chico, aún se te da bien disparar.

»Chico, un cuerno —pensó—. Un viejo cabrón machacado. Pero mira por dónde vienen. —Era una bandada de silbones, y llegaron con un susurro que se coaguló y se redujo a nada. Luego volvió a coagularse y el traicionero señuelo en el hielo empezó a hablarles—. Espera a que den la vuelta —se dijo el coronel—. Ten la cabeza baja y no muevas ni siquiera los ojos. Van a volver. —Y volvieron, atraídos por la voz traicionera que les hablaba. Dispusieron las alas para aterrizar, como cuando se bajan los flaps de un avión. Luego vieron que era hielo y volvieron a remontar el vuelo. El cazador, que ahora no era coronel, ni nada más que un hombre con una escopeta, se puso en pie en el tonel de madera y abatió dos. Cayeron sobre el hielo casi con tanta fuerza como los patos más grandes—. Dos de una familia es suficiente —se dijo el coronel—. ¿O era una tribu? —El coronel oyó un disparo a su espalda, donde sabía que no había ningún otro puesto, y volvió la cabeza para mirar a través de la laguna helada hasta la lejana orilla ribeteada de juncos—. Esta sí que es buena —pensó. Un grupo de ánades que se dirigía hacia él empezó a ascender hacia el cielo, como si se apoyaran en la cola para subir. Vio caer a uno y luego oyó otro disparo. Era el hosco barquero disparándole a los patos que habrían ido hacia el coronel—. ¿Cómo? ¿Cómo puede hacerme esto? —se preguntó el coronel. El hombre tenía una escopeta para dispararle a los patos heridos que pudieran escapar donde el perro no pudiera cobrarlos. Que disparase a los patos que iban hacia el puesto del coronel era, entre cazadores, lo peor que podía hacerle un hombre a otro. El barquero estaba demasiado lejos para gritarle. Así que el coronel le disparó dos veces—. Está demasiado lejos para que le alcancen los perdigones —pensó—, pero al menos sabrá que me he dado cuenta de lo que está haciendo. ¿A qué demonios viene esto? Y más en una cacería como esta. Es la cacería mejor organizada en la que he estado y me lo he pasado mejor disparando que en toda mi vida. ¿Qué mosca le ha picado a ese hijo de puta? —Sabía lo malo que era para él enfadarse. Así que cogió dos pastillas y las tomó con un trago de la ginebra Gordon de la petaca, ya que no tenían agua. Sabía que la ginebra tampoco le convenía y pensó—: Todo me hace daño, menos descansar y hacer un poco de ejercicio ligero. Muy bien, descansa y haz un poco de ejercicio, chico. ¿Te parece lo bastante ligero?

»Tú, guapa —se dijo—. Ojalá estuvieses conmigo en el puesto doble y notásemos el roce de nuestros hombros o de nuestra espalda. Me volvería y te vería y dispararía a los patos altos, para fanfarronear e intentaría que uno cayese en el tonel, sin golpearte. Intentaría abatir uno como este», dijo, al oír el ruido de las alas. Se puso en pie, se volvió, vio el hermoso macho con el cuello alargado, y las alas moviéndose a toda prisa y viajando hacia el mar. Lo vio con claridad recortado en el cielo con las montañas al fondo. Apuntó y disparó con la escopeta casi vertical. El macho cayó sobre el hielo, justo al lado del perímetro del puesto, y rompió el hielo al caer. Era el hielo que habían roto para colocar los señuelos y había vuelto a congelarse. La hembra de reclamo lo miró y se movió inquieta.

—No lo conocías de nada —le dijo el coronel a la hembra—. Ni siquiera creo que lo hayas visto llegar. Aunque tal vez sí. Pero no has dicho nada.

El pato había caído con la cabeza por delante, y tenía la cabeza debajo del hielo. Pero el coronel podía ver el hermoso plumaje de invierno en las alas y el pecho.

«Me gustaría regalarle un chaleco hecho con esas plumas como los que usaban los antiguos mexicanos para adornar a sus dioses —pensó—. Pero supongo que estos patos acabarán en el mercado y nadie sabrá cómo despellejarlos y curtir la piel. Pero sería bonito, pieles de ánade macho en la espalda, de ánade rabudo en la pechera y dos bandas longitudinales de cerceta. Una por encima de cada pecho. Sería un chaleco increíble. Estoy casi seguro de que le gustaría.

»Ojalá levantaran el vuelo —pensó el coronel—. Puede que venga algún pato despistado. Tengo que estar preparado si vienen.» Pero no llegó ninguno y tuvo que seguir pensando.

No se oían disparos en los otros puestos y solo ocasionalmente llegaba algún estampido del mar.

Ahora que había más luz, los pájaros veían el hielo y no se adentraban en la laguna sino que iban a posarse al mar. Así que no tenía a qué dispararle y pensó sin darse cuenta, intentando descubrir cómo había empezado. Sabía que no lo merecía y lo aceptaba y vivía con ello, pero siempre se esforzaba por entenderlo.

Una vez se habían cruzado con dos marineros mientras paseaba de noche con la chica. Le habían silbado y el coronel pensó que era algo inofensivo y que debería haber hecho caso omiso.

Pero algo no le gustó. Lo notó antes de saberlo. Luego lo entendió, porque se detuvo debajo de una farola, para que pudieran ver lo que llevaba en los hombros y cambiaran de acera.

Lo que llevaba en los hombros era una pequeña águila con las alas extendidas. Iba bordada al abrigo con un hilo de plata. No llamaba la atención, y llevaba allí mucho tiempo. Pero era visible.

Los dos marineros volvieron a silbar.

—Quédate contra la pared si quieres verlo —le dijo el coronel a la chica—. O aparta la vista.

—Son jóvenes y muy grandes.

—No lo serán mucho tiempo —le prometió el coronel.

El coronel fue hacia los que habían silbado.

—¿Dónde está la policía militar? —les preguntó.

—¿Y yo qué sé? —respondió el más corpulento—. Lo único que quiero es echarle un buen vistazo a la señora.

—¿Tienen nombre y número?

—Yo qué sé —dijo uno.

El otro dijo:

—Y aunque lo supiera no se lo diría a un coronel de pacotilla.

«Un veterano —pensó el coronel, antes de golpearle—. Un abogado del mar. Conoce todos sus derechos.»

Pero le golpeó con la mano izquierda surgida de la nada y le golpeó tres veces mientras se apartaba.

El otro, el primero que había silbado, se acercó bastante deprisa para estar bebido, y el coronel le golpeó con el codo en la boca y luego, a la luz de la farola, le asestó un fuerte derechazo. Cuando cayó, miró al otro que había silbado y vio que estaba listo.

Después le asestó un gancho de izquierda. Luego le dio un derechazo. Lanzó otro gancho de izquierda y por fin se apartó y fue hacia la chica porque no quería oír el ruido de la cabeza al golpear la acera.

Miró al primero al que había golpeado y vio que dormía tranquilo con la barbilla hacia abajo y la sangre cayéndole de la boca. Pero seguía teniendo buen color, reparó el coronel.

—Pues ahí va mi carrera —le dijo a la chica—. Fuese cual fuese. Esa gente lleva unos pantalones muy raros.

—¿Cómo estás? —le preguntó la chica.

—Bien. ¿Lo has visto?

—Sí.

—Por la mañana me dolerán las manos —le dijo con expresión ausente—. Creo que podemos irnos. Pero despacio.

—Por favor, ve despacio.

—No me refería a eso. Me refiero a que no nos apresuremos.

—Iremos lo más despacio posible.

Y anduvieron así.

—¿Quieres hacer un experimento?

—Claro.

—Andemos de modo que hasta nuestras pantorrillas parezcan peligrosas.

—Lo intentaré. Pero no creo que pueda.

—Bueno, pues andemos sin más.

—Pero ¿no te han golpeado?

—Un buen puñetazo justo detrás de la oreja. El segundo chico antes de caer.

—¿Así es pelear?

—Cuando tienes suerte.

—¿Y cuando no la tienes?

—Se te doblan también las rodillas. Hacia delante o hacia atrás.

—¿Todavía me quieres después de haberte peleado?

—Te quiero mucho más que antes, suponiendo que sea posible.

—¿No puede serlo? Me gustaría. Yo te quiero más después de haberlo visto. ¿Voy lo bastante despacio?

—Andas como un ciervo en el bosque, y a veces también andas como un lobo, o como un viejo y enorme coyote cuando no tiene prisa.

—No estoy segura de querer ser un enorme y viejo coyote.

—Espera a ver uno —dijo el coronel—. Lo querrás. Andas como los grandes depredadores, cuando andan despacio. Y no eres un depredador.

—Eso te lo prometo.

—Adelántate un poco, para que lo vea. —Ella se adelantó y el coronel dijo—: Andas como un campeón de boxeo antes de ser campeón. Si fueses un caballo te compraría aunque tuviese que pedir prestado el dinero a un interés del veinte por ciento mensual.

—No necesitas comprarme.

—Lo sé. No era eso de lo que hablábamos. Hablábamos de tus andares.

—Dime —dijo—. ¿Qué será de esos hombres? Es una de las cosas que ignoro de las peleas. ¿No debería haberme quedado a cuidarles?

—Nunca —le dijo el coronel—. Recuérdalo: nunca. Espero que los dos tengan una buena conmoción. Como si se pudren. El incidente lo han causado ellos. No hay que buscar la responsabilidad civil. Todos estamos asegurados. Puedo decirte una cosa, Renata, sobre pelear.

—Dímelo, por favor.

—Si alguna vez peleas con alguien, debes vencer. Es lo único que importa. Lo demás son coles, como decía mi viejo amigo el doctor Rommel.

—¿De verdad te caía bien Rommel?

—Mucho.

—Pero era tu enemigo.

—A veces aprecio más a mis enemigos que a mis amigos. Y la Marina siempre gana sus batallas. Eso lo aprendí en un sitio que se llama edificio del Pentágono cuando todavía me dejaban entrar por la puerta principal. Si quieres, podemos volver dando un paseo por esta calle, o andar más deprisa y preguntárselo a esos dos.

—La verdad, Richard. Ya he visto suficientes peleas por una noche.

—Yo también, la verdad —dijo el coronel. Pero lo dijo en italiano y empezó *Anche io*—. Vayamos a Harry's a tomar una copa y te acompañaré a casa.

—¿No te has hecho daño en la mano mala?

—No —le explicó él—. Solo le he dado una vez en la cabeza. Las otras le golpeé el cuerpo.

—¿Puedo tocarla?

—Si la tocas con mucha suavidad.

—Pero está muy hinchada.

—No hay nada roto y esa hinchazón siempre remite.

—¿Me quieres?

—Sí. Te quiero con las dos manos un poco hinchadas y con todo mi corazón.

41

Y ya está, tal vez fuese ese día o quizá otro cuando ocurrió el milagro. «Nunca se sabe —pensó. Se produjo el gran milagro y él nunca hizo nada conscientemente—. Ni tampoco —se dijo—, hiciste nada por impedirlo, hijo de puta.»

Hacía más frío que nunca, el hielo quebrado volvió a congelarse y el señuelo ni siquiera se veía. Había cambiado la traición por un intento de ponerse a salvo.

«Serás puta —pensó el coronel—. Aunque eso es injusto. Es su oficio. Pero ¿por qué la hembra canta mejor que el macho? Deberías saberlo —pensó—. Y ni siquiera es cierto. ¿Qué demonios es cierto? En realidad los machos cantan mejor.

»Bueno, no pienses en ella. No pienses en Renata porque no te hará ningún bien, chico. Hasta podría hacerte daño. Además os habéis dicho adiós. Vaya un adiós. Con carretas y todo. Ella habría subido a la condenada carreta contigo. Siempre que fuese una carreta de verdad. Un negocio muy desagradable. Amar y abandonar. La gente sufre.

»¿Qué derecho tenías a conocer a una chica así?

»Ninguno —respondió—. Pero me la presentó Andrea.

»Pero ¿cómo pudo enamorarse de un desgraciado hijo de puta como tú?

»No lo sé —pensó sinceramente—. De verdad que no lo sé.»

No sabía, entre otras cosas, que la chica se había enamorado de él porque no había estado triste al despertarse ni una sola mañana de su vida; con ofensivas o sin ellas. Había padecido angustia y dolor. Pero nunca había estado triste por la mañana.

Casi no hay hombres así y la chica, aunque era joven, sabía reconocer a uno cuando lo veía.

«Ahora está durmiendo en casa —pensó el coronel—. Ahí es donde tiene que estar y no en un puñetero puesto con los señuelos helados.

»Pero me gustaría mucho que estuviese aquí, si este fuese un puesto doble, y le diría que vigilara por el oeste por si llegaba alguna bandada. Sería agradable si fuese lo bastante abrigada. A lo mejor puedo convencer a alguien para que me venda uno de esos chalecos de plumón auténtico de los que nadie quiere deshacerse. Como los que repartieron una vez a las Fuerzas Aéreas por equivocación.

»Podría averiguar cómo es el acolchado y fabricar uno con el plumón de estos patos —pensó—. Buscaría a un buen sastre que lo cortara y lo haríamos cruzado y sin bolsillo a la derecha y le pondríamos un parche de gamuza para que no se enganchara la culata.

»Lo haré —se dijo—. Lo haré o le pediré prestado uno a alguien y haré que lo corten para ella. Me gustaría comprarle una buena Purdey 21, no demasiado ligera, o un par de escopetas Boss de dos cañones. Debería tener escopetas dignas de ella. Supongo que es mejor un par de Purdeys.»

Justo entonces oyó un suave rumor de alas, moviéndose a toda prisa en el aire, y alzó la vista. Pero estaban demasiado altos. Solo los miró. Estaban tan altos que podían ver el tonel, y a él dentro, y los reclamos congelados y a la hembra, que los vio también, y graznó leal en su traición. Los patos, eran ánades rabudos, continuaron su vuelo hacia el mar.

«Nunca le he regalado nada, como ella se encargó de recordarme. La cabeza del negrito. Pero eso no significa nada. Ella la eligió y yo se la compré. No es forma de hacer un regalo.

»Lo que me gustaría regalarle es seguridad, que ya no existe, todo mi amor, que no vale nada; todos mis bienes materiales, que son casi inexistentes aparte de un par de buenas escopetas, mis uniformes, las medallas, las condecoraciones y las citaciones y algunos libros. Y también mi paga de coronel retirado.

»Te concedo todos mis bienes naturales —pensó.

»Y ella me ha dado su amor, unas piedras que le devolví y el retrato. Bueno, siempre puedo devolverle el retrato. Podría regalarle mi anillo del V.M.I.[41] —pensó—, pero ¿dónde diablos lo perdí?

»No querrá una D.S.C.[42] con hojas de roble, ni las dos estrellas de plata y demás chatarra, ni las medallas de su propio país. Ni las de Francia. Ni las de Bélgica. Ni las falsas. Sería morboso.

»Será mejor que le dé mi amor. Pero ¿cómo diablos se lo envío? ¿Y cómo se mantiene fresco? No pueden envolverlo en hielo seco.

»Igual sí. Tengo que preguntarlo. Pero ¿cómo consigo el condenado motor de jeep para ese viejo?

»Apáñatelas —pensó—. Ese ha sido siempre tu oficio. Apañártelas mientras te disparaban —añadió.

»Ojalá ese hijo de puta que me está estropeando la cacería tuviese un rifle y yo otro. Pronto descubriríamos quién se las apaña mejor. Incluso en este sucio tonel donde no se puede maniobrar. Tendría que venir a buscarme.

»Basta —se dijo—, y piensa en tu chica. No debes matar a nadie más, nunca.

»¿A quién le vienes con ese cuento? ¿Es que vas a dártelas de cristiano? Podrías intentarlo. A ella le gustarías más. ¿O no? No lo sé —dijo con franqueza—. Por Dios que no lo sé.

»Igual me vuelvo cristiano al final. Sí —dijo—, a lo mejor sí. ¿Quién quiere apostar?»

41. El Instituto Militar de Virginia.
42. La Cruz de Servicios Distinguidos.

—¿Quieres apostar? —le preguntó al reclamo.

Pero la hembra estaba mirando al cielo y había empezado a graznar. Llegaban demasiado altos y no daban círculos. Miraban hacia abajo y seguían hacia mar abierto.

«Debe de haber muchos posados en el mar —pensó el coronel—. Lo más probable es que haya alguien acechándolos justo ahora. Se habrán puesto a resguardo del viento y seguro que hay alguien acechándolos. Bueno, cuando dispare algunos volverán hacia aquí. Pero con la laguna helada, creo que valdría más marcharse que seguir aquí como un idiota.

»Ya he matado bastante y he cazado tan bien o incluso mejor de lo que soy capaz. Mejor y un cuerno —pensó—. Aquí nadie dispara mejor que tú excepto Alvarito, y es un muchacho y dispara más deprisa. Pero matas menos patos que muchos cazadores malos o mediocres.

»Sí, lo sé. Lo sé. Y también sé por qué no nos importan los números y mandamos las normas al diablo, ¿te acuerdas?»

Recordó entonces que, por un milagro de azar en una guerra, había coincidido con su mejor amigo en las Ardenas mientras perseguían al enemigo.

Fue a principios de otoño en una planicie elevada con caminos de tierra, senderos, robles y pinos. Las huellas de los tanques y camiones enemigos se veían a la perfección en la tierra húmeda.

Había llovido el día anterior, pero ahora estaba despejando y la visibilidad era buena en aquel paisaje montañoso de altura; él y su amigo lo estaban inspeccionando con los prismáticos, con tanto cuidado como si estuviesen de caza.

El coronel, que entonces era general y jefe de división, conocía las huellas de cada uno de los vehículos que estaban persiguiendo. También sabía que al enemigo se le habían acabado las minas y la munición que les quedaba. También había calculado dónde tendrían que pelear antes de llegar a la línea Sigfrido. Estaba seguro de que intentarían no pelear en ninguno de esos dos sitios y que preferirían intentar llegar a su destino.

—Estamos muy lejos para nuestro alto rango, George —le dijo a su mejor amigo.

—Por delante de todo el mundo, general.

—Da igual —dijo el coronel—. A partir de ahora, olvidaremos las normas y les perseguiremos por nuestra cuenta.

—No podría estar más de acuerdo, general. Porque las normas las escribí yo —dijo su mejor amigo—. Pero ¿y si han dejado a alguien allí?

Señaló el sitio más lógico para atrincherarse.

—No han dejado a nadie —dijo el coronel—. No tienen municiones suficientes ni para pegar cuatro tiros.

—Todo el mundo tiene razón hasta que se equivoca —dijo su mejor amigo, y luego añadió—: general.

—Tengo razón —dijo el coronel. Y la tenía, aunque para saberlo no había cumplido del todo con el espíritu de la Convención de Ginebra que se suponía que regía las operaciones militares.

—Vayamos por ellos —dijo su mejor amigo.

—No hay nada que nos retenga aquí y te garantizo que no se detendrán en ninguno de esos dos sitios. Y no lo sé por ningún *kraut*. Sigo los dictados de mi cabeza.

Volvió a observar el terreno, y oyó el viento en los árboles, olió el brezo bajo sus botas y volvió a mirar las huellas en la tierra mojada, y así acabó la historia.

«Vete a saber si a ella le gustaría eso —pensó—. No. Me hace quedar demasiado bien. Aunque me gustaría que se lo contase otro. George no puede contárselo. Es el único que podría y no puede. Es condenadamente imposible.

»He tenido razón el noventa y cinco por ciento de las veces y ese es un porcentaje muy alto incluso en algo tan sencillo como la guerra. Aunque el cinco por ciento de equivocaciones puede tener su importancia.

»Nunca te contaré eso, hija. Es solo un ruido entre las bambalinas de mi corazón. Mi puñetero corazón. Ese cabrón de corazón que es incapaz de resistir.

»A lo mejor lo consigue —pensó, y se tomó dos tabletas con un trago de ginebra y miró a través del hielo gris.

»Voy a llamar a ese sujeto tan hosco y volver a la puñetera granja o más bien debería llamarlo refugio. Se acabó la cacería.»

42

El coronel había llamado la atención del barquero incorporándose en el barril hundido, disparando dos tiros al cielo vacío y haciéndole gestos para que se acercara al puesto.

La barca llegó despacio, rompiendo el hielo por el camino, y el hombre recogió los señuelos de madera, metió a la hembra en su saco y, con el perro resbalando sobre el hielo, cobró los patos. La rabia del barquero parecía haber desaparecido y haber sido reemplazada por una clara satisfacción.

—Ha cazado muy pocos —le dijo al coronel.

—Con su ayuda.

Fue lo único que se dijeron, el barquero colocó a los patos con cuidado en la proa con la pechuga hacia arriba y el coronel metió las escopetas, el baúl de los cartuchos y el taburete a la barca.

El coronel subió a bordo y el barquero comprobó el puesto y desenganchó la tela en forma de delantal que había dentro para recoger los cartuchos. Luego subió también a bordo y empezaron su lento y laborioso avance por el hielo hasta las aguas abiertas del parduzco canal. El coronel trabajó tanto con el remo como a la ida. Pero ahora, a plena luz, con las montañas nevadas al norte, y la línea de juncos que señalaba el canal a lo lejos, trabajaron al unísono con total coordinación.

Luego entraron en el canal abriéndose paso entre la última capa de hielo hasta que de pronto la barca avanzó con ligereza, y el coronel le devolvió el enorme remo al barquero y se sentó. Estaba sudando.

El perro, que temblaba a los pies del coronel, saltó sobre la regala y nadó hasta la orilla. Se sacudió el agua del pelo blanco y desaliñado, se internó entre los juncos marrones y la maleza y el coronel observó su avance por el movimiento de la hierba. No le había dado la salchicha.

El coronel, notándose sudoroso, aunque sabía que lo protegía del viento su chaqueta de campaña, se tomó dos tabletas del frasco con un trago de ginebra de la petaca.

La petaca era plana y de plata con una funda de cuero. Debajo de la funda de cuero que estaba sucio y gastado había una inscripción en un lado: «Para Richard de Renata con amor». Nadie había visto la inscripción, solo la chica, el coronel y el hombre que la había grabado. No la había hecho grabar en el mismo sitio en que la compró. «Fue muy al principio —pensó el coronel—, ¿qué más daba ahora?»

En el tapón estaba grabado «De R a R. C.».

El coronel le ofreció la petaca al barquero que lo miró primero a él, luego miró la petaca y dijo:

—¿Qué es?

—Grapa inglesa.

—La probaré.

Dio un trago largo, como beben los campesinos de una petaca.

—Gracias.

—¿Ha tenido buena caza?

—He cazado cuatro patos. El perro encontró a otros tres heridos por otra gente.

—¿Por qué disparaba?

—Lo siento. Lo hice por rabia. —«Yo también lo he hecho a veces», pensó el coronel, y no le preguntó a qué venía su rabia—. Siento que no hayan volado mejor.

—Qué diablos —dijo el coronel—. Las cosas son como son.

—El coronel estaba observando los movimientos que hacía el

perro entre la hierba y los juncos. De pronto el animal se detuvo y se quedó muy quieto. Luego saltó. Fue un salto muy alto hacia delante y abajo—. Tiene un pato herido —le dijo al barquero.

—¡Bobby! —gritó él—. Tráelo, tráelo.

Los juncos se movieron y el perro apareció con un macho de ánade real entre los dientes. El cuello blanco y gris y la cabeza verde se movían arriba y abajo igual que una serpiente. Era un movimiento sin esperanza.

El barquero acercó bruscamente la barca a la orilla.

—Yo lo cogeré —dijo el coronel—. ¡Bobby! —Cogió el pato de la boca no muy apretada del perro y vio que estaba indemne y notó el placer de sostenerlo con el corazón acelerado y los ojos sin esperanza al ver que lo habían capturado. Lo miró con cuidado, acariciándolo como acariciarías a un caballo—. Solo está ligeramente herido en el ala —dijo—. Lo guardaremos como reclamo o para soltarlo en primavera. Tome, métalo en el saco con la hembra. —El barquero lo cogió con cuidado y lo metió en el saco de arpillera que había a proa. El coronel oyó que la hembra le hablaba. «O a lo mejor está quejándose», pensó. No entendía la lengua de los patos a través de un saco de arpillera—. Beba otro trago —le dijo al barquero—. Hoy hace un frío de mil demonios.

El barquero cogió la petaca y volvió a echar un largo trago.

—Gracias —dijo—. Su grapa es muy, muy buena.

43

En el embarcadero, delante de la larga y baja casa de piedra a un lado del canal, había patos colocados en hileras en el suelo.

Los habían puesto en grupos de números diversos. «Hay unos pocos pelotones, ninguna compañía y yo apenas tengo una patrulla», pensó el coronel.

El guardabosques estaba en la orilla con sus botas altas, la chaqueta corta y un viejo sombrero de fieltro echado hacia atrás, y miró críticamente el número de patos de la proa del barco cuando se acercaron a la orilla.

—El puesto estaba helado —dijo el coronel.

—Lo sospechaba —respondió el guardabosques—. Lo siento. Se suponía que era el mejor sitio.

—¿Quién ha cazado más?

—El barone ha cazado cuarenta y dos. Había un poco de corriente que tardó en helarse. Probablemente no oyese usted los disparos porque tenía el viento en contra.

—¿Dónde están los demás?

—Se han ido todos menos el barone que lo está esperando. Su chófer duerme en la casa.

—No me extraña —dijo el coronel.

—Colóquelos con cuidado —le dijo el guardabosques al barquero, que también era guarda—. Quiero anotarlos en el libro.

—Hay un ánade en el saco que solo tiene el ala herida.

—Muy bien. Yo me encargaré de él.

—Tengo que entrar a ver al barone. Luego nos vemos.

—Vaya a calentarse —dijo el guardabosques—. Hace un día de perros, mi coronel.

El coronel echó a andar hacia la puerta.

—Lo veré después —le dijo al barquero.

—Sí, mi coronel —respondió él.

Alvarito, el barone, estaba de pie junto al fuego en mitad de la sala. Esbozó su sonrisa tímida y dijo con voz grave:

—Lamento que la caza no haya ido mejor.

—Estaba todo helado. Pero he disfrutado con lo poco que había.

—¿Tiene mucho frío?

—No demasiado.

—Podemos comer alguna cosa.

—Gracias. No tengo hambre. ¿Usted ha comido?

—Sí. Los demás se han ido ya y les he dejado mi coche. ¿Puede acercarme hasta Latisana o un poco más allá? Luego ya encontraré quien me lleve.

—Por supuesto.

—Ha sido una pena que se helara. Las perspectivas eran muy buenas.

—Debía de haber muchísimos patos fuera.

—Sí. Pero no se quedarán si no tienen comida. Mañana volarán al sur.

—¿Se irán todos?

—Todos menos los que crían por aquí. Esos se quedarán mientras quede agua sin helar.

—Lo siento por la caza.

—Yo siento que haya venido de tan lejos por tan pocos patos.

—Siempre me gusta cazar —dijo el coronel—. Y me encanta Venecia.

El barone Alvarito miró hacia otro lado y extendió las manos hacia el fuego.

—Sí —dijo—. A todos nos encanta Venecia. Tal vez sea a usted a quien más le gusta.

El coronel no quiso charlar de eso, pero dijo:

—Me gusta Venecia, como bien sabe.

—Sí. Lo sé —dijo el barone. Se quedó con la mirada perdida. Luego dijo—: Habrá que despertar a su chófer.

—¿Ha comido?

—Ha comido y dormido y comido y dormido. También ha leído un poco unos libros ilustrados que se ha traído.

—Tebeos —dijo el coronel.

—Debería aprender a leerlos —dijo el barone. Esbozó su sonrisa sombría y tímida—. ¿Podría traerme algunos de Trieste?

—Los que quiera —dijo el coronel—. De Superman hasta los más raros. Lea algunos por mí. Oiga, Alvarito, ¿qué tripa se le había roto al guarda que llevaba mi barca? Desde el principio ha sido como si me odiase. Y mucho.

—Es por su guerrera. Los uniformes aliados le afectan siempre así. Verá, lo liberaron un poco más de la cuenta.

—Continúe.

—Cuando pasaron por aquí los marroquíes[43] violaron a su mujer y a su hija.

—Creo que me vendrá bien un trago —dijo el coronel.

—Hay grapa encima de la mesa.

43. El barone Alvarito se refiere a las violaciones masivas cometidas por los *goumiers* franceses en 1944 y conocidas como *marocchinate*.

44

Dejaron al barone en una villa con una verja enorme, un camino de grava y una casa, que, como estaba a unos diez kilómetros de cualquier objetivo militar, había tenido la suerte de escapar a los bombardeos.

El coronel se despidió y Alvarito le dijo que bajase a cazar cualquier otro fin de semana o todos, si quería.

—¿Seguro que no quiere entrar?

—No. Tengo que volver a Trieste. ¿Le dirá a Renata que la quiero?

—Sí. ¿Es su retrato lo que lleva tan envuelto en el asiento de atrás?

—Sí.

—Le diré que cazó usted muy bien y que el retrato estaba en buen estado.

—Y que la quiero.

—Y que la quiere.

—*Ciao*, Alvarito, y muchas gracias.

—*Ciao*, mi coronel. Si es que se puede decir *ciao* a un coronel.

—No me considere coronel.

—Es muy difícil. Adiós, mi coronel.

—Si ocurriese alguna contingencia imprevista, ¿le importaría decirle que recoja el retrato en el Gritti?

—Sí, mi coronel.

—Pues supongo que ya está.

—Adiós, mi coronel.

45

Estaban en la carretera y empezaba a oscurecer.

—Gire a la izquierda —dijo el coronel.

—Esa no es la carretera a Trieste, señor —dijo Jackson.

—Al infierno con la carretera a Triste. Le he ordenado que gire a la izquierda. ¿Es que solo hay una manera de ir a Trieste?

—No, señor. Solo le indicaba al coronel que...

—No me indique nada y, hasta que le diga lo contrario, no vuelva a dirigirme la palabra si no le pregunto.

—Sí, señor.

—Lo siento, Jackson. Quería decir que sé dónde voy y que quiero pensar.

—Sí, señor.

Estaban en la vieja carretera que conocía tan bien y el coronel pensó: «Bueno, he enviado cuatro patos a quienes se los prometí en el Gritti. No he cazado suficientes para que la mujer de ese chico pueda hacer nada con las plumas. Pero todos son grandes y gordos y serán apetitosos. He olvidado darle a Bobby la salchicha.

»No he tenido tiempo de escribirle una nota a Renata. Pero ¿qué podía decirle, en una nota, que no nos hayamos dicho?»

Se metió la mano en el bolsillo y encontró un cuaderno y un lápiz, encendió la luz de lectura y con la mano mala escribió unas palabras con letras mayúsculas.

—Guárdese esto en el bolsillo, Jackson, y siga las instrucciones si es necesario. Si se dan las circunstancias descritas, es una orden.

—Sí, señor —dijo Jackson y se guardó con una mano la orden plegada en el bolsillo izquierdo de la guerrera.

«Y ahora tómatelo con calma —se dijo el coronel—. Cualquier otra preocupación que puedes tener es sobre ti mismo y eso es solo un lujo.

»Ya no le eres útil al Ejército de Estados Unidos. No han podido dejártelo más claro.

»Te has despedido de tu chica y ella se ha despedido de ti.

»Sencillísimo.

»Has cazado bien y Alvarito lo entiende. Ya está.

»Así que ¿de qué demonios te preocupas, chico? Espero que no seas de esos capullos que se preocupan de lo que les va a pasar cuando ya no tiene remedio. Esperemos que no. —Entonces notó la punzada, como había sabido que le ocurriría desde que recogieron los señuelos—. Tres ataques y estás listo —pensó—, y yo he tenido cuatro. Siempre he sido un hijo de puta con suerte.» Volvió a notar otra punzada aún más dolorosa.

—Jackson —dijo—. ¿Sabe lo que dijo el general Thomas J. Jackson en una ocasión? En la ocasión de su desdichada muerte. Lo memoricé una vez. Aunque no respondo de la exactitud, claro. Pero así lo contaron: «Ordene a A. P. Hill[44] que se prepare para el combate». Luego siguió delirando. Y por fin dijo: «No, no, crucemos el río y descansemos a la sombra de los árboles».

—Muy interesante, señor —dijo Jackson—. Debió de ser Stonewall Jackson, señor.

El coronel empezó a hablar pero se interrumpió al notar la tercera punzada, que fue tan fuerte que supo que no viviría.

—Jackson —dijo—. Pare a un lado de la carretera y apague las luces. ¿Sabe llegar a Trieste desde aquí?

—Sí, señor, tengo el mapa.

44. El general Ambrose Powell Hill Jr (1825-1865), que sirvió a las órdenes de Stonewall Jackson y murió poco después de concluir la Guerra Civil.

—Bien. Voy a pasar al enorme asiento trasero de este gigantesco y puñetero coche de lujo.

Fue lo último que dijo el coronel, pero llegó al asiento trasero y cerró la puerta. La cerró bien y con cuidado.

Al cabo de un rato, Jackson siguió con los faros encendidos por la carretera bordeada de sauces y acequias, en busca de un sitio donde dar la vuelta. Encontró uno por fin y giró con cuidado. Una vez en el lado derecho de la carretera, mirando hacia el sur en dirección al cruce que lo llevaría a la carretera que iba directa a Trieste, y que él conocía, encendió la luz del techo sacó el papel con sus órdenes y leyó:

EN LA EVENTUALIDAD DE MI MUERTE EL CUADRO Y LAS DOS ESCOPETAS QUE HAY EN ESTE COCHE SE DEVOLVERÁN AL HOTEL GRITTI DE VENECIA PARA QUE LAS RECLAME SU LEGÍTIMO PROPIETARIO. FIRMADO: RICHARD CANTWELL, CNEL. INFANTERÍA. EEUU.

«Claro que los devolverán, por los canales apropiados», pensó Jackson, y puso el coche en marcha.